팀 탄생의 위대한 보름

팀 탄생의 위대한 보름

펴 낸 날/ 초판1쇄 2022년 6월 10일
지 은 이/ 레인서울 2기

펴 낸 곳/ 도서출판 기역
펴 낸 이/ 이대건
편   집/ 책마을해리

출판등록/ 2010년 8월 2일(제313-2010-236)
주   소/ 전북 고창군 해리면 월봉성산길 88 책마을해리
          경기도 파주시 회동길 363-8
문   의/ (대표전화)070-4175-0914, (전송)070-4209-1709

ⓒ 레인서울 2기, 2022

ISBN 979-11-91199-40-6 03810

팀 탄생의
위대한 보름

레인서울 2기 지음

또라이즈, 팀의 탄생

2013년 3월

성공회대에서 진행된 협동조합 심포지엄에 참석한 스페인 몬드라곤대학 프레드릭 교수는 당시에 최근 새롭고 재미난 실험을 하고 있다는 이야기를 꺼냈습니다. 핀란드의 교육방식을 도입해 학생들이 실제 협동조합을 만들어 운영해보는 레인LEINN이라는 이름의 4년제 학사 학위과정을 시작했는데, 곧 4학년이 졸업을 앞두고 있다는 것이었습니다. LEINN은 리더십Leadership, 기업가정신Entrepreneurship, 혁신INNovation의 앞글자를 딴 학위 이름에 걸맞게 팀과 함께 돈을 벌면서 전 세계를 돌아다니며 비즈니스를 하는 과정입니다. 프레드릭 교수는 과정 자체가 혁신적이고 새로우면서도 몬드라곤의 협동조합 정신을 체화할 수 있는 과정이기에 이어지는 졸업생들의 앞날이 기대된다고 전했습니다.

2014년 11월

LEINN을 시작한 호세 마리가 GSEF(국제사회적경제협의체) 행사에 초대받아

한국에 옵니다. 호세 마리는 팀기업가정신을 지닌 청년들이 팀과 함께 세상에 변화를 일으키는 주체로 살아가면서 전 세계 팀기업가들과 글로벌 커뮤니티를 이룰 수 있도록 몬드라곤팀아카데미(이하 MTA)를 공동 설립하면서 LEINN을 시작했습니다. 핀란드에서 시작해 지금은 전 세계 40여 개국에서 활용되고 있는 티미아카데미아(팀아카데미의 핀란드어)의 교육방법과 몬드라곤 협동조합의 정신을 결합하여 몬드라곤 팀아카데미가 나온 것입니다. 다양한 국가에 지역과 세계를 연결하는 MTA랩이 생기고 팀기업가들이 전 세계에 위치한 랩을 다니면서 팀과 함께 성장하는 새로운 교육 모델을 제시하면서 호세 마리는 아쇼카펠로우[1]에 선정되기도 합니다. 중국 상하이에 MTA랩을 새로 열고자 하던 호세 마리가 한국에도 초청을 받아 GSEF 행사에 방문하게 된 것입니다. 스페인 몬드라곤대학의 실험이 한국의 이웃 국가인 중국까지 전해지면서 한국에도 이를 도입하고자 하는 실험이 시작됩니다.

2015년 3월 이후

성공회대에서 핀란드 팀아카데미를 모델 삼은 팀 창업 수업이 처음으로 개설된 이래로 서울시사회적경제지원센터, 한국사회적기업진흥원, 구로구사회적경제지원센터, 동부여성발전센터, 동대문구사회적경제지원센터, GSEF 등의 지원을 받아 대학생뿐만 아니라 고등학생, 대학생을 포함한 청년, 경력보유여성, 협동조합 경영자 등 다양한 대상들과 MTA 교육방식으로 학습하는

---

1) 아쇼카 펠로우는 세상을 바꾸기 위해 문제를 인식하고 해결방법을 찾는 사람입니다. 열정적 지성적으로 해결책을 제시해 낡은 제도에 갇혀 있던 사람들을 자유롭게 하는 체인지메이커이자 뛰어난 사회혁신기업가입니다. 이런 사회혁신기업가들은 새로운 문제접근방식으로 "어디서든" 문제 해결이 가능하도록 합니다. 1980년 아쇼카는 바로 이런 사람들을 찾아 성공할 수 있도록 돕기 위해 탄생했습니다(아쇼카한국 홈페이지 https://ashokakorea.org/ashoka_fellow/ 참조).

실험들이 진행됩니다.

2017년 9월

한국에서의 실험들이 성공적으로 진행되면서 스페인에서 MTA 팀코치를 초대해 성균관대, 계원예대와 함께 대학 내 비교과 프로그램으로 체인지메이커랩(Change Maker Lab, 이하CML)을 시작합니다. CML은 MTA교육 방식을 활용해 대학 내 모든 공간의 벽을 허물고 다양성을 지닌 한 명 한 명이 팀이 되어 세상을 바꿔나가는 체인지메이커로 성장하는 프로그램으로 한국의 HBM사회적협동조합과 스페인의 TZBZ가 공동 개발한 전 세계 최초의 CML 사례입니다. 3시간짜리 워크숍에서 시작된 실험은 시간이 지나면서 2박 3일 캠프가 되었고, 1개월, 3개월, 6개월의 프로그램으로 점차 확대되었고, 기간이 긴 프로그램일수록 참가자들의 변화와 성장이 확연하게 드러남을 알 수 있었습니다. 하루 꿈같은 좋은 경험에 그치지 않고 삶을 살아가는 태도와 방식이 근본적으로 변하는 것이야말로 이 시대에 진정 필요한 교육임을 깨닫게 되었을 때 한국에서도 LEINN이 시작되어야 한다는 절실함과 시급함이 피어오르기 시작했습니다.

2019년 1월

한국에서도 본격적으로 LEINN을 시작하기 위해 한국인 팀코치 리오가 스페인 빌바오랩에 파견됩니다. LEINN 과정 중에서도 다양한 국적 출신의 팀기업가들이 팀을 이루는 과정인 레인인터내셔널LEINN International 팀을 팀코칭하고 돌아옵니다. 그동안 한국에서는 레인서울LEINN Seoul을 시작하기 위한 준비를 하고 있었습니다.

2020년 9월

마침내 한국인 레이너LEINNer들로 구성된 팀기업이 처음으로 탄생합니다. 레인서울 1기 몬스터 팀입니다. 한국에서도 스페인 몬드라곤대학의 LEINN 학위를 경험할 수 있는 레인서울이 시작된 것입니다.

MTA가 한국에 소개된 이후 2015년부터 다양한 대상들이 새로운 방식으로 학습해나가도록 도전하면서 깨달았습니다. 팀으로 함께 긍정적인 영향력을 창조할 수 있도록 돕는다는 것은 단순히 비즈니스나 프로젝트를 성공하게 만드는 것이 아니라 사람을 살리는 것과도 같다는 사실을 말입니다. 팀과 함께 새로운 변화를 창조하는 경험이 쌓인다는 것은 함께 사는 이 세상에 변화를 만들어내고자 끊임없이 꿈을 꾸면서도 그 꿈을 실제로 만들어나갈 수 있는 힘과 지혜를 기르는 시간이며 이는 인생을 살아가는 데 필요한 단단한 초석을 다지는 과정입니다.

사막에 씨를 뿌리는 심정으로 다양한 실험을 해나갈 때 함께 힘을 모아주신 손길들 덕분에 지금의 레인서울이 있습니다. 아쇼카한국의 이혜영 대표를 비롯한 스텝들과 아쇼카펠로우들은 필요할 때마다 시의적절하게 꼭 필요한 도움을 주셨습니다. 특히 명성진, 이대건, 정찬필 펠로우는 MTA와 함께 새로운 일을 만들어왔고 앞으로 함께 만들어나갈 든든한 동료들이자 비빌 언덕입니다. 팀 탄생을 위한 '보름동안 함께살기'의 공간으로 책마을해리를 내어주신 책마을해리 이대건 촌장님이 안 계셨다면 이 책은 세상에 나올 수 없었습니다. 기획에서 출판까지 전 과정에 물심양면으로 함께해주시며 팀 코치와 팀기업가들에게 공동으로 책을 짓는 소중한 경험을 안겨주심에 특별한 감사를 드립니다. 이 모든 과정에는, 한국에 공식적으로 MTA를 도입하고 다양한 영역에서 실험을 이어가고 있는 송인창 소장님을 비롯한 HBM

사회적협동조합 조합원분들이 함께해주셨습니다. 이외에도 일일이 언급하지 못한 많은 분들이 손길과 도움을 주셨습니다.

2021년 9월

레인서울 2기가 시작되고 한국인 레이너들로 이루어진 두번째 팀이 탄생합니다.

누구보다 레인서울의 팀기업가들인 레이너들에게 가장 감사합니다. 다소 도전적이고 험난한 이 모험의 길을 함께 걷기 시작한 레인서울 1기 팀이 있었기에 2기 팀 또한 탄생할 수 있었습니다. 이 팀들이 용감하게 걸어나간 길들이 다음 팀들에게 더욱 탄탄한 길이 되어줄 것입니다. 그대들이 있어 이 여행이 즐겁고 의미 있을 수 있기에 현존하는 모든 레이너들에게 고맙다는 인사를 전합니다.

펴내는 글에서는 긴 시간을 빠르게 성큼성큼 걸었지만 펼쳐질 이야기 속에서는 팀이 탄생하는 2주의 시간이 천천히 흘러갑니다. 이 보름을 음미하시는 동안 서서히 MTA와 함께 걷는 이가 되어주시길 바라며 우리 여정에 당신을 초대합니다.

2022년 5월

차례

우리는 어떻게 팀이 되었을까

각기 다른 곳에서 저마다의 삶을 살던 레이너들이 책마을해리에 모였다. 팀을 탄생시키기 위해서다. 핀란드 팀아카데미에서는 팀을 탄생시키기 위해 숲으로 떠나는 일정을 'Forest and Back'이라고 한다. LEINN Seoul(이하 레인서울)의 팀 탄생지 또한 자연 속 책마을해리이다. 이곳에서 탄생하는 이 팀은 4년 내내 새로운 것들을 창조하기도 하고 서로 부대끼기도 하면서 공동체 그 이상의 '팀기업'을 일구어 나가게 된다. 보름 동안 열세 명의 레이너들은 하나의 팀이 되어감과 동시에 앞으로 팀기업가로 성장하면서 체득하게 될 학습 방식들을 미리 맛보게 된다.

초반부(9월 6일~8일)에는 내 눈앞에 보이는 팀 동료를 알아가면서도 공동체 속 나의 모습을 새롭게 발견하고 알아간다. 우리의 자아는 관계성을 가지고 있고 '자기의식은 공동체로부터 나온다'는 교육자 파커 J. 팔머의 말은 레인의 학습 방법에 있어 핵심이 되는 말이다. 보름을 함께 사는 이 기간은 팀이 되어야 한다는 목표 아래, 짜여진 스케줄에 맞추어 급하고 강박적으로 서로를 파헤치는 시간은 결코 아닐 것이다. 그저 함께 먹고 짓고 살아가는 보름 동안 자연스레 서로를 알아가고 팀이 될 준비를 해가는 모두의 걸음들이 있을 것이다. 보름 동안 자신을 비워내면서 공동으로 즐거운 경험을 쌓는 것만큼 팀 탄생에 중요한 것은 없다. 그러다 보면 레이너들은 어느덧 하나의 팀으로 채워져 있겠지. 비워 있던 삭일의 달이 보름 동안 차오르듯 말이다.

서로를 알아가는 초반부 이후(9월 9일~12일)에는 본격적으로 팀을 탄생시키기에 앞서 고창을 대상으로 프로젝트를 진행한다. 이 과정은 서로를 알아가는 시간과 팀을 탄생시키는 시간을 연결하는 중요한 다리 역할을 한다. 각기 다른 관점을 가진 한 명 한 명이 모인 '우리'를 발견한 레이너들은 우리가 모여 지내는 책마을해리에서 안테나를 더 높게 올리고 시야를 확장하여 고창이라는 지역을 바라보게 된다. 나와 옆 동료를 향한 시선을 돌려 모두가 한 방향을 바라보며 공동의 목적을 향하는 것이다. 책마을해리를 둘러싼 이슈를 발견하고 정의내리면서 우리가 나서서 할 수 있는 것을 모색해보는 과정은 팀기업가로 성장할 레이너들이 앞으로 끊임없이 겪을 경험이기도 하다. 나의 필요와 세상의 필요를 발견하고 그것들이 맞닿는 지점에서 팀과 함께 새로운 가치를 만들어내는 경험의 시작이 바로 이 로컬프로젝트가 될 것이다.

후반부(9월 13일~17일)에는 열세 명 모두의 DNA가 들어간 유일무이한 팀이 탄생한다. 레인에서 말하는 팀이란 팀학습 공동체이다. 이는 함께 지어가는 공동체이기도 하고 경제적인 책임도 함께 짊어질 기업 단위이기도 한데 이를 지속가능하게 만드는 핵심은 '팀학습'이다. 여기 모인 열세 명이 이룬 팀기업이 팀학습을 해나간다는 것은 '나'를 인식하면서 서로의 학습을 함께 책임지며 '우리'를 인식하는 방식으로 학습하는, 낯설면서 도전적인 학습방법을 삶에 새롭게 장착하는 과정이다.

보름살기의 흐름이 집중하는 단위는 개인, 프로젝트, 팀이지만 이는 분절된 흐름이 아니라 보름을 사는 동안 경험하는 프로그램 요소마다 유기적으로 맞물려 있다. 세 단위의 학습이 유기적으로 맞물려 돌아가는 MTA LEINN에서의 학습이 보름살기 동안 압축되어 있는 것이다. 실로 팀코치들은 세 단위의 학습을 유념하며 전체 흐름을 기획했다.

책을 읽는 동안 한 명 한 명의 레이너들이 어떻게 '우리'가 되어가는지에 주목하면서 보름의 시간을 보내보자. 4년 내내 팀이 되어갈 레이너들의 이야기에 온몸을 담그기 이전에, 보름살기에 손을 먼저 담가보는 심정으로 하루하루 들어가보자.

팀의 탄생

첫 만남_팀 탄생지, 책마을해리

전국 각지에서 모인 레이너들이 고창터미널에서 만났다. 버스 시간이 같거나 비슷한 시간에 도착한 사람들끼리 모여 팀코치 존의 차를 타고 책마을해리로 이동했다. 조금 일찍 만난 레이너들은 해리로 출발하기 전 남는 시간에 같이 밥을 먹으며 이야기를 나눴다.

책마을해리에 도착해 우선 동그랗게 원으로 모여 앉았다. 존과 날로, 레이너들, 촌장님과 해리 식구들이 처음으로 다 같이 마주하는 순간이었다. 간단한 자기소개를 하고 책마을해리 공간이용에 대한 설명을 들었다.

실내에서 나와 직접 책마을해리를 걸어 다니며 공간에 대한 좀 더 자세한 설명을 들었다. 동학평화도서관, 책숲시간의숲, 바람언덕, 버들눈도서관, 책감옥 등 다양한 목적의 공간들이 있었다. 문 닫은 초등학교를 개조해 만들어진 공간이라는 것이 잘 느껴지는 동상이나 창문에 쓰인 교실 이름 등도 보였다.

숙소에 들어가 짐을 풀었다. 각자 사용할 침대를 정하고 짧은 자유시간 뒤에 부엌에 모여 저녁을 먹었다.

책공방에 모여 공책, 볼펜 등이 든 가방과 레인티셔츠를 받았다. 잠시 후

촌장님이 들어오고 출판권설정계약을 진행했다. 책마을해리에 오는 사람은 모두 작가가 되어보는 전통이 있다고 말하며 계약서를 나눠주었다. 계약서의 내용을 다 함께 읽어보고 작성했다.

출판권설정계약을 마친 후 공방에 모여앉아 '전체열기'를 진행했다. 해리에 오기 전 모두가 읽어온 책『갈매기의 꿈』의 내용을 생각하며 '날아본 적이 있는지? 지금은 어딜 향해 날고 있는지?'에 대한 질문에 각자 답하였다.

책마을해리에 깃들다

모두가 책마을해리에 모이는 날이다. 레인서울 1기 팀을 탄생시킨 데 이어 2기 또한 팀을 탄생시킬 책마을해리는 레인서울에 있어 상징적인 장소이다. 도착한 첫날은 많은 일정을 소화하기보다는 천천히 책마을해리에 젖어든다. 책마을해리 선생님들의 친절한 설명과 함께 책마을을 이루고 있는 공간들을 둘러본다. 어색함을 물씬 풍기며 가이드해주시는 선생님을 졸졸 쫓아다닐 레이너들. 공간별 안내 수칙을 듣기도 하고 주로 머물게 될 공간도 둘러본다.

출판권설정계약

레인서울 2기는 팀 탄생을 위해 보름 간 책마을해리에 머물면서 탄생기를 함께 쓰기로 했다. 책마을해리 출판사와 출판권설정계약을 맺었다. 출판권 설정계약은 저자와 출판사가 책의 출간을 함께하기로 약속하는 것이다. 레인서울 2기는 책마을해리에서의 팀 탐생 보름 간 여정을 함께 써 한 권의 책으로 만들기로 공식적으로 다짐했다.

전체열기와 보름살기 체크인

보름의 동거를 앞두고 함께 모여 자신의 모습을 간단히 이야기하며 서로를 알아간다. "당신은 날아본 적이 있는가?", "지금은 어딜 향해 날고 있는가?"를 묻고 생각하고 대답하는 과정에서 자신의 현 좌표를 인식하고 삶의 목표를 명확히 확인한다.

책마을해리를 만나다

빨리 말을 걸고 벽을 깨고 싶다 — 루시아

고창터미널에서 어떤 여자분이 '혹시 레인서울이세요?'라고 물어봤고 주변에 서성거리던 사람들이 다 레이너라는 사실을 알게 되었다. 고속버스 안 옆자리에서 3시간 내내 통화하던 남자애도 알고 보니 같은 레이너였단 사실이 웃겼다.

다들 줌에서와는 이미지가 다 달랐다. 실물이 더 호감이었다. 뭔가 줌에서는 분위기가 경직되어 있고 거리감이 많이 느껴졌는데 실제로 보니 좀 더 착하게 느껴져 나도 마음을 좀 더 열 수 있었다.

책마을해리는 영화 속에 나오는 마을 학교 같은 느낌이었다. 그리고 모든 공간이 책으로 이루어져 있었다. 벤치도 책모양, 침대도 책장 속에 있었다. 근데 사실 책에 눈길이 가기보다 레이너들이 신경 쓰였다. 뭔가 빨리 말을 걸고 벽을 깨고 싶었다.

어린 시절 트리하우스의 로망이 현실로 — 조이

책마을해리에 도착했다. 우리는 동그랗게 앉아 자기소개를 하고 주의사항, 간단한 설명을 들었다. 그리고 밖에 나가 직접 책마을해리를 탐방했다. 책숲시간의숲, 책감옥, 버들눈도서관, 바람언덕 등 책마을해리 곳곳을 돌아다니며 둘러봤다. 책마을해리 여러 장소 중 첫눈에 반한 장소가 있었다. 트리하우스라고 나무에 집을 지어놓은 공간이다. 입구 바로 옆에 있어 들어오자마자 보이는 공간인데, 커다란 나무 위에 집이 있어서 한눈에 들어왔다. 어릴 때부터 나무집에 사는 게 로망이었고 더운 이 날씨에 시원한 아지트를 만들어주는 느낌이어서 마음에 들었다.

초등학교 때 정말 좋아했던 40권 정도의 시리즈 책이 있다. 『마법의 시간여행』이라는 책인데, 시리즈 전부를 읽었을 만큼 좋아했던 책이었다. 두 명의 주인공이 나무집을 발견

해 들어가 보니 여러 가지 책이 많이 있었고 책을 보려고 펼쳤다가 나무집이 흔들리면서 책 속으로 이동하는 내용의 책이었다. 그들은 시간여행을 하면서 공룡 시대, 중세 시대, 빙하 시대, 미래 시대 등 여러 시대로 가서 미션을 수행하고 다시 집으로 돌아오는 얘기이다. 이 책에 나온 공간도 나무집이고 책이 많은데 책마을해리에 있는 것도 나무집인 데다 책이 엄청 많아서 이곳에서 책을 펼쳐보면 시간여행을 할 것 같은 느낌이 들었다.

출판권설정계약, 생애 첫 저자가 되다

우리의 꼬깃한 일기가 한 권의 책이 될 수 있을까 — 이밤

내 이름으로 된 소설책을 한 권 내는 것. 꾸게 된 지 얼마 안 된 나의 꿈이다. 그런데 갑자기 저자가 되어보란다. 글쓰기를 좋아하는 나에게는 꽤나 반가운 일이었다. 하지만 해리에서의 일상을 담는다는 말에는 조금 걱정이 되었다. 과연 우리의 꼬깃한 일기 같은 글들이 한 권의 책이 될 수 있을까? 하지만 책마을해리에 들어온 이상 저자가 되기를 거부하기는 불가능해 보였고 나는 조금은 흐릿하지만 대체로 즐거운 마음으로 저자계약을 진행했다.

돈과 가치. 그 둘 사이를 어떻게 오가야 하는지에 대한 이야기를 들을 땐 나의 부모이자 출판사를 운영하고 있는 성숙과 광철의 얼굴이 떠올랐다. 촌장님의 이야기는 곧바로 나의 이야기에 대입되었고, 얼떨결에 그 밤은 미래에 대한 나의 고민을 다시금 마주하는 밤이 되었다.

우리가 만든 책이 과연 어느 정도 팔릴까 — 카이

책마을해리 방문객으로 가서 책을 한 권 사고 돌아가는 건 줄 알았다. 그런데 쓰고 가야 한다는 사실을 들었을 때는 예상과 달라서 조금 충격이었다. 미리 알려준 일정표에 '저자계약'이라는 단어가 있어서 '내가 아는 그 단어인가?' 하고 고민하며 어느 정도 예상하기는 했다. 하지만 막상 그 단어가 맞는다는 걸 알게 된 순간, 태어나서 지금까지 공동저자이든 단독저자이든 책을 단 한 번도 써본 적이 없을 뿐더러 아직 잘 모르는 사람들과 써야 하는 사실이 떠올라 마음이 심란했다. 저자계약 과정에서 우리가 팔아야 할 책의 권수를 정해야 했는데 1,000부나 팔아야 한다고 계약해서 우리가 쓴 책이 저 정도로 팔릴까, 혼자서 마음속으로 매우매우 걱정했다.

살면서 처음 하는 계약이 저자계약이라니… — 선

살면서 처음 해보는 계약이 저자계약일 것이라고는 상상도 하지 못했다. 고등학교 다닐 때 선생님께서 '너는 살면서 책을 쓸 일 한번도 없을 것 같니?'라고 물어보셨을 때 나는 당연히 쓸 일이 없을 것 같다는 생각에 그렇다고 답했다. 글을 쓰는 일 자체는 좋아하지만, 글을 잘 쓰지도 못하고 한 주제를 붙잡고 진득하게 글을 써본 경험도 없기 때문에 내가 책을 쓰게 될 이유가 없을 것 같았다. 그런데 고창에 온 첫날부터 나는 작가가 되어 버렸다.

언제까지 원고를 써야 하는지부터 저자들이 책값의 몇 퍼센트를 가져가는지까지 출판과 관련된 내용이 담긴 계약서를 책마을해리 촌장님과 함께 살펴본 뒤 서명하는 시간을 가졌다. 촌장님이 계약서 내용을 설명해주시면서 실제로 출판사에서 저자와 계약할 때 어떤 과정을 거치는지 함께 설명해주신 덕분에 출판에 대해 전혀 알지 못하는 일방적인 독자 입장에서 저자 세계에 들어가고 있다는 것을 실감할 수 있었다. 설명해주신 내용 중에는 계약금과 관련된 내용도 있었는데, 계약금을 받고 책을 쓰는 작가도 있지만 경우에 따라 작가가 출판에 필요한 비용을 부담하게 되기도 한다고 알려주셨다. 다행히 우리의 경우 출판 비용을 대지 않는 것으로 계약했기 때문에 조금은 글을 쓰는 것에 부담을 덜게 되었다.

앞으로 고창에서 레이너들과 살아가면서 내가 보고 느끼는 것들을 기록하고 그 기록들이 모여 하나의 책이 되는 것은 굉장히 흥미로운 도전처럼 느껴지지만, 한편으로는 한 번도 책을 써본 적 없는 사람들이 책을 쓴다는 것이 과연 가능한 도전인지 의문이 들기도 한다. 1,000부나 책을 찍어낸다고 하는데, 그게 다 팔리긴 할지, 애초에 완성될 수는 있을지 걱정도 앞선다. 우리는 작가가 될 수 있을까?

전체열기와 보름살기 체크인_ 『갈매기의 꿈』을 읽고

"당신은 날아본 적이 있는가?"
"지금은 어딜 향해 날고 있는가?"

지나>>> 저는 하루하루 생존하는 갈매기였어요. 위험하다고 판단하면 빠르게 포기하면서 내 존재를 확인하곤 했어요. 하고 싶은 것만 하고 그 외는 경계했는데, 이제는 열린 마음으로 날고 싶어요.

리지>>> 저는 겁도 없고 이상적으로 생각하는 편이에요. 조나단이 설리반을 만나 주춤하는 장면에서 현실의 벽에 부딪힌 제 모습이 보였어요. 하고 싶은 대로 해온 지금까지였는데, 이제는 좀 방향을 잡고 싶어서 레인에 왔어요.

나슬>>> 저는 날던 길만 날고 편하게 살고 싶은 갈매기였어요. 어려워 보이거나 힘들면 아예 도전도 안 했어요. 그러고 났더니 안 해본 것, 새로운 것을 시도하고 변화하고 싶어서 지금은 안 가본 길로 날고 있어요.

이밤>>> 저는 일반 학교를 다닐 때만 해도 일벌 갈매기였어요. 다니던 학교를 자퇴하면서 날아다니기 시작했어요. 사회적 약자에 관심이 많아지고 사람을 가르쳐야 하는 존재로 보는 것이 이상하게 느껴졌어요. 그러고 보니 날지 못하는 존재에 대해 관심이 많아진 것 같아요.

조이>>> 저는 사실 처음부터 날아다니면서 남들과는 좀 다르게 살았어요. 앞으로도 갈매기 조나단처럼 살고 싶어요.

하싼>>> 이전의 저는 땅에 떨어진 물고기를 주워 먹는 갈매기였어요. 그러나 언제부터인가 잘 날고 싶은 갈매기로 변한 것 같아요. 최근에는 즐겁게 나는 법을 아는 갈매기가 되고 싶어요.

루시아>>> 저는 이전에는 보이는 것을 위해 날았어요. 그러다가 보이지 않는 사랑, 평화 같은 것을 위해 날아다니게 되었어요. 솔직히 구체적인 행동은 없긴 했지만요. 지금은 좋다고 믿는 것을 향해 날고 있어요. 나는 것 자체가 가치 있다고 생각하면서도 가치 있는 삶은 무엇인가 고민하고 있어요.

제나>>> 지금까지는 관심 있는 분야의 길에서만 날아왔어요. 그러다 보니 외골수가 되는 느낌이 드는 거예요. 그래서 이제는 세상과 소통을 해야겠다고 생각했어요. 세상을 향해 나는 갈매기가 되고 싶어요.

제이>>> 저는 천천히 올라와서 좀 더 넓게 보는 갈매기인 것 같아요. 그럴 수 있도록 용기 준 사람들을 만날 수 있었거든요. 지금은 몰입하기도 하면서 동시에 주변을 살피는 다양한 태도를 가지고 날자고 마음 먹었어요. 레인이라는 갈매기 무리를 만나서 그런 마음이 와닿았어요.

윌리>>> 승부욕이 강한 편이어서 아마 옆에 조나단이 있었다면 이기기 위해서 날았을 거예요. 그동안 제 경로는 (손가락으로 지그재그 모양 선을 그리면서) 이렇게 날긴 했지만 그래도 0.01이라도 전진했다고 생각해요. 이제는 안전하게 실패를 경험하며 혼자가 아니라 다 같이 날고 싶어요.

다니엘>>> 그동안 날아보고 싶었지만 날지 못했어요. 운동이나 음악 같은 분야에서 날기 시작하긴 했지만 다른 것에서는 결과만 생각하고 포기하곤 했어요. 지금은 날고 있긴 하지만, 목적지가 없는 것 같아요.

카이>>> 저는 갈매기 무리로 치면 구경꾼 중에 하나였어요. 외로운 선구자를 선망하긴 하지만 도전하지 않는 식으로요. 지금은 어쩌다 레인에서 날고 있는데 이제는 잘 날고 싶습니다.

선>>> 조나단과 비슷한 면을 굳이 꼽자면 광적인 집착이 있다는 점이에요. 그렇지만 이전에 날아보거나 확 질러보진 않았어요. 방향은 있는데 안 날았어요. 이것저것 비교만 하

고 두들겨보기만 했어요. 이제는 방향을 보지 않고 그냥 날아보고 싶어요. '지금은 일단 날아보자' 하는 심정인데 솔직히 무섭고 두렵긴 해요.

존>>> 저는 정해진 길만 살아왔어요. 공부도 다 열심히 하니까 덩달아 열심히 하고 취업도 다들 하니까 저도 대기업에 들어갔어요. 그러다가 아무도 가지 않은 길을 가기로 결정했을 때 두렵기도 했어요. 그렇지만 지금은 재밌게 날고 있어요.

날로>>> 저는 방향을 정하고 날진 않았지만 날고 싶을 때면 날았어요. 날고 싶은 만큼만 날기도 했어요. 그렇게 건축 공부도 하고 프랑스도 다녀오고 필리핀과 연계한 프로젝트도 해보고 케냐, 레바논 등 개발도상국에도 다녀오면서 지난 시간을 돌아보니까 한 방향으로 이어져 날고 있다는 걸 발견했어요. 그래서 지금 레인에서 함께 공동체를 짓고 있는 것도 같은 방향으로 날고 있다고 믿어요. 앞으로 우리 같이 날게 되었으니까 제가 날아야 하는데 못 날고 있거나 다른 방향으로 혼자 가고 있다면 꼭 옆에서 찔러주세요.

2

나와 팀 동료들을 알아가는

책마을해리에서 맞이하는 첫 번째 아침이다. 13명 모두가 8시부터 시작되는 몸마음열기를 위해 하나둘씩 공방으로 모였다. 몸마음열기는 하루를 시작하면서 스트레칭과 함께 몸을 열어 몸 상태를 살피고 스스로 감정을 돌아보며 마음 상태를 살피는 시간이다. 몸마음열기로 나를 살핀 이후에는 나를 살피던 집중을 서로에게 그리고 책마을해리를 둘러싼 자연으로 돌리면서 서로를 연결지으며 하루를 연다. 몸마음열기를 마친 뒤에는 하루열기라는 이름으로 자신의 현재 상태와 감정을 돌아가면서 이야기했다. 몸마음열기와 하루열기는 책마을해리에서 생활하는 동안 매일 아침 함께할 활동이다.

하루를 열며 서로의 상태와 감정을 공유한 뒤에는 아침식사를 했다. 해리에서 생활하는 동안은 모두가 돌아가면서 식사 준비를 도울 것이지만, 오늘은 첫 번째 아침인 만큼 팀코치님들이 아침을 준비해주시기로 했다. 아침식사는 전날 저녁으로 먹었던 음식과 시리얼, 빵이 준비되었다.

아침식사를 마친 뒤에는 다 같이 모여 식사 당번 순서를 정하고 아이스브레이킹을 진행했다. 아이스브레이킹은 '혼자 왔습니다 & 모두 왔습니다', '둥글게 둥글게', '인간 매듭 풀기'와 같은 게임을 진행했다. 이미 하룻밤을 함께

보낸 터라 모두가 처음 보는 사이처럼 어색하지는 않았지만, 아직 가까워지지 못한 사람과 연결될 수 있는 계기를 만들어주었다.

아이스브레이킹 이후에는 대화의 원칙이라는 주제로 팀이 되었을 때 우리가 어떻게 대화해야 하는지에 대해 날로의 이야기를 들었다. 대화 원칙의 핵심은 '경청', '보류', '존중', '진정성'이었다.

대화의 원칙을 배운 다음에는 레이너들이 각자 인생 시기별 자신의 심장 박동을 표현하고, 다른 레이너와 짝을 지어서 자신의 심장 박동을 이야기하는 시간을 가졌다. 레이너가 홀수인 관계로 한 명은 날로와 짝이 되었다. 특별한 점은 그냥 앉아서 이야기하지 않고 모두가 책마을해리 곳곳을 거닐며 대화를 나눴다는 것이다.

한 명씩 짝지어 대화하기, 일명 '하트비트'를 마치니 점심시간이 되었다. 이날 점심 당번은 이밤과 조이였다. 점심식사를 마친 뒤에는 고창의 구시포해수욕장에 갔다. 날씨가 좋지 않아서 오늘 바다에 갈지, 다음 날 바다에 갈지 결정하는 시간이 있었지만, 내일도 비 소식이 있어 의논 끝에 오늘 바다에 가기로 결정했다.

바다에 들어가고 싶은 팀과 바다에 들어가고 싶지 않은 팀, 두 팀으로 나누어 바다에 갔다. 차가 부족해서 바다에 들어가고 싶은 레이너들이 먼저 구시포해수욕장으로 출발했다. 두 팀이 20여 분 정도의 간격을 두고 바다에 도착했다. 바다에 들어가고 싶은 팀은 먼저 출발해서 물놀이를 하고 있을 계획이었으나 20분 정도 놀고 있을 때 경찰이 와서 날씨가 좋지 않고 위험하니 물에서 나오라고 했다. 어쩔 수 없이 물에서 나올 수밖에 없었다.

바다에 들어가고 싶지 않은 팀이 도착했을 때는 이미 물놀이가 끝나고 난 뒤였다. 그렇게 바다에 들어가고 싶은 팀은 아쉬움을 뒤로한 채 먼저 책마을해리로 돌아갔고, 남은 팀은 해변과 주변 섬을 둘러본 후 해리로 돌아갔다.

책마을해리로 돌아와서는 약간의 쉬는 시간을 가진 뒤에 바로 저녁식사 시간을 가졌다. 이날의 저녁 당번은 지나와 제나였다. 저녁 식사를 마치고 8시까지 하루를 되돌아보는 글을 쓴 뒤 모두 모여 하루닫기라는 이름으로 오늘 하루 느낀 점과 자신의 상태, 감정을 나누는 시간을 가졌다.

하루닫기를 마친 뒤에는 자유시간이 주어졌다. 대부분이 아직 글을 마무리하지 못해서 남은 글을 썼고, 어떤 레이너들은 보드게임을 하거나, 모여서 이야기를 나누기도 했다. 오늘 우리는 처음으로 책마을해리에서 온전히 하루를 보냈고, 어제 처음 만난 이들과 조금 더 가까워졌다. 모든 것이 낯선 와중에 예상하지 못한 일도 있었고 끝내 아쉬웠던 것들도 있었지만, 이 또한 모두가 함께 겪은 일이었고, 이것을 통해 서로를 공감하고 알게 되었다는 점에서 우리 레이너들에게는 큰 의미가 있었던 하루였다.

나와 팀 동료를 알아가는 날이다. 자신을 제외한 열두 명의 새로운 이야기가 한꺼번에 다가오기보다는 한 명씩 알아가게 된다. 바다에서 놀면서 공동의 경험을 쌓아나가기 시작한다.

아이스브레이킹

첫날 밤을 함께 보냈다고는 하지만 남녀가 숙소를 따로 쓰기에 아직 전체적으로 긴장감이 풀리진 않으리라 짐작했다. 서로 더 자연스럽게 섞이기 위해 몸을 움직이고 몸끼리 마주침을 경험할 수 있는 게임을 위주로 한다.

대화의 원칙

주장을 펼치며 상대를 설득하는 토론이 아닌, 더불어 생각하고 성찰하면서 이야기를 쌓아나가는 '대화'는 레인의 팀학습에 있어서 핵심 도구이다. 보름살기부터 이 원칙들을 인식하며 대화하기 위해 간단하게 소개했다.[2]

Heartbeat

태어났을 때부터 지금까지의 인생그래프를 심장 박동에 빗대어 그려보는 시간이다. 기쁘고 행복했던 때는 그래프가 위로 치솟고 힘들고 아팠던 때는

---

2) 참고도서: 윌리엄 아이작스 『대화의 재발견』 정경욱 옮김, 에코리브르 - 원제: Dialogue and the art of thinking together.

아래로 떨어진다.

바다 가기

책마을해리를 잠시 벗어나 외부에서 공동의 경험을 쌓는 첫 시간! 레인에서 펼쳐질 4년 동안은 안전지대를 벗어나 낯설고 두려운 곳에서도 앞뒤 재지 않고 몸을 던져 뛰어들면서  실전 경험을 통해 배우는 시간이 대부분일 것이다.[3]

과연 몇 명의 레이너들이 바다에 몸을 던질 것인가?

글쓰기

글쓰기는 경험으로 쌓인 암묵적 지식을 형식지로 만들어보며 개인의 학습을 성찰하고 이를 다음 번에 또 다시 표출하도록 하는 (노나까 다케우치의 지식창조이론 중 '나선형 프로세스 Spiral Process'의 일환) 레인에서의 학습 방식을 습관화하기 위한 전초 과정이다. 레인에서는 실제로 리플렉션 페이퍼 Reflection Paper라는 이름으로 4년 내내 성찰 일지를 쓰는데, 성찰과 기록이 중요하다는 것을 보름살기 때부터 깨닫길 바라는 마음으로 매일 저녁 개인 글쓰기 시간을 기획했다. 과연 레이너들은 이 시간을 어떻게 보낼지 정말 궁금하다.

---

3) 참고 도서: 캐럴 드웩 『스탠퍼드 인간 성장 프로젝트 마인드셋: 원하는 것을 이루는 태도의 힘』, 스몰빅라이프.

눈떠서 바로

낯선 곳에서 하룻밤 — 카이

책마을해리에 온 지 이틀째, 오늘은 평소 집에 있을 때보다 이른 7시에 일어났다. 나는 새로운 잠자리에서 잠을 잘 자지 못하는 편인데 생각보다 편하게 자서 조금은 신기했다. 아마 어제 긴 시간을 거치며 낯선 고창에 도착하고, 새로운 사람들과 만나서 정신적으로나 육체적으로나 지쳐서 그런 것 같다. 평소 아침에 목욕하는 편이기에 기상 직후 목욕하려고 했으나 화장실 불이 켜지지 않았다. 이런 문제가 일어날지는 예상하지 못했기에 도시에 있는 우리 집이 아닌 시골 낯선 곳에 있다는 것을 실감했다.

낯가림 심한 나, 긍정의 하루 시작 — 지나

레인에서의 본격적인 첫 날이 시작되었다. 나는 낯가림이 정말 심해서 관계를 맺고 만들어가는 것에 큰 걱정이 있었는데 어제 점심도 먹고, 카페도 가고, 밤새 이야기를 나누며 많이 친해져 편안하고 즐거운 마음으로 시작할 수 있었다. 사실, 잠자리가 바뀐 탓과 피곤하지 않은 상태로 침대에 누워 잠을 많이 설쳤다. 그럼에도 불구하고 긍정적인 기운으로 시작하게 되었다니! 놀라운 일이다.

몸마음열기, 스스로를 돌아보고 돌보는

팀으로 엮인 서로 다른 우리 — 카이

몸마음열기를 실제로 하기 전에 일정표로 봤을 때는 이름이 뭔가 거창해서 MTA만의 특별한 무언가를 하는 줄 알았다. 그래서 아침에 일어나 공방에서 만나기 전까지 마음이 심란했다. 막상 몸마음열기를 해보니 그냥 요가+명상이었고 거기에 다 같이 소감을 말하

는 '체크인' 정도가 차별점이었다. 몸마음열기 마지막에 체크인하며 서로의 생각과 감정을 들었는데, 각기 다른 소감을 들으며 우리가 서로 매우 다르다는 걸 깨달았다. 앞으로 우리가 어떻게 친해지고 어떤 방향으로 다 같이 팀 활동을 할지 기대된다.

오랜만에 평온한 시간 — 나슬

어제 여자 숙소에서 새벽 2시까지 수다를 떨다가 늦게 자서 피곤한 것도 있었고, 잠이 덜 깬 상태라서 아침부터 몸을 움직이기가 힘들었다. 그래도 내 몸과 마음을 해리의 소리와 공기에 집중하다 보니 점점 정신이 깨는 것 같았다. 공기 좋은 곳에서 바람을 맞으며 생각하는 시간을 오랜만에 가질 수 있어 평온하고 기분이 좋았다.

스스로를 돌보고 챙겨야 함을 다시 한번 느낀 — 지나

몸마음열기는 매일 아침 8시, 책마을에서 가장 넓은 마당에서 진행된다. 스트레칭과 호흡, 명상으로 구성되고, 끝나고 나서는 둥글게 모여 앉아 하루열기 대화를 한다. 오늘은 나이키 선생님과 날로를 중심으로 스트레칭과 호흡을 했는데, 복잡했던 머릿속과 마음이 잠시 사라지고 정리되는 듯함을, 또 내가 얼마나 호흡을 제대로 하지 않고 있는지 느꼈다. 평소 주변 사람들이 '경직되어 있는 것 같다', '긴장을 풀었으면 좋겠다'라고 이야기한 이유를 수년이 지나, 몸풀기 과정을 통해 알게 된 것이다. 그리고 잠자기 전후로 심하던 두통이 사라지는 것을 느끼며 멘탈 관리와 스스로를 돌보기 위해, 몸을 챙겨야 함을 마음속에 새겼다.

처음으로 내면에 집중했던 시간 — 제나

아침에 스트레칭과 명상을 참 오랜만에 해보는 것 같다. 예전부터 꾸준히 아침 스트레칭하려고 했는데 해보지 못해 이 시간이 반가웠다. 아침에 일어나는 것부터 준비하는 시간 동안은 항상 여유가 별로 없었는데, 오랜만에 시간이 잠깐 느리게 흘러갔다. 나이키 선생님을 따라서 스트레칭이 시작되고 호흡을 잘 유지하니 크게 힘들지 않았다. 하지만 점점 자세를 유지하기가 어려웠다. 코어 근육에 힘이 없어서 그런 것 같았다. 운동이 많이 부족하구나를 느꼈고, 앞으로 더 '빡세게' 운동해야겠다고 생각했다. 명상을 하면서 처음으로 마음을 떠올려 보았다. 계속 지금의 내 상태를 확인하려고 내면에 집중했다. 마음의 이미지를 떠올려 보려 했더니 오히려 머릿속에 추상적인 이미지가 떠올랐다. 타원 안에 노란색과 빨간색이 있었는데 노란색의 감정은 기쁨이고 빨강은 떨림으로 느껴졌다.

아이스브레이킹, 어색함을 친숙함으로

벌써 친해졌는데… ― 카이

아이스브레이킹을 하면 늘 단골손님으로 들어가는 '둥글게 둥글게'를 비롯한 두세 개의 게임을 했다. 그런데 이미 하루를 같이 지내면서 레이너끼리 이미 어느 정도 안면을 텄기 때문에 어색한 분위기를 없애는 아이스브레이킹의 의미가 조금 퇴색된 것 같다. 그래도 여러 활동을 하며 신체적 거리가 가까워져서 암묵적인 선을 넘어서 정신적으로도 좀 더 가까워진 것 같다는 생각이 든다.

어색했던 분위기가 점점… ― 나슬

여자친구들끼리는 얘기를 많이 나눈 편이어서 친해졌다고 생각했는데 남자분들과는 아직 얘기도 못 나눠보고 좀 서먹한 느낌이었다. 처음 아이스브레이킹을 시작할 때는 어색했지만 뒤로 갈수록 분위기가 풀리는 것 같았다. 레이너들끼리 손을 꼬아 잡고 푸는 활동을 할 때 꼬여 있는 손을 보며 안 풀릴 것 같다고 생각했는데 생각보다 쉽게 풀리는 걸 보고 신기했고 재밌었다.

정말 신이 나 싱글벙글 — 제이

재밌었다. 신이 나 싱글벙글 웃고 친해지고 더 편해지기 위해 하는 활동이다 보니, 이 시간만큼은 못 친해진 친구들이 완전히 섞이길 바랐다. 내가 즐겁고 재밌었던 만큼, 중간중간 나만 너무 신났나, 주위를 살펴보기도 했다. 생각이 많다가도 이런 활동에 금방 몰입하는 내가 좋으면서도 단순해 보여 웃겼다.

풀 수 없을 것처럼 보이는 꼬임도 언젠간 풀어지는 — 제나

낯선 장소에서 낯선 사람들과 한 공간에 모인다는 것 자체가 어색할 수 있는데, 첫날부터 다들 열정이 넘치고 친화력이 좋아서 그런지 이미 다들 어느 정도 친해져 있었다. 그래서 '혼자 왔습니다', '세탁기' 게임을 더 재밌게 할 수 있었던 것 같다. '혼자 왔습니다'를 할 때 사실 친구들의 이름을 아직 다 못 외워 내 차례가 살짝 두려웠다. 그래서 친구들이 나랑 자리를 바꿀 때 다행이면서도 고마웠다. 세탁기 게임은 정말 새로웠다. 서로 손을 잡은 상태는 다 꼬여 있어 보이지만 마지막에 다시 원래의 원 상태로 돌아오는 것이 신기했다.

대화의 원칙, 쉽고도 어려운

상대의 말을 끝까지 들어주는 — 제나

대화에서 존중은 '배려'와 비슷하다고 늘 생각했다. 날로의 설명을 들으면서 '내가 지금

까지 나눈 대화 중 상대방을 존중하면서 들은 적이 몇 번이나 될까?'를 생각하게 되었다. 그리고 대화를 나눌 때 상대방의 말에 끼어들려고 했던 기억이 떠올랐다. 이 버릇을 고쳐야겠다. 상대방의 말에 더 귀 기울이고, 존중해주는 대화를 해야겠다!

대화, 잘 듣기가 기본 — 나슬

대화의 원칙인 잘 듣기, 내 차례 기다리기, 존중하기, 진정성을 담아서 말하기 모두 어떻게 보면 이미 알고 있고 쉬워 보이는 이야기였다. 그렇지만 그걸 실제로 실천하면서 말하기는 쉽지 않은 것들이라 얘기를 들으면서 계속해서 되새겼다.

차별 없이 동등하게 존중하기 — 제이

진정한 '존중' 그리고 '경청'에 대한 과거의 내 태도를 돌아봤다. 난 과연 모두를 존중했나? 모두의 이야기에 경청했나? 내가 좋아하는 이야기와 내가 좋아하는 사람에게만 존중과 경청을 해놓고선 만족하고 있진 않았나? 이 시간은 날 비장하게 만들었다.

하트비트, 내 인생 그래프

평탄하기만 했던 내 인생, 괜찮은 걸까 — 카이

각자 인생에 대한 행복그래프를 그려보고 1 대 1로 서로의 인생사를 듣는 '하트비트'를 진행했다. 시간으로 치면 사실상 하루지만 이틀 동안 지내며 열정적이고 주도적인 성격으로 보이는 '지나'와 함께할 수 있어서 좋았다. 지나와 서로의 이야기를 하기 전에 잠시 인생 행복 곡선을 그렸는데, 나는 어릴 때부터 지금까지 크게 기억나는 사건들이 없었다. 크게 어려움 없이 살아왔구나 싶다가도, 한편으로는 내가 평탄하게 살아오기 위해 기회비용으로 무엇을 잃었을까 생각하니 뭔가 조금 슬펐다. 지나와 대화하며 지나의 어릴 때 이야기와 중학교때 어두웠던 시기, 이우학교 생활, 취미 등 인생사에 대한 전반적인 이야기를 물어보고 들었다. 지나가 어릴 때부터 정말 여러 가지를 했다는 걸 들으면서 지금의 다재다능함이 어디서 나왔는지를 알게 됐고, 중학교 때 힘든 시절을 겪었다는 사실이 지금의 모습에서는 전혀 찾을 수 없어 놀라웠다. 하트비트를 하며 비록 한 명이지만 다른 레이너와 좀 더 가까워진 것 같아 마음이 편했고 만족스러웠다.

깊이 있게 알아가는 시간 — 지나

Heartbeat는 태어나서 지금까지 나의 인생에 대한 그래프를 그린 다음, 짝으로 대화를 나누는 프로그램이다. 나는 카이와 팀이 되었다. 8월 17일 오리엔테이션부터 알고 싶은 사람이 몇 있었는데 -자기소개가 인상 깊어서- 카이는 그중 한 명이기도 해서 다행이었다. 다행이라고 표현하는 이유는 남자 레이너들이 뽑는 형식이었는데, 그가 선택해주었기 때문이다. 남자에서 여자가 된 것은 가장 물리적으로 어색할 수 있는 요소 중 하나였을 뿐, 큰 의미는 없었다. 카이와 이야기하며 느낀 것은 내가 예상했던 이미지와 매우 달랐다는 것, 그리고 시간이 짧아서 더 많은 모습을 발견하지 못해 아쉬웠다는 점이다.

카이에 대한 인사이트insight를 공유하자면 섬세하다는 점이다. 그는 분명히 지난 과거에 기억 남는 것이 별로 없다고 했지만, 그 감정을 잘 인지하고 있었다. 또 웃는 모습이 굉장히 예뻤다. 줌에서 살짝 경직된 표정이었는데, 카이의 긍정적인 모습이 잘 드러나서 좋았다. 질문도 굉장히 많이 하고 많이 공감해주었는데, 비언어적 표현과 언어적 묘사를 잘하며 나를 존중해주는 느낌이었다. 그러던 중 갑자기 비가 많이 오기 시작해서 카이가 우산을 폈는데, 우산을 내 쪽으로 많이 기울여주었다. 혼자 비를 다 맞은 카이에게 미안하기도 하면서, 내가 이야기를 잘할 수 있도록 신경 써줘서 고마웠다.

나를 돌아보고 정리하는 시간 ─ 나슬

하트비트와 비슷한 활동을 3년 전쯤에 했는데, 오랜만에 다시 하게 되니 감회가 새로웠다. 오늘 새로 그린 그래프를 전에 했던 그래프와 비교해보면 좋겠다고 생각했다.

나는 제이와 짝을 하게 되었다. 제이와도 짧게만 얘기해봤는데 더 깊게 얘기할 수 있을 것 같아서 좋았다. 그리고 내가 더 편하게 얘기할 수 있는 상대와 짝이 되어 보다 깊은 대화를 할 수 있었던 것 같다. 어제 숙소에서 대충 듣고 얘기하긴 했지만 제이 얘기도 듣고 나도 오랜만에 지금까지 내가 어떻게 살았는지 돌아보고 내가 어떤 생각을 했고 지금까지 지금 이 자리에 어떻게 오게 됐는지 생각을 정리할 수 있는 시간이었다.

나와 너를 알아가는, 배워가는 ─ 제이

뽀얗고 부드러운 목소리와 인상의 나슬이가 걸어온 결코 쉽지 않은 시간에 대해 들었다. 나슬이 같이 꿋꿋하고 강한 사람이 내 가까이에 있어 좋고, 감사하다. 난 정말 진심으로 나슬이 이야기를 경청했다. 이 사람을 이렇게나 용기 있고 과감하게, 진중하고 단단하게 만드는 건 무엇일지, 그리고 이런 나슬이에게 난 무엇을 배울 수 있을지 궁금해졌다.

다르지만 닮은 — 제나

하트비트 그래프를 공유할 때 다니엘이 자신의 과거를 모두 세세히 이야기해줘서 좋았고, 레이너들의 인생 얘기는 하나하나 이렇게 다 다르고 스펙터클하구나를 또 한번 느꼈다. 마지막으로 내 그래프를 공유한 후 다니엘이 자신도 그림이나 디자인을 좋아한다고 했을 때 나와 공통된 관심사가 있는 사람을 찾아서 뿌듯했다.

바다가기+쉼

비가 오는데 바다를 가야 할까? — 카이

점심시간 동안 비가 와서 바닥이 젖었고 날씨도 우중충해서 일정대로 바다에 갈지 말지를 두고 간단히 회의를 했다. 오늘 가자는 의견과 내일은 날씨가 좋을 거라 믿고 내일 가자는 의견이 약간의 대립각을 나타냈는데, 그러자 다들 어차피 같은 팀이라는 생각 때문인지 서로의 의견을 반대하지 않는 모습을 보이며 그냥 오늘 가기로 결정났다. 학교에서 반 친구들끼리 어떤 결정을 내릴 때는 의견이 없거나 다들 제대로 참여하지 않아서 시간이 오래 걸리거나 너무 치열하게 다퉈서 분위기가 좋지 않을 때가 많았다. 그런데 여기는 생각 이상으로 다들 회의에 적극적으로 참여하며 의견을 내비쳤고 크게 고집 피우거나 상대 의견을 존중하지 않는 사람이 없어서 크게 놀랐다.

이번이 우리끼리 의견을 정하는 첫번째 회의였는데 이 정도로 부드럽게 진행된 걸 보자 앞으로 회의가 굉장히 편할 것 같다는 생각이 들었다.

작은 일도 회의를 거쳐 — 나슬

점심을 먹고 비가 와서 바다에 갈지 말지 여부를 정해야 했는데 나는 올해 바다에 들어가서 논 적이 한번도 없어서 굉장히 기대하고 있어 빨리 가고 싶었다. 내일 날씨가 좋을 수

도 있으니 프로그램 순서를 바꿔서 내일 바다에 갈까 했지만 날씨가 내일 좋아질 거라는 보장이 없기에 오늘 가자고 주장했다. 결국 오늘 가게 되어서 기분이 좋았다.

색다른 공간에서 다시 보이 동료들 — 카이

바다에 오늘 가기로 결정한 이후 두 팀으로 나눠서 이동하게 됐다. 먼저 출발하는 1조는 바다에 입수해서 놀 사람들로 구성되어 떠났고 나를 포함한 나머지 레이너들은 2조로 출발했다. 바닷가에 갈 때는 하싼과, 올 때는 선과 함께 트렁크에 쭈그려 앉아서 가는 신기한 경험을 했다. 뒤를 보며 가는 색다른 경험을 하며 대화를 나누었는데 다른 레이너들과 사석에서 서로에 대해 알아가는 유익한 시간이었다.

바다에 도착해서는 1조가 경찰한테 입수 금지를 받았단 사실을 알려주고는 바로 팀코치들과 돌아가서 우리끼리 바닷가에 남았다. 난 발을 담그거나 해변을 걸어 다니며 시원한 바닷바람과 계속 몰아치는 파도 소리를 감상했다. 덕분에 잊었던 바닷가의 느낌을 여러 감각으로 만끽했다.

돌아오기 전 다리로 연결된 섬에 잠시 들러서 구경했는데 거대한 바위 위에 올라가 바다 너머 수평선을 멍하니 바라보며 이곳에 와서 여러 이유로 쌓이게 된 정신적 피로를 없애고 마음을 진정할 수 있는 시간이었다.

파도는 셌지만, 정작 따뜻했던 바닷물 ― 나슬

난 물에 들어가고 싶어서 먼저 차를 탔는데 차 트렁크에 실려 가듯이 타서 당황스럽기도 하고 웃겼다. 막상 도착하니 파도가 세 보여서 들어가기 겁났다. 날로, 다니엘, 윌리가 먼저 들어가서 노는 모습을 보고 재밌어 보여 들어갔는데 생각보다 물이 따뜻해서 신기했다. 게임해서 벌칙도 하고 물을 뿌리며 놀고 있는데 갑자기 경찰이 와서 위험하니 바다에 들어가지 말라고 했다. 바다에서 너무 짧게 놀게 되어 아쉬웠다. 올해 처음으로 바다에서 놀았는데 친구들과 함께 놀 수 있어서 더 좋았던 것 같다.

흠뻑 담글 때 후련해지듯 ― 제이

이렇게 솔직해져도 되나 싶다. 신나면 신나는 대로, 슬프면 슬픈 대로 표현한다는 건 그만큼 이 사람들이 편해졌다는 뜻이겠지. 또 언제나 그렇다 할 순 없지만, 그렇다고 아니라 하진 못하겠다. 난 평소에 많이 젖는 것도 싫어하고, 바다도 무서워한다. 아주 오랫동안, 바다에 가도 흠뻑 젖어서 논 적이 없다. 그런데 어쩌다 보니 정말 이 사람들이랑 더 많이 신나게 놀고 싶어서 나도 모르는 사이에 들어간 것 같다. 망설이다가도 완전히 빠졌을 땐,

후련했다. 파도가 계속 와 휘청거리며 조심조심 옆 사람을 신경 썼는데, 조만간 이것도 사라지길 바란다.

순간을 즐기는 자, 진정한 승리자 — 제나

바다에 갈 시간이 왔다. 가기 전에 날씨가 너무 우중충해서 바다에 오늘 갈지, 내일 갈지 투표했다. 사실 이런 즐거운 일정은 미룰 수 없어서 날씨고 뭐고 얼른 가고 싶었다. 바다에서 즐겁게 놀 걸 상상하고 출발했다. 하지만 생각보다 날씨가 더 안 좋았다. 거친 바람과 파도 때문에 바다에 들어가기 힘들었다. 바다에 들어갔을 때 정신을 잘 못 차렸던 것 같다. 하지만 이내 게임이 시작되고 다들 서로에게 집중하면서 이 순간을 즐겼다. 지금 생각해보면 사진을 더 멋지게 찍지 못한 게 아쉽다.

하루닫기: "하루를 닫는 글을 쓰면서 어땠는지"

루시아>>> 나, 우리의 관점에서 글을 쓰다 보니까 옆에 사람들을 돌아보게 되는 거예요. 그리고 손으로 쓰다 보니까 하루에도 흐름이 있다는 걸 알게 되고 새로웠어요.

하싼>>> 제가 지금 '같이 살기'에 집중을 못 하고 있다는 것을 깨달았어요. 온전히 이 시간에 집중해서 보냈으면 좋겠어요.

윌리>>> 막상 글을 쓰려고 보니까 바다가 가장 인상 깊게 떠올랐어요. 하루에 많은 것을 했는데 지금 힘들지는 않아요. 내일이 기대돼요.

다니엘>>>글 쓰는 데 집중이 잘 안 됐어요. 주어를 '나'로 하는 건 얼추 썼는데 '우리'로 하는 건 아직 다 못 썼어요. 있던 일들을 떠올렸을 때 그때 느꼈던 감정들이 다시 생각나서 그걸 썼는데 좋았어요.

션>>> 회고하는 것이 의미 있는 일인 것 같아요. 앞으로 기록을 잘 해야겠어요.

카이>>> 단편적인 기억들을 이야기로 음미하고 나니까 입체적으로 여겨졌어요. 여러 감정이 들었다는 걸 알 수 있었는데 하루를 알차게 지내서 좋았어요.

지나>>> 러닝 다이어리가 레이너의 특징이겠구나 하는 걸 글을 써보고 나니까 다시 알 수 있었어요.

제나>>> 오늘 시간이 빨리 흘렀는데 하루를 되짚으니까 좋았어요.

조이>>> 한 일들을 나열하긴 했지만 제 생각을 넣진 않았어요. 생각을 나열해서 흐름을 만들어야겠어요.

이밤>>> 책을 낸다고 하니까 왠지 잘 써야 할 것 같아요. 나, 우리 관점을 나누어 쓰기가 어려워요. 밤에 혼자 나와서 글을 썼는데 좋았어요.

나슬>>> 쓰다 보니 양이 방대해졌어요. 많은 것을 같이 했다는 걸 알았어요. 앞으로 일정이 기대되고 같은 날을 보내도 다 다른 글이 나올 것 같아서 궁금해요.

제이>>> 아침부터 밤까지 다 같이 보낸 건 오늘이 처음이잖아요. 저녁 일정에 글쓰기 시간이 없었다면 '오늘 바다 갔다 오고 끝!' 하고 하루를 기억했을 텐데 되짚고 관찰하니까 느끼고 배우는 것들이 있어서 좋았어요. 앞으로도 글을 쓰며 느끼고 배우고 싶어요.

리지>>> 하루를 되짚어보게 되었어요. 느낀 점을 쓸 때 아침에 한 몸마음열기가 도움됐어요. 주제가 있다 보니 신중하게 쓰게 돼서 평소에 쓰는 어휘로 쓰지 않는 것 같아요. 내가 느끼는 것하고 다른 사람들이 느끼는 것이 다를 것 같아서 궁금하고 기대돼요. 글을 쓰고 나니까 사소한 것들도 생생한 기억이 되는 느낌이에요.

존>>> 도시에 있을 때보다 해리의 시간은 느리게 가는 걸 알았어요. 순간에 충실하고 스쳐 지나가는 순간들도 놓치지 말아야겠다는 생각이 들면서 앞으로 있을 다른 순간들이 기대돼요.

날로>>> 여러분은 존재 자체로 다 소중하기에 각기 다른 것이 참 당연해요. 그래서 잘 쓰는 것보다 자신이 당기는 것을 쓰고 주변이 아니라 자신이 중심이 되어 글을 썼으면 좋겠어요.

일정, 그 후

공동의 경험과 시간의 공유가 쌓여

글쓰기와 하루닫기를 마친 뒤에는 각자 숙소로 돌아가서 시간을 보냈다. 남자 레이너들은 모여서 루미큐브를 했다. 사실 오후에도 잠깐 쉬는 동안 루미큐브를 했는데, 이는 오늘 오전에 누군가 보드게임을 찾아보자는 아이디어에서 시작된 것이었다. 어쨌든 우리는 한참 동안 보드게임을 했다. 처음 보드게임을 하기 위해 펼칠 때

까지도 좀 어색한 우리였지만, 아니나 다를까 보드게임을 하면서 서로를 조금씩 편하게 생각하게 된 것 같았다. 또 보드게임을 하면서 뭔가를 깨달을 수 있었는데, 보드게임과 같이 사소한 물건이 사람과 사람 사이의 관계를 이어준다는 것이었다. 어떻게 적용해볼 수 있을지는 모르겠지만 소중한 깨달음이라고 생각된다. (하쌘)

아, 글쓰기…

글을 써야지, 써야지, 라고 되뇌이며 레이너들과 떠드는 시간은 너무나도 재미있었다. 글에 집중하기 위해서 칸막이와 전등이 있는 아늑한 침대에 몇 번이고 들어갔지만, 강아지 입양 브이로그, 마라탕 먹방, 그리고 루미큐브는 이미 흩어질 대로 흩어진 나의 집중력을 파괴하기에 너무 효과적이었다. 그렇게 나는 루미큐브를 즐기는 레이너들 옆을 꿋꿋이 끝까지 지키며 글 쓰는 것을 미루었고 두 시가 된 지금에서야 글을 다 쓰고 잘 수 있게 되었다. (이밤)

같은 듯 다르고, 다른 듯 같은

책마을해리에서의 셋째 날이다. 오늘도 아침 8시까지 모두가 모여서 몸마음열기로 하루를 시작하는 일정이었다. 어제와 다른 점은 몸마음열기를 공방(실내)이 아닌 잔디밭 위에서 진행하게 되었다는 것이다. 오늘은 비가 오지 않기 때문이었다.

실내가 아닌 야외, 그것도 잔디밭 위에서 하는 스트레칭과 명상은 어제와는 확연히 다른 느낌이었다. 몸마음열기를 마치고 진행된 하루열기에서는 하늘과 바람과 자연을 칭찬하는 소리가 끊이지 않았다. 하루열기를 통해 서로의 현재 상태와 감정을 공유한 뒤에 아침을 먹었다. 오늘 아침식사 준비를 도와줄 레이너는 카이, 지나, 조이였다.

오전에는 모든 레이너들이 각자 책마을해리를 거닐며 그 안에서 자신에게 인상 깊다고 생각되는 것(건축물, 풍경, 물건)을 관찰하고, 느끼고, 나와 연결하는 시간을 가졌다. 또한 그것을 사진으로 찍고 레이너들과 함께 나눴다.

레이너들의 다양한 배경만큼 우리가 가져온 사진들도 매우 다양했는데, 개중에는 나무 위에 있는 집, 오래되어 보이는 서가, 항아리와 그 옆에 놓인 작은 오브제, 책마을해리 옆으로 난 샛길과 그 길을 가로막고 있는 약해 보이는 장애물, 그리고 멀리서 찍은 책마을해리의 전체 풍경까지 13장의 사진 중 같아 보이는 것은 거의 없었다.

오전이 다 가기 전 션이 개인적인 이유로 잠시 집에 돌아가야 했다. 우리가 처음 만난 지 이틀이 안 된 상황에서 잠깐 헤어지는 것이 아쉽게 느껴졌지만, 션은 빠르면 저녁, 늦으면 내일 오후에라도 다시 만날 수 있을 거라고 이야기하고 잠시 해리를 떠났다.

오늘 점심식사 준비를 도와준 레이너는 나슬과 다니엘이었다.

점심식사를 마친 후에는 몸대화라는 이름의 일정을 진행했다. 몸대화의 규칙은 한 명씩 돌아가면서 자신을 제외한 모두 앞에서 "예스YES" 혹은 "노NO"를 이야기하고, 나머지 레이너들은 YES와 NO 중에서 앞의 레이너가 이야기하는 것의 반대말을 하는 것이다. 이때 나머지 레이너들은 앞의 레이너의 말투나 말의 높낮이, 제스처 등을 따라해야 한다.

몸대화를 하는 도중 날로가 이것의 의미에 대해 설명해줬다. 몸대화는 앞에 선 사람과 나머지가 서로 다른 의미를 가지는데, 먼저 앞에 선 사람은 자신의 행동을 따라하는 나머지 레이너들을 보면서 자기가 어떻게 소통하는지 성찰할 수 있다는 것이다. 또한 나머지 레이너들은 앞에 선 레이너의 말투, 어조, 제스처를 따라하기 위해 관찰하게 되고 이것을 훈련할 수 있다. 날로의 설명을 들은 레이너들은 그제야 몸대화의 의미를 이해했다는 듯 고개를 끄덕이기도 했다.

몸대화를 통해 모두가 대화와 소통의 기술을 다시 한 번 경험한 뒤에 책마을해리에 있는 자전거와 스쿠터를 조립하는 시간을 가졌다. 이전 점심시간에 조립을 미리 경험했던 레이너들과 함께 자전거와 스쿠터를 조립했다. 모두가 열정적으로 나서서 참여했기에 빠르게 조립을 마무리할 수 있었다.

자전거 조립 후에 조를 나누어 사람책 질문 만들기와 사람책 인터뷰를 진행했다. 사람책 질문 만들기는 조원들끼리 서로에게 물어보고자 하는 질문들을 구성하는 것이다. 사람책 인터뷰는 미리 만든 질문으로 인터뷰하며, 서로를 알아가는 과정이다. 이때 사람책이라는 말은 서로가 가지고 있는 고유의 스토리를 듣는 것이 마치 책을 읽는 것과 같다는 의미에서 붙여진 이름이었다. 그렇게 조별로 나뉘어 사람책 질문을 만들고, 인터뷰를 했다. 비교적 빠르게 마무리된 조도 있었지만, 어떤 조는 이후 일정인 저녁식사도 함께하며 오랫동안 이야기를 이어갔다.

오늘 저녁 담당은 루시아와 날로였다. 그렇게 저녁식사를 마친 후 7시부터는 어제와 마찬가지로 한 시간의 글쓰기 시간이 주어졌다. 그리고 글쓰기 시간이 마무리되는 8시부터는 어김없이 모두가 모여서 하루닫기라는 이름으로 그날 하루의 느낀 점과 현재 나의 상태를 공유했다.

9시가 거의 다 되어서 하루닫기가 마무리된 후에는 모두가 각자의 시간을 보냈다. 글을 마무리하지 못한 레이너는 글을 쓰러 갔고, 어떤 이들은 모여서 이야기하거나 보드게임을 하기도 했다.

내일은 앞으로 4박 5일 동안 고창에서 진행하게 될 로컬프로젝트가 시작되는 날이다. 오늘 밤은 로컬프로젝트라는 새로운 이벤트를 모두가 다른 마음과 감정으로 기다리는 시간이 되었다.

나와 팀동료를 알아가는 깊이와 범위가 넓어지는 날이다. 나의 이야기를 모두에게 전해보기도 하고 자신이 팀에게 영향을 주는 존재라는 것도 알게 되며 세 명씩 조를 이루어 서로를 더욱 알아간다.

책마을해리 관찰

책마을해리에서 내 눈길이 머무는 무언가에 사진을 찍고 어떤 느낌이었는지, 눈길이 왜 갔는지, 나랑 무슨 연관이 있는지 생각해보는 활동이다. 사물을 바라보며 사진을 찍고 나를 재조명해보는 것이 초반 활동의 핵심이다.[4]

서로의 이야기를 공유하면서는 같은 공간에 있어도 보고 느끼는 것이 모두가 다르다는 것과 같은 것을 바라볼지라도 각자가 가진 고유의 경험들에서 비롯된 다양한 관점이 존재한다는 것을 이해할 수 있다.

몸대화

모두가 나란히 한 줄로 팔짱을 끼고 선다. 끝에 있는 사람부터 한 명씩

4) 참고도서: 고현주, 『꿈꾸는 카메라』, 흔들의자

돌아가면서 한 줄로 선 전체를 마주본다. 앞에 나와 혼자서 YES를 외치면 전체는 한 명을 바라보며 반대로 NO를 외친다. 이때 목소리를 크게 외치면 나머지도 크게 외치고, 작게 말하면 똑같이 작게 말한다(시작을 NO로 해도 된다).

사람책

서로를 알아가기 위해 세 명씩 조를 이루어 인터뷰한다. 조별로 공통 질문을 설정하고 조원들 한 명씩 번갈아가며 인터뷰 대상자로 정해 질문을 하며 내용을 기록한다.

몸마음열기, 구름이와 함께 여는 아침

'팀'이라는 단어가 주는 막연함 — 하싼

오늘 아침도 어김없이 체조와 명상으로 시작했다. 체조와 명상은 항상 해야겠다고 생각하던 것 중 하나지만, 정작 시도해보니 생각보다 어렵고 내 자세도 만족스럽지 않았다. 오늘 몸마음열기는 특별히 좁은 실내가 아닌 선선한 바람이 부는 잔디밭 위에서 진행했다. 선선한 바람과 자연의 소리에 모두가 좋아했다. 시골보다는 도시를 좋아하는 편이지만, 이때만큼은 시골스러움을 즐기고 있었던 것 같다. 스트레칭과 명상을 마친 뒤에는 하루열기라는 이름으로 지금 나의 느낌과 감정을 레이너들과 공유했다. 지금 당장의 기분이 어떤지, 피곤한지 또는 상쾌한지 이야기하는 레이너들도 있었지만, 나는 이때 하고 있던 생각과 고민, '팀이 되는 것이 무엇일까', '팀이 되기 위해 내가 가져야 할 마음은 무엇일까'에 대해 이야기했다. '팀'이라는 단어가 아직 막연하게 느껴지지만, 보름살기가 끝나고 나면 이 질문에 대한 답을 찾을 수 있기를 바란다.

나와 타인을 살피고 마음에 집중하는 시간 — 제이

젖어 있는 잔디 위에 매트를 깔고 요가를 한다는 게 딱히 반갑진 않았다. 하지만 이번 역시 내 섣부른 생각이었다. 매트를 깔고 누워있는데 점점 바람에 집중하게 되고, 햇볕을 듬뿍 느낄 수 있었다. 삽살개 구름이가 요가 중인 션에게로 다가왔다. 구리구리한 냄새가 났을 텐데도 션은 아무렇지 않게 만져주고, 옆에 두었다. 어떤 냄새가 나고, 어떤 모습을 하고 있든 그저 옆에 가만히 둘 수 있었던 건 그 아이를 존재 자체로 사랑하는 션의 마음 덕분이라고 생각했다. 마음열기 땐, 이해하려는, 함께해보고자 하는 하싼의 마음이 보이는 것 같아 반갑고 좋았다. 둥그렇게 모여 앉아 요가만 한다고 생각했는데, 한 사람 한 사람을 유심히 관찰하고 내가 어떤 마음이 드는지 집중할 수 있는 시간이었다.

책마을해리에 천천히 스미기

책마을에 점차 스미는 레이너들 — 카이

책마을해리에서 눈길이 쏠리는 곳을 사진으로 찍고 왜 그런지 설명하는 시간을 가졌다. 난 책마을해리를 전반적으로 평탄하게 느꼈다고 생각해서 발길이 끌리는 대로 돌아다니며 사진을 찍은 후 그중에서 고르는 방식을 택했다. 처음에는 영화에 나올 것 같이 높은 책장에 수많은 책이 꽂혀 있는 '책숲'에서 찍은 사진이 마음에 들었으나, 맑은 햇빛 아래에 푸르른 잔디밭과 파란 하늘을 배경으로 아기자기한 책마을 건물들과 레이너들이 한눈에 보이는 사진이 있었다. 난 그 사진이 이곳에 와서 전체를 훑어본 나의 느낌을 대변하는 것 같아 그걸로 선택했다.

모두 다른 시각으로 보고 느끼는 — 지나

책마을해리는 따뜻하고, 여기저기 볼 것이 많은 장소였다. 하지만 이곳에 들어온 이후로 레이너들과 함께 시간을 보내는 것에 집중하다 보니 공방과 서재에서만 시간을 보내 곳곳을 둘러보지 못한 아쉬움을 가지고 있었던 때였다. 마침 이 프로그램이 있어서 첫날 둘러보았던 곳 중 기억에 나는 곳들을 찾아갔다. 세로로 긴 서가가 쭉 펼쳐져 있던 도서관에 갔고, 아주 넓지만 아늑한 공간이라는 생각이 들어 사진을 남겼다.

좀 앉아 있다가 장소에 대한 나의 감정들을 기록하기 위해 공방으로 가는 도중, 암흑기였던 중학교 시절에 나의 도피처가 되어주었던 도서관과 너무나도 비슷한 곳을 발견했다. 낡고 고동색인 듯 황톳빛이 나는, 책 높이를 맞추기 위해 구멍이 뽕뽕 난 책장이 길게 놓여 있었다. 그리고 창문 앞에 책들이 있어서 은은하게 빛이 들어오는 어두운 도서관이었다. 책들도 쌓여 있었고 복도 끝에 있는 문은 마치 도서관 창고를 들어가던 문이 생각나는 곳이었다. 그 시절을 조금 더 회상해보면, 암흑기의 최절정을 향해 가고 있을 무렵, 도서관의 책장들이 중간에 모두 교체되어 그 정취에서 오던 위로를 더 이상 받을 수 없었다. 하지만 이곳에서 따뜻하게 보듬어주던 도서관의 느낌을 받을 수 있어 좋았고 뜨거웠던 기억들이 떠올라서 새로웠다. 이렇게 장소에서 옛 추억을 꺼내었던 '나'처럼 같은 해리에 있지만 모두 다른 시각으로 보고, 느끼고 있어 사진과 해석이 다르게 보이는 것이 신기했다. (P.S. 그럼에도 불구하고 너무 졸려서 혼이 났다.)

사진에 담긴 다양한 이야기 — 하싼

책마을해리에서 눈에 들어오는 것들을 사진 찍고, 그것을 느끼고, 생각하고, 나와 연결시키는 시간을 가졌다. 나는 호랑이 동상에 대해 이야기했는데, 용맹하고 단단한 호랑이와 같은 사람이 되고 싶다는 것을 나눴다. 열세 명의 레이너들이 각자의 사진과 느낌, 생각, 자기 자신과의 연결점을 나눴는데 모두가 각자 다양한 사진과 사진에 대한 자신의 이야기를 들려줬다. 친구들의 이야기를 들으면서 정말 모두가 다양한 사람이라는 생각이 들었다.

어색하지만 나를 드러내는 — 제이

날씨가 너무 좋은데, 이 날씨를 만끽하면서 모두가 자기 자신만의 생각과 감각에 몰입할 수 있었던 소중한 시간이었다. 나 또한 혼자만의 생각에 오래 집중하는 게 오랜만이었다. 나도 모르게 내 이야기가 쭉 써지는 게 반가웠고, 신이 났다. 처음으로 레이너들 앞에서 내 얘기를 하는 것 같아 조금 어색하기도 하고 설레었다. 실제로 발표할 때는 왜인지 목소리가 떨렸다. 긴장이 되었나. 하지만 날 많이 보여준 것 같아 뿌듯하다.

몸대화, 우리 부딪혀봐요

몸으로도 대화할 수 있어요 — 하싼

몸대화에서는 1대 나머지로 소통하며, 자기 자신이 다른 사람들과 어떻게 의사소통하는지 성찰할 수 있는 기회를 가졌다. 솔직히 이야기하면 몸대화 자체에서 어떤 의미와 깨달음을 얻었다기보다 날로가 몸대화의 취지와 임팩트를 이야기했을 때 그것을 이해할 수 있었다. 처음에는 몸대화를 왜 해야 하는지 이해하지 못했지만, 이것을 왜 해야 하는지 이해하고 나니 열심히 참여할 수 있었다. 지금 생각해보면 당시의 나는 이 프로그램에 관해서 코치님들께 의구심을 품고 있었다. 나는 왜 이것을 하고 있는지 이해되지 않았고, 그래서 프로그램에 진심으로 참여하지 못했다. 하지만 문득 떠오른 생각이 있었다. 때로는 누군가를 신뢰하고 그것이 이해되지 않아도 도전해볼 수 있는 마음을 가져야 한다는 것이었다. 나는 MTA가 나의 목표를 이루는 데 도움을 줄 수 있을 것이라고 생각해서 입학하게 되었다. 입학을 결정할 당시 모든 것을 알고 지원한 것은 아니지만, 이 선택의 결과물을 확인하기까지 오랜 시간이 걸리는 만큼 과거의 내가 MTA를 선택했던 이유를 신뢰하고, 최선을 다해 핏을 맞추는 것이 필요하다는 생각이다.

서로를 세세히 관찰하는 것이 소통의 시작 — 제이

윌리의 팔에 땀이 꽤나 있었다. 초반엔 안 닿게 해보려다가 결국 지쳐서 포기했다. 사실 활동 처음부터 집중한 건 아니었다. 마주보고 있는 게 어색하기도, 웃기기도 해서 웃느라 바빴다. 하지만 몇 번이고 반복할수록 정말 앞으로 우리 안에서 갈등이 생길 것이고, 내가 낸 의견이 충분히 거절당할 수 있다는 사실이 와 닿기 시작했다. 이를 난 어떻게 받아들일지 그리고 내 주변 사람들은 각자 어떻게 받아들이고 있는지 세세하게 관찰하는 게 중요할 것 같다고 생각했다.

자전거와 스쿠터, 미지의 세계로

시원한 바람 맞으며 바다로 — 윌리

점심을 먹고 딱히 할 일이 없었던 나는 인간과 기계에 대한 꽤 흥미로운 이야기를 하고 있는 카이와 하싼에게 향했다. 그곳에서 한창 이야기를 나누다 주제가 떨어진 우리는 전날 전기자전거가 떠올라 함께 창고로 향했다. 그곳에는 미리 조립된 자전거 몇 대와 한참은 방치되어 있던 것 같은 박스 몇 개가 먼지와 거미줄에 싸여 있었다. 아직 포장도 뜯지 않은 자전거 박스를 본 우리는 흥분을 감추지 못한 채 거미줄과 먼지를 털어내고 박스를 하나씩 밖으로 가지고 나왔다. 자전거와 스쿠터를 타고 바다를 갈 생각에 기대가 많이 되었다. 존이 설명서와 유튜브 설명서를 알려줬지만 '설명서 볼 시간에 버튼 하나라도 더 누르자'라는 마음으로 일단 조립을 시작했다. 그렇게 조립을 마친 뒤 카이, 하싼과 밖으로 시운전을 나갔다. 우리 셋 다 전기자전거는 처음이었는데 생각보다 잘 나가는 자전거에 다들 신이 나서 한참을 달렸다. 물론 자전거 한 대가 펑크나기는 했지만 너무 행복한 경험이었다.

지금은 스쿠터를 만들지만, 나중에는… — 하싼

점심을 먹고 난 뒤에 카이, 윌리와 관심 있는 분야에 대한 이야기를 나눴다. 기억에 남는 주제는 데이터의 중요성과 철학에 대한 이야기였다. 우리가 한창 앨런 튜링의 이미테이션 게임에 대해 이야기를 나누고 있었을 때 존이 다가와서 자전거와 스쿠터를 조립해 보지 않겠냐고 물어봤고, 마침 할 일이 없던 우리는 창고에 있는 자전거와 스쿠터를 조립했다. 조립은 크게 어렵거나 복잡하지 않았다. 뭔가 조립해본 것이 오랜만이라서 그런지 조금 서툴기도 했지만, 완성하고 그것을 사용해봤을 때의 경험은 엄청난 성취감을 주었다. 역시 무언가를 완성한다는 것은 항상 즐겁고 설레는 것 같다. 이번에는 스쿠터를 만

들었지만, 이제는 레인에서 팀을 만들고 나중에는 최고의 글로벌기업을 만들겠다고 다짐하며, 레이너들과 함께하는 미래를 상상하니 즐거워졌다.

사람책, 누구나 책

알게 될수록 이상하게 더 신경 쓰이는 — 제이

이 사람들을 더 많이 알아갈 거라는 게 너무 기대됐다. 질문들도 너무 형식적이지 않아서 좋았고, 질문에 답하면서 나를 차근차근 정리하는 것 같아 좋았다. 내 얘기가 너무 길어 지루하진 않을까, 중간중간 눈치가 보였는데, 밤이와 하싼이 계속해서 질문하고 경청해줘서 고마웠다. 편했던 밤이가 낯설게 느껴지고, 낯설던 하싼이 조금은 편하게 느껴졌다. 더하여 그들이 내린 모든 결정의 과정 하나하나가 궁금해졌다. 난 이 사람들을 더 진지하게 알고 싶어졌고, 깊이 대화 나누고 싶어졌다. 대신, 정작 나는 어디까지 드러내야 할지 잘 모르겠다. 이 시간에 내가 너무 많은 이야기를 해버린 것이 아닌가 싶기도 하다. 발랑 벗겨진 느낌. 좀 더 나은 사람으로 보이고 싶었는데 그러지 못하는 것 같아 마음 한 구석이 불편하다. 이들이 날 어떻게 생각할지 점점 더 신경 쓰일 것 같다.

깊은 대화로 서로에 대해 더 깊이 생각하다 — 제나

나슬, 카이와 사람책을 하게 되었다. 트리하우스에서 인터뷰를 진행했는데 우리의 아지트 같고 분위기가 좋았다. 카이와는 처음 말을 해봤는데 착한 친구인 것 같았다. 셋이서 인터뷰 질문을 정하는 데 적극적으로 참여했다. 인터뷰를 진행하면서 궁금한 점들을 추가해서 물어봤다. 인터뷰를 하면서 카이는 완전히 이과 사람이라는 것을 알게 되었다. 그리고 레인에 들어오게 된 계기가 다른 친구들에 비해 심플해서 놀랐다. 대부분 대안학교 출신이거나 고등학교에 진학하지 않은 친구들이 많은데, 고등학교 중퇴 후에 바로 레

인을 선택했다는 점이 신기했다. 나슬의 이야기는 첫날 밤에 숙소에서 들어서 알고 있었지만, 더 깊이 알 수 있어서 좋았다. 그리고 서로가 좋아하는 것, 취미 활동들을 알 수 있어서 어떤 사람인지 좀 더 알아갈 수 있었다.

남을 알아가며 나를 돌아보는 ― 리지

일정표에서 '사람책'이라는 글자를 보았을 땐 유명한 페이스북facebook이 떠올랐다. 스케줄표에 쓰인 이름만 보고는 혼자 속으로 어떤 활동일지 매우 궁금했다. 전날 진행되었던 'Heartbeat'라는 활동은 둘이서 대화의 원칙을 생각하면서 대화를 나누며 서로를 알아가는 활동이었다면, 이번엔 셋이서 서로에게 묻고 답하며 서로를 자세히 알아가는 시간이라는 설명을 듣고 매우 기대되었다. 'Heart beat' 때 팀코치 날로와 짝이어서 팀원들의 이야기를 공식적인 일정에서 들어보는 건 처음이었기 때문이다.

루시아, 월리와 같은 조가 되었다. 질문을 함께 만들면서 사람을 알아가려면 어떤 질문을 하면 좋을지 고민해볼 수 있었고, 질문의 답들을 준비하면서 나 자신이 어떤 사람인지도 곰곰이 생각해볼 수 있었던 시간이었다.

또, 셋 중 마지막 순서로 인터뷰를 하게 되어서 루시아와 윌리의 대답을 먼저 듣게 되었는데, 들으면서 내가 놓쳤던 부분들을 알게 되어 계속해서 나의 대답을 수정했다. 그렇게 수정까지 하며 나의 모든 이야기를 다 들려주고 싶었지만, 지금까지도 그때 미처 하지 못한 말들이 자꾸 생각나 아쉬웠다. 하지만 앞으로 서로를 알아갈 시간은 많을 것이라는 생각에 아쉬움은 뒤로 미뤄두었다.

3일차여서 아직 친구들과 많은 대화를 나눠보지 못했는데 사람책 활동을 통해서 친구들이 살아온 이야기를 자세히 들어볼 수 있어서 그 사람들과의 친밀감이 확 올라갔다. 사실 여자애들은 첫날 밤 숙소에서 우리끼리 라이프쉐어링 맛보기 겸 수다를 떨어서 루시아의 이야기는 조금 알고 있었다. 하지만 다시 제대로 들으니 잊지 않을 수 있을 것 같아서 좋았다. 그리고 새로 알게 된 점도 있었고, 특히 기억에 남는 건 나와 성격 같은 부분에서 비슷한 점이 많아 이야기를 들으면서 '나도 그런데!'라는 말을 몇 번이나 했다.

윌리는 교육에 관심이 많고 또 그 분야의 꿈을 꾸고 있는 점이 나와 같아 많이 놀랐다. 내가 가진 교육에 대한 꿈, 교육관 등에 대해 이야기할 때 윌리가 소름 끼쳐 하면서까지 정말 진심으로 공감하며 본인도 교육의 꿈을 가지고 있다고 했다. 윌리와 시간을 초과하면서까지 서로의 이야기를 더 나누었는데 존이 그렇게 OT 때부터 노래를 부르던 '동료를 얻었다는 느낌'이 뭔지 조금은 알 것 같았다. 나와 교육에 대해 비슷한 생각을 가지고 있는 사람을 살면서 드디어 만나 너무나도 반가웠다. 게다가 그 꿈에 대한 열정이 현실과 주변 환경과 주위 사람 등의 영향으로 꺼지기 직전의 불씨만큼 줄어들어 힘든 시간을 보내던 와중에 윌리를 만나 얼마나 감사한지 모른다.

윌리도 루시아도 나도 모두 매우 다른 인생을 여태 살아왔음에도 불구하고 서로 비슷한 점이나 공통점이 많고, 이렇게 우리가 레인서울이라는 곳에서 만나 앞으로 함께 팀기업을 꾸려나간다는 사실이 너무 기대되고 기다려진다. 루시아와 윌리에 대해서는 많이

인터뷰 질문

윌리, 리지, 루시아 조
호구조사. 이름,나이,가족,MBTI,사는 곳 / 남이 보는 나, 내가 보는 나
좋아하는 것, 잘 하는 것, 싫어하는 것, 못 하는 것
인생을 네다섯 줄로 요약하기 / 레인 오기 전에 원동력이 되어준 것, 동기와 목적
선호하는 공동체의 모습 / 이런 건 안 해줬으면 좋겠다 하는 것
행복했던 경험, 불행했던 경험

하싼, 제이, 이밤 조
지금에 이르기까지 영향을 준 순간 /시기별 관심사
꿈. 어떤 사람이 되고 싶고 이루고 싶은 것은 무엇인지
장단점 / 취미

카이, 나슬, 제나 조
신상. MBTI, 가족관계, 고향 / 구독한 유튜브 채널로 보는 관심사나 소확행
소소한 TMI / 공동체 생활할 때 주의할 사항, 이해해줬으면 하고 바라는 점
레인에 온 계기 / 인생에서 일정하게 해온 것 / 기대하거나 바라는 것
첫인상

지나, 조이, 다니엘 조
자신의 장점 / 최근 관심사
레인서울 와서 바라는 점
내게 학교란? / 일하는 스타일

알았지만 다른 친구들과는 소수의 인원으로 서로를 꼼꼼히 알아가는 시간이 공식적인 스케줄에 없다는 사실이 조금 아쉬웠다. 또 동시에 '다른 친구들은 같은 질문을 던졌을 때 어떤 대답을 했을까'라는 궁금증이 생기기도 했다.

책마을해리 관찰기

돌아가더라도 새로운 길로 — 션

저는 책마을해리 뒤편에 있는 흙길을 찍어 왔어요. 눈길이 머무는 곳을 찾기 위해 이곳 저곳을 돌아다니다 책마을에서 지내면서 처음 보는 길을 발견하게 됐어요. 근처에 있는 숲으로 이어진 길인 것 같더라고요. 이 길을 처음 봤을 때 느낀 감정은 설렘과 기대였어요. 안 가본 길을 가보는 걸 좋아해서 그 길도 가보고 싶더라고요. 그 길은 정말 숲으로 이어질지, 길을 걸을 때 어떤 풍경이 보일지, 길의 끝이 다

시 책마을해리로 이어지게 될지, 낯선 길에 대해 상상하는 것만으로도 그 길을 가보고 싶은 마음이 커져 갔어요. 레이너들에게 공유하기 위해 모여야 해서 직접 가보지는 못했지만, 시간만 충분했다면 분명 그 길을 걸어봤을 거예요. 평소에 집에 갈 때도 조금 돌아서 가더라도 새로운 길로 가는 것을 즐기곤 하는데 새로운 길을 간다는 설렘뿐만 아니라 내가 모르는 길이 없어진다는 만족감과 지름길을 알아낼 때의 짜릿함이 즐거워요.

어릴 적 로망, 트리하우스를 보다 — 리지

제가 찍은 사진은 입구 들어서자마자 보이는 트리하우스와 구름이인데요. 사실 이 사진은 첫날 왔을 때 찍은 사진이에요. 입구에 들어오자마자 멋진 건축물을 보게 되어 인상 깊고 구름이도 너무 귀여워서 사진을 촬영했는데 처음에 질문을 받고 처음 떠오른 장소

가 여기였어요. 3일째 머물지만 모든 공간을 가보진 못했거든요. 그래서 안 가본 곳들을 가보려고 흰 건물, 도서관, 만화방도 다 다녀봤는데, 제가 평소에도 처음 꽂히는 것으로 결국 돌아오거든요. 어렸을 때 외국 영화에서 집 뒤에 이런 걸 뚝딱뚝딱 만드는 걸 보고, 『매직 트리 하우스』라는 책에서도 보면서 트리하우스에 대한 로망이 있었는데 실제로 본 건 처음이에요. 고양이 두 마리를 키우는데 구름이를

보면서 우리 집 고양이가 생각났어요. 나름 껴 맞춘 연관된 점이었어요. 사진도 잘 찍지 않았나요?

나만의 공간, 포근한 도서관 다락방 — 나슬

저는 버들눈도서관을 아이들이 많이 좋아한다고 해서 가봤는데 2층 사다리를 타고 올라가 보이는 시선으로 찍은 사진이에요. 여기 느낌은 책이 정말 많고 2층

에도 책이 놓여 있어 포근한 느낌이에요. 어릴 때 많이 읽은 동화책이나 『샬롯의 거미줄』 같은 소설책들을 봐서 반갑기도 하고 재밌었어요. 제가 원래 높은 곳과 포근한 공간을 좋

아해서 최근에 로망이었던 2층 침대를 샀어요. 버들눈도서관 2층 다락방은 나만의 공간 이라는 느낌이 들어 집에 있는 2층 침대도 생각났어요. 어릴 때는 틈만 나면 책을 읽곤 했는데 나만의 공간에서 책을 읽으면 진짜 좋겠다는 생각에 이 공간을 찍었습니다.

나무 등걸에 핀 버섯, 자유에 대한 갈망 ─ 다니엘

이건 나무에 핀 버섯이에요. 처음 봤을 때 이게 뭐지? 하다가 자세히 보니까 버섯이었어요. 여기 나무가 있잖아요. 그리고 중간중간에 버섯이 자라 있잖아요. 이게 자유를 갈망하는 느낌이었어요. 나무에 얽매이지 않고 벗어나려고 하는 것처럼 보여서 내가 원하는 모습과 비슷하다, 지금의 나와  비슷하다는 느낌이 들어서 찍었어요. 운동장에 보면 작은 버섯 두 개가 자라 있는데, 그 버섯을 보고 지금 사진 속 버섯을 보니까 저렇게 운동장 밖으로 나와 나무에 핀 버섯을 부러워하는 느낌이 들지 않을까 하는 소설을 써 보았습니다.

평범하지 않은 특별함 ─ 루시아

저는 살짝 피곤해서 빨리 찍고 쉬어야겠다는 마음으로 둘러보다가 마침 이 의자가 보였어요. 그냥 의자가 아니라 책을 편 느낌으로 만든 의자인데 처음 본 느낌은 책마을해리여서 그런지 모든 물건이 책이라는 주제로 깔때기처럼 모이는구나 싶었고 아이디어가 좋다고 생각했어요. 모양도 예쁘고요. 의자에는 『데미안』에 나오는 구절이 있는데, 책으로 읽을 때 그냥 지나친 말을 되새길 수 있어서 눈길이 갔어요. '나랑 무슨 연관이 있지?' 하고 고민을 많이 했는데 어릴 때부터 일반적이지 않고 평범하지 않은 것에 대해 관심이 많았던 걸 생각해냈어요. 그래서 일반 대학이 아닌 레인도

오게 되고 두 가지 목적이 합쳐 통합되거나 의미가 담기거나 상황이 담겨 있는 물건이 있다는 생각이 들었습니다.

울퉁불퉁하고 눈에 띄지 않아도 — 이밤

원래는 내부와 바깥도 나가서 걸으면서 사진을 몇 장 찍기는 했는데 딱히 마음에 드는 게 없었어요. 그러다 시간이 다 되었을 때 이게 눈길을 끌더라구요. 울퉁불퉁한 항아리를 처음 봤는데, 항아리는 원래 매끄럽게 생겨야 하잖아요. 얘는 오히려 울퉁불퉁한 게 예뻐서 확 끌렸어요. 옆에는 매끄러운 항아리가 있었거든요. 저와 연관을 시켜보면 저는 항상 안 좋게 말하면 볼품없거나 눈길이 안 가는 것에 눈길이 많이 가

는 편인데, 이것도 구석에 있고 모양도 달라서 끌렸던 것 같아요. 제 그런 면이 담긴 사진이에요.

귀엽고 발랄한 조형물 — 제나

귀엽고 발랄한 느낌을 받았어요. 자연 밖에 없는 공간에 왜 인조물이 있지? 싶어서 찍고 싶었습니다. 이 아기가 제가 지나가는데 이상한 표정을 지으면서 저를 쳐다보는 것 같아서 저도 쳐다보게 되었어요. 제가 어렸을 적에 크게 넘어져서 앞니가 돌출된 적이 있었는데 그때 저와 닮은 것 같아요. 다른 레이너처럼 깊은 의미가 있던 것은 아니었어요.

선과 선 너머 그 사이 — 제이

여기 혹시 어딘지 아시겠어요? 뒤로 가면 책마을해리 경계에 그 너머로 넘어가지 말라고 세워둔 것 같더라구요. 사실 이번에 발견한 건 아니고 첫날부터 슬쩍슬쩍 봤는데 딱 봐도 넘어가지 말라고 세워둔 울타리 같았어요. 근데 사실 누구나 넘어갈 수 있고 비켜갈 수도 있고 만만하게 생겼잖아요. 한 번 넘어와볼래? 하는 느낌이 들어서 눈길이 갔어요. 친해진 레이너들과 시끌시끌 지내다가 밤이 되어 고요해지면 혼자 와서 넘어가 볼까? 하는 생각도 했어요. 여기가 더 입구 같은 느낌도 들었고요. 생각을 해보니까 제가 막아 놓은 울타리나 담을 보면 넘어가고자 하는 욕구가 들었던 것 같은데 도시에서는 공사 현장이나 이런 위험한 곳에 이런 게 있잖아요. 그런데 할머니댁 같은 시골에 가면 밭과 밭의 경계라든가 이런 데는 넘어가도 괜찮아요. 그게 좋기도 하고 하지 말라는 걸 하는 것이 필요할 때도 있고 하면 안 될 때도 있긴 하지만 이런 것에 도전하는 것이 제 캐릭터이기도 해요. 그런데 고등학교 때는 그 선을 잘 모르겠고 이게 단점인가 장점인가 고민도 많았어요. 그때 기본적인 상황 파악만 하면 괜찮지 않을까? 하면서 그런 부분을 장점으로 봐주는 친구를 만났어요. 그때 이후로 내 그런 모습을 인정받고 존중을 넘어서 사랑받는 느낌이 들었어요. 이와 함께 제 모습을 돌아봤어요. 나도 누군가를 애정을 가지고 바라봐줄 수 있을까? 나랑 다르니까 그럴 수 있지만 나는 싫다, 하고 선을 긋는 것이 아니라 사랑할 수 있을까? 하는 고민이 들었어요.

시간 여행을 떠날 것만 같은 나무집 — 조이

제가 나무집을 정말 좋아해요. 사진을 찍어오자고 했을 때 바로 여기가 생각났어요. 예전에 좋아했던 책이 나무집과 관련이 있었어요. 40권 정도의 시리즈인데도 다 볼 정도로 좋아했어요. 『마법의 시간 여행』이라는 책인데 주인공이 나무집을 발견해서 들어가 그 속에 있는 책을 보다 시간 여행을 떠나게 되는 내용이에요. 저도 시간 여행을 떠날 수 있을 것 같은 느낌이 들어서 좋았어요. 예전에 나무집에 꽂혀서 뒷동산

에 동생이랑 나무집을 만든 적이 있어요. 나무 잘라서 바닥 만들고 줄로 엮어서 사다리 만들어두고 했었는데 이걸 보면서 그때 생각이 났어요.

나의 도피처이자 내가 가장 뜨거웠던 공간 ― 지나

우리 바로 맞은편에 있는 공간에 갔는데 사실 처음에 찍은 사진으로 발표하자고 마음먹고 오던 길에 왠지 이 공간에 한 번 들어가보고 싶어서 들어갔어요. 그런데 딱 몇 년 만에 기다렸던 모습이 펼쳐졌어요. 도서관은 제 도피처이자 제가 뜨거웠던 공간이었는데 그때 가던 도서관에서 책장을 다 바꿔서 더 이상 가는 것이 의미가 없어진 적이 있었어요. 그런데 그때 색깔과 재질이 똑같은 책장을 여기서 보았고 그때 도서관도 딱 이랬어요. 정리되지 않은 책장들 사이에 책들이 쌓여 있던 모습이 똑같았고 조명도 저희 도서관에도 책장에 가려서 햇빛이 잘 안 들어왔거든요. 5년만에 그립던 그 모습을 다시 볼 수 있어서 기억에 남았어요.

잔디밭의 탁 트인 개방감과 청량함 ― 카이

처음에 이 미션을 받고 나서 딱 꽂히는 것이 없었어요. 책마을해리를 관찰하듯 휘뚜루마뚜루 여러 곳을 돌아다니면서 사진을 찍고 다니다가 시간이 얼마 안 남았을 때 사진들을 쫙 보고 이 사진이 가장 마음에 들어서 고르게 되었습니다. 휴대폰 사진 갤러리를 보다가 눈에 띈 이유가 필터 하나 안 씌웠는데 맑고, 하늘과 잔디밭의 개방감이 느껴지고 찍을 때 바람도 솔솔 불어서 촉각적 느낌이 떠올라서 이 사진을 고르게 되었습니다. 제가 대칭

성을 좋아하거든요. 초록색과 파란색이 대칭되고 나무와 그림자도 대칭이 되는 사진이에요. 제가 도시 토박이에요. 도시에서 태어나서 도시에서 쭉 살다 보니까 이런 개방감이 든 경험이 별로 없어요. 도시에서는 빌딩도 높게 있고 아파트도 덕지덕지 있고 차도 움직이고…. 그러다 보니 저와는 정반대의 끌림이 있어서 고르게 되었습니다.

난 어떻게 호랑이 같이 될 수 있을까 — 하싼

처음 해리에 올 때부터 동물 동상에 눈이 많이 갔어요. 여기 동물이 총 네 개가 있잖아요. 호랑이는 모션을 취하고 있는 것 같아 더 생동감 있게 느껴졌는데 이 동상을 자세하게 보면 호랑이가 스스로 자기 프라이드에 가득 차 있는 모습이고 실제로도 그런 동물이잖아요. 강하고 용맹하고 도전하는 모습이 닮고 싶은 모습이에요. 좀 더 관찰해보면 어느 한

곳을 응시하는 눈이에요. 목표 의식을 뚜렷하게 가지고 있는 것 같고 크고 두꺼운 발이 단단하고 뿌리가 깊은 마음을 가지고 있다. 이런 느낌이 들었고, 크게 벌린 입이 자신감, 용맹함, 강함을 의미하는 것 같았어요. 난 어떻게 호랑이 같이 될 수 있을까? 하면서 사진을 찍었습니다.

다양한 색도 포용하는 자연의 색 — 윌리

아까 아침에 저희가 요가 매트를 걸어 놨던 것에 꽂혀서 (여러 장을 보여주며) 이렇게 계속 찍었는데 햇빛을 받으니까 또 달라 보이더라구요. 제 마음에 든 사진은 이 사진이에요. (위 사진) 제가 디자인에 관심이 있다보니까 어딜 가든 자연스럽게 색감을 많이 봐요. 시골 지역에서는 주로 보이는 색깔이 하늘색, 초록색 계열을 벗어나지 않고 많이 벗어나 봐야 노란색, 갈색, 검은색인데 이런 색의 공통점은 눈

에 편안한 색깔이라고 생각했어요. 사실 이 요가 매트 색깔은 눈에 편안한 색깔은 아니라고 생각하거든요. 따로따로 바닥에 놓고 봤다면 사람에 따라 어지럽게도 느껴질 수 있는 색감인데 왠지 모르게 적당한 부조화에서 오는 안정감이랄까요. 뭔가 자연색과 전혀 다른 과감한 색깔들이 안정감을 주는 느낌이 들었구요. 한편으로는 이렇게 중구난방의 색까지도 포용할 수 있는 자연의 색에 대한 힘을 느꼈어요. 자연의 색감은 많은 색을 수용할 수 있구나. 딱 보자마자 고등학교 때 영어 시간에 마크 로스코라는 작가의 작품이 떠오르기

도 했어요. 나중에 한 번 작품을 찾아보면 비슷한 느낌을 받으실 거예요. 그 작가는 절제된 인간의 근본적인 감정을 표현하겠다고 했는데 이 사진을 찍을 때 절제된 색깔들 속에서 발견한 과감한 색깔이라는 느낌이었어요. 좋아하는 디자이너 중에 디터람스라는 디자이너가 있는데 이 디자이너의 철학은 화려거나 멋있고 혁신적인 디자인이 아니라 본분에 충실한 절제된 디자인을 추구해요. 제 디자인 철학도 비슷하게 가려고 노력하고 있는데 이 상황 자체가 제가 추구하는 디자인 철학을 담고 있다고 생각했어요. 절제된 자연의 색감 속에서 인위적이지만 과감한 색감이 오히려 안정감을 주는 상황. 그래서 가져오게 되었습니다.

인터뷰를 하면서 서로 새롭게 발견한 점

루시아>>> 리지는 저와 성향과 특징이 비슷하다는 걸 알게 되었어요. 그 정도와 깊이를 더 알게 되었어요. 윌리가 생각하는 안 해줬으면 하는 행동이나 선호하는 공동체에 대해 들으면서 동의가 되면서 우리는 트러블이 없겠다고 생각했어요.

윌리>>> 루시아는 고아를 위한 사회적 기업을 만들고 싶다는 걸 알게 되었어요. 리지는 저와 결론은 같지만 과정은 다르다는 걸 발견했어요.

리지>>> 루시아는 저랑 성격이 비슷하다는 걸 알았어요. 친해지면 표현은 서툴러도 약간 '츤데레' 같은 면도 있는 점이요. 윌리랑은 같은 관심사가 있다는 걸 발견했어요.

지나>>> 다니엘에 대해서는, '홍동환'이라는 사람에 대해 잘 몰랐을 때 어떻게 접근할까 하는 불편한 빈칸이 있는 느낌이었는데 그걸 채웠어요. 다니엘은 잘 웃고 웃는 게 예뻐요. 레이너 다니엘을 드디어 완성할 수 있는 시간이었어요. 조이를 보면서는 정신적 지주를 찾은 느낌이었어요. 요리와 정신에 있어서 자문을 구할 수 있는 지원군이 되어줄 것 같아요.

조이>>> 지나가 고창에 와서는 잘 자길래 불면증이 있는지 전혀 몰랐어요. 친화력도 진짜 좋은데 노력했다는 건 몰랐어요. 다니엘은 어색하지 않아졌어요. 여러 분야로 많이 알고 있는 게 그냥 그건 다 취미라고 했어요.

다니엘>>> 지나는 분위기를 잘 이끌어요. 표정, 리액션, 제스처가 좋아요. 리드를 잘 하는 유형이에요. 조이는 여러 분야를 잘 해서 신기했는데 이 부분에 있어서 저와 공통점을 찾아서 좋았어요.

나슬>>> 카이에 대한 모든 것이 새로웠어요. 사회, 경제, 철학을 좋아해요. 유튜브를 지식을 얻기 위해 사용한다는 게 새로웠어요. 제나가 어떤 작업을 하는지 자세히 들을 수 있었는데 제나의 작품이 보고 싶고 궁금해요.

카이>>> 제나는 표정이 다 드러나는 게 콤플렉스라고 한 게 새로웠어요. 입시를 준비하다가 레인에 왔다는 게 신기했어요. 저는 경험을 쌓고, 돈을 벌기 위해 레인에 왔는데 사회적기업을 만들고 싶다는 나슬의 이야기를 들으면서 나는 속물인가 싶었어요. 나슬은 무표정으로 있는 게 콤플렉스라고 해요.

제나>>> 나슬이 데친 야채를 좋아한다는 걸 알게 되었어요. 카이는 첫인상과 알게 된 모습이 비슷해요. 레인에 온 계기가 간단했고 카이가 가진 이과적 사고가 새로웠어요.

하싼>>> 이밤은 꿈이 고통 없는 세상을 만들고 싶다는 걸 알았어요. 특히 동물이 고통당하지 않는 세상이요. 제이는 돕고 베푸는 걸 좋아하고, 그런 삶을 추구하기도 한다는 걸 알았어요.

이밤>>> 제이가 체육대회에 꽂혔다는 이야기가 새로웠어요. 타인을 돕기 위해 살겠다는 이야기가 인상 깊었고 부족함, 실패, 두려움에 관해 이야기한 것이 기억나요. 하싼은 사회적 영향력에 관한 것과 운동을 좋아해요. 다른 이의 의견을 수용하도록 노력하고요.

제이>>> 이밤은 부드러운 사람인 줄 알았는데 단단하고 굵직한 사람이었어요. 묵직한 느낌이 새로웠어요. 하싼은 흔들림 없는 곧은 직선 같은 사람이라고 생각했지만, 한편으로는 생각이 많고 복잡하기도 해요. 어떤 영향을 하싼과 주고받게 될지 궁금하고 기대돼요.

좋은 관계는 어떻게 만들어질까

공식적인 일정을 모두 마무리한 뒤에는 남녀 모두 각자의 숙소로 돌아가 시간을 보냈다. 우리는 해리에 있는 보드게임을 찾아와서 같이 게임을 즐겼다. 안타깝게도 션은 그날 오후 병원에 가야 해서 함께하지 못했다. 게임을 하던 도중 문득 만난 지 얼마 되지 않은 사람들과 게임을 하고 있는 이 상황을 인식했다. 나는 이들을 알게 된 지도 만난 지도 얼마 되지 않았지만, 오랜 시간 함께할 사람들이라는 생각에 기를 쓰고 친해지기 위해 노력하고 있었다. 물론 그것이 불편했던 것은 아니었지만, 이 것이 좋은 관계를 만드는 최선의 방법인가? 라는 생각이 들었다. 좋은 관계란 무엇인가, 우리의 관계는 어떠해야 하는가에 대해서는 여전히 답을 내리지 못하고 있는 것들이 많지만, 『어린 왕자』에 나오는 여우의 말처럼 우리가 함께하는 시간이 서로를 소중하게 만들어줄 것이라고 기대한다. (하쌘)

4 로컬프로젝트 첫날

오늘은 로컬프로젝트를 시작하는 첫날이다. 몸마음열기를 하는 대신 공방에 모여 줌ZOOM으로 책마을해리 촌장님을 만났다. 로컬프로젝트를 할 세 가지 주제인 고창의 바다, 고인돌, 토지에 대해 설명을 듣고 조를 나눴다. 리지, 하싼, 지나, 나슬이 한 조가 되고, 카이, 윌리, 밤, 조이가 다른 한 조, 다니엘, 션, 제나, 루시아, 제이가 조로 만났다. 리더는 리지, 제이, 카이로 정해졌고 사다리 타기로 주제를 정했다. 리지의 조가 고인돌, 카이의 조가 토지, 제이의 조가 바다로 선택되었는데, 리지 조에서 바다를 주제로 프로젝트를 해보고 싶다는 의견을 내서 제이의 조와 상의해 바꾸게 되었다.

액션 플랜을 정하기 위해 각자 조별로 얘기를 나눴다. 다시 모여 서로의 계획을 공유하고 활동을 시작했다. 바다조는 운곡습지로, 고인돌조는 고인돌 박물관으로 떠나고 토지조는 책마을에 남았다.

모든 일정이 끝나고 조금 늦은 시각, 공방에 모여 촌장님께 조별로 프로젝트에 대한 피드백을 받는 시간을 가졌다.

로컬프로젝트가 시작되는 날이다. 레이너들은 조별로 고창이라는 지역을 자율적으로 관찰하고 지역이 가진 문제를 함께 발견하며 정의 내렸다.

조 짜기

한 번도 같은 조를 하지 않은 사람들을 섞는 것이 관건이었다. 조원들끼리의 케미를 어느 정도는 고려했다는 사실은 당시 레이너들에게 밝히지 않은 비밀이다.

조별 주제 선정

사다리타기로 주제를 정하긴 하지만 조별로 논의하면서 주제를 교환할 수도 있다.

오늘의 일기

윌리>>> 프로젝트 조원들과 지내면서 각자가 다양한 관점을 가지고 있다는 게 신기했어요.

하싼>>> 운곡습지는 처음 가봤는데 그곳에서 앞으로 열린 마음으로 생각해야겠다고 다짐했어요.

지나>>> 서로 친해지고 밝아지기도 하면서 또 다른 어색함이 느껴지기도 했어요. 알수록 세심하게 작은 모습들도 보이게 되는데 나의 동료들이 더 궁금해요.

카이>>> 그동안 프로젝트라는 것은 제게 있어서 참 드문 기회여서 불안하기도 했어요. 저희 조(토지조)는 탁상공론처럼 여러 주제에 대해 이야기하기도 했어요. 제가 조의 리더였는데 아쉬움이 많이 남아요. 옆에서 이밤과 윌리가 역할을 잘 해줬어요.

나슬>>> 책마을해리 밖으로 나갔다 오니 고창 지역을 생각하게 됐어요. 그동안은 여자, 남자가 나뉘어서 시간을 보냈는데 이제 섞여서 게임도 하고 해요. 점점 친해지는 게 느껴져요.

제이>>> 처음으로 해리 밖으로 나가고 보니까 밖에서는 우리끼리만 아는 사람인 거예요. 그러다 보니 확 애틋해진 느낌? 프로젝트는 오전만 진행했는데 다녀오고 나니까 놓쳤던 것들이 생겼어요. 앞으로는 내가 뭘 붙잡으며 갈지 생각해야겠어요.

리지>>> 여섯시 반에 온수가 나와서 오늘 아침에 잘 씻었어요. 해리에 온 지 시간이 많이 지났다고 생각했는데 '아직 오늘이군' 하고 생각했어요. 로컬프로젝트가 시작되고 나서 걱정되고 긴장도 되었지만 기대하기로 했어요. 오늘 저희 조는 자기만의 시간을 보냈어요. 잠깐 혼자 있는 시간 동안 고요하기도 하고 외롭기도 했어요. 공허함이 힘들기도 했어요. 그래도 하루를 돌아보니 책마을해리 바깥으로 나가니까 좋았네요.

선>>> 치과 치료로 급히 서울에 다녀오느라 하루 빠져서 어색할까 봐 걱정되었는데 걱정할 필요가 전혀 없더라구요. 프로젝트 하면서 고창 문제를 내가 감히 다루고 있다는 쾌

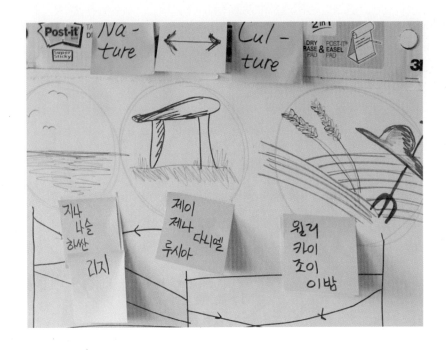

감을 느꼈어요. 내일의 짜릿함도 기대가 돼요. 걱정되고 긴장도 되었지만 기대하기로 했어요. 오늘 저희 조는 자기만의 시간을 보냈어요. 잠깐 혼자 있는 시간 동안 고요하기도 하고 외롭기도 했어요. 공허함이 힘들기도 했어요. 그리고 책마을해리 바깥으로 나가니까 좋았네요.

제나>>> 프로젝트를 시작한 날이었잖아요. 기다려왔던 순간이어서 좋았어요. 내 생각을 그동안도 말할 수 있었지만 프로젝트를 하니까 더 좋았어요. 조원들과도 분위기가 좋아요.

다니엘>>> 처음에 고인돌조가 되었을 때는 쉬울 줄 알았는데 막상 하니까 어렵네요. 고인돌이라는 주제를 캐면 캘수록 더 모르겠어요. 그래도 아이디어도 떠오르고 호기심도 생기고 도전적인 제 모습도 보고 만족스럽습니다.

루시아>>> 나가기 전에 갑자기 팔을 다쳐서 병원에 가게 되고 조원들과 같이 시작을 못해서 부정적인 마음도 들고 기대도 안 됐는데 병원에 갔다가 조원들을 다시 만났을 때는 프로젝트에 대한 의견을 모두 적극적으로 내서 좋았어요. 팔을 다쳐서 전체 참여를 못 해서 아쉬웠어요.

이밤>>> 토지조가 힘들긴 한데 재밌었어요. 조원들이 다 다른 시야로 주제를 바라봐서 좋아요.

조이>>> 오늘은 아침 시작부터 공방에 모였잖아요. 몸마음열기의 중요성을 깨달았어요. 토지에 대해 이야기 나누면서 주제가 계속 바뀌었는데 '못 하면 어쩌지?' 싶다가 잘 정리되는 것을 보고 신기했어요. 같이하면 할 수 있다는 걸 알았어요.

존>>> 오늘은 레이너들을 태우고 책마을해리 밖으로 나가면서 드라이버 역할을 많이 했는데, 레이너들이 가보는 곳을 초반에는 다 가볼 수 있어서 좋았어요. 로컬프로젝트 정말 기대가 됩니다.

날로>>> 저는 책마을해리 밖으로 나가지도 않았는데 나갔다온 세 조의 이야기를 들으면서 다양한 고창 이야기를 알게 되었어요. 날로 먹었네요. 고마워요.

역시 뭐든 함께하면 재밌어

자기 전 여자 숙소에서 <슬기로운 의사생활>이라는 드라마 얘기가 나왔다. 지나가 드라마 보기도 전에 스포일러를 당했는데 대박이라고 말했고, 궁금해하던 다른 애들과 함께 즉흥적으로 슬의생을 보게 되었다. 우린 별거 아닌 장면에 크게 웃고 소리 지르며 드라마를 봤다. 역시 뭐든 같이하면 더 재미있는 것 같다. 그전까진 저녁에 해야 될 일이 많아서 애들이랑 놀고 얘기하는 자리에 잘 참여하기 어려웠는데 앞으로는 자주 함께해야겠다는 생각이 들었다. (루시아)

조급해하지 않아도 괜찮아

하루닫기까지 끝내고 숙소에 돌아왔다. 우리는 어제를 떠올리며 라이어게임을 했다. 오늘은 특히 하쌘이 정말 잘했다. 감쪽같은 하쌘의 연기에 잠깐 말리기도 했다. 그렇게 게임을 끝내고 우리는 책상에 둘러앉아 레인에 왜 왔고, 목표가 무엇인지에 대해 이야기를 나눴다. 다들 확실한 목표는 없지만 어느 정도 길은 잡혀 있다는 게 느껴졌다. 나는 감조차 잡지 못했다 말을 했는데, 모두 나에게 괜찮다, 조급해하지 않아도 된다고 조언해주었다. 그래서 나는 조급해하지 말고 천천히 길을 찾아야겠다는 생각을 했다. (다니엘)

책마을해리 대청소날

오늘은 날로가 없어서 제나가 몸마음열기를 진행하며 하루를 열었다. 아침을 먹고 책마을해리 대청소를 도왔다. 구역을 나눠 나눠 책마을 곳곳을 쓸고 닦았다. 자기 구역 청소를 일찍 끝낸 레이너들은 아직 안 끝난 팀들을 도왔다.

청소를 끝내고 공방에서 레인 1기 '라이프써클' 팀과 책마을에 계신 선생님들을 만났다. '라이프써클' 소개와 프로젝트 이야기를 듣고 질의응답 시간을 가질 수 있었다. 우리가 진행하고 있는 로컬프로젝트를 조별로 공유하고 피드백을 들었는데 그 피드백을 바탕으로 후의 일정을 정했다.

바다조는 동호 해수욕장과 구시포 해수욕장으로 향했고, 고인돌조는 인터뷰를 위해 다시 고인돌박물관으로 향했다. 토지팀은 다음날 있을 자신들의 프로젝트와 관련한 소작답 양도 기념행사를 준비하며 책마을에서 자료조사와 토의하는 시간을 가졌다.

저녁 시간엔 조별로 직접 요리를 해서 나눠먹기로 해서 각자 메뉴를 정해 음식을 만들었다. 바다조는 김치볶음밥, 고인돌조는 어묵국과 유부초밥, 토지팀은 새우 감바스와 리조또를 만들었다.

　식사 후에 HBM의 쏭과 킴, 레인 1기 팀코치 리오, 마녀와 촌장님을 만났
다. 간단하게 우리 프로젝트를 공유하는 시간을 가지는 것으로 하루를 마
무리했다.

대청소와 함께 책마을해리에 머물고 있는 자들로서의 책임감과 주인의식을 가지며 하루를 시작한다. 로컬프로젝트를 진행하면서 책마을해리 안과 밖을 자유롭게 드나드는 것도 이에 한몫할 것이다. 게다가 외부 손님들까지 맞이한다.

함께 짓는 저녁 식사

저녁을 함께 지어 먹는 것은 공동으로 무언가를 함께 성취해보는 경험이기도 하다. '무엇을 지어먹을까?'부터 해서 '이제 다같이 먹어볼까?'까지 함께 결정하고 행동하는 과정이 수차례 반복되다 결국 모두 맛있게 먹는 것으로 마무리된다.

깨끗해져라, 얍!

지독한 모기 — 다니엘

대청소를 시작했다. 각자 구역을 정했다. 나는 도서관 청소와 만화방 청소를 했다. 도서관이 너무 넓어서 청소기를 돌리는 것조차 버거웠다. 어찌저찌 힘들게 청소를 마치고 만화방으로 갔다. 만화방을 청소하는데 책 하나를 건들면 모기가 세 마리씩 튀어나왔다. 가만히 있다간 물릴 것 같아서 거의 춤 추다시피 움직이면서 청소기를 돌렸다. 이 상황을 다른 사람이 봤다면 민망했을 것 같다. 청소기를 다 돌리고 만화방을 나왔는데 다리에 여덟 방을 물렸다. 짜증났다. 기분 안 좋게 청소를 끝내고 밖에 풀 정리하는 걸 도왔다.

책마을해리 빗자루는 혹시… — 이밤

낙엽을 쓰는 건 오랜만이었다. 갈퀴로 낙엽을 한 데 모으는데, 왠지 모르게 영화 속 한 가로이 청소하는 소녀가 된 것 같았다. 단순한 일을 반복하며 생기는 좋은 에너지가 느껴지기도 했다.

뭉게 옆에 있는 평상을 쓸고 제나와 함께 나무집 위로 올라갔다. 창문으로 날려 들어왔는지 나무집 안에도 꽤 많은 낙엽이 떨어져 있었다. 창문 앞 의자에는 책들이 쌓여 있었는데 아는 그림책이 보여 펼쳐보기도 했다. 한번쯤은 이곳에서 그림책을 읽으며 동심을 되찾아봐야겠다고 다짐했다.

나무집에서 내려와 길가에 있는 계단을 쓸었다. 가는 나뭇가지를 모아 만든, 사실 그렇게 실용적이지는 못한 빗자루를 들고 있으니 당장이라도 그것을 가랑이 사이에 끼고 하늘로 날아가 버리고 싶었다. 그렇게 키키 혹은 헤르미온느를 만나 오늘 있었던 아주 사소한 일들을 주제로 수다를 떠는 것이다. 하지만 나의 옆에는 빗자루를 타는 키키나 헤르미온느 대신 어제 잠을 못 자 울상인 제나가 서 있었고 나는 다시 현실로 돌아와 낙엽을 쓸었다. 낙엽이 이렇게나 안 쓸리는 걸로 봐서는 분명 이 빗자루의 용도는 따로 있을 거야. 나와 내 빗자루, 별이 가득 박힌 밤하늘을 상상했다.

책마을해리 쌤, 라써와의 만남

체인지메이커 교육 라써팀을 만나다 — 지나

아침밥을 먹고 나서는 책마을해리 사람들과 레인 1기 사람들이 진행하고 있는 프로젝트인 '라이프써클' 팀을 만났다. '라써'라고도 불리는 이 팀은 세 명이 하나 되어 고창 책마을해리를 중심으로 청소년들을 만나고 있다. 특히 체인지메이커 교육을 한다는 것이 특징이었는데, 실제 기업가 정신을 배우고 있는 젊은 청년의 입장으로서 새로운 감성을 청소년들과 어떻게 접하고 있었는지 궁금했다. 아마 조금 더 교육에 관심이 갔던 이유는 여기를 오기 전까지 마을에서 청소년 교육을 기획하고 진행했던 사람이었기 때문이었을 것이다. 내가 있던 공동체의 청소년들도 팀학습, 디자인씽킹을 경험하고 있는데 언젠가 기회가 되면, 한 번 만나서 프로젝트를 진행해보아도 좋을 것 같다.

궁금한 점이 너무 많아 — 리지

1기 분들을 만나는 날을 손꼽아 기다렸는데 드디어 만났다. 사실 그전에 책마을해리 대청소를 했는데 못 보던 분이 계셔서 책마을해리 직원이신 줄 알았다. 근데 레인서울 1기 라이프서클이라고 소개해서 많이 놀랐다. 피칭을 들었는데 내가 관심 있는 분야인 교육 관련 프로젝트여서 그랬는지 나와 윌리가 질문을 많이 했다. 사실 궁금한 점이 더 많았지만, 시간이 부족해서 모든 걸 물어보진 못했다. 책마을해리에서 프로젝트를 하는 만큼 책마을해리에 있는 시간이 많으니 오며 가며 말을 걸고 궁금한 것들을 물어보자는 생각으로 아쉬운 마음을 달랬다.

　책마을해리 쌤들도 첫날 소개와 마주칠 때마다 인사만 하고 대화를 나누는 건 힘들었는데 이번 기회에 대화를 나눌 수 있어서 좋았다. 사실 점심 당번이어서 해리 선생님과 대화를 많이 나누지는 못했지만, 로컬프로젝트 조 친구들에게 얘기를 전해 들으니 소중하고 많은 도움이 되는 말들 해주신 것 같아서 감사했다.

요리조리 통통, 저녁 만들기

간은 감이 아닌, 숟가락으로… ― 윌리

　다른 조는 어떤 음식을 만드는지 눈치를 보다 보니 어느새 우리가 하려던 김치볶음밥은 다른 팀의 요리로 선정되어 있었다. 그렇게 한참을 고민하다 모두가 좋아하는 감바스를 하기로 했다. 하지만 재료 수급에 어려움이 있었다. 새우의 양이 턱없이 적었고, 해리에서 페퍼론치노 등의 향신료를 구하기 힘들었으며, 빵집이 없다 보니 함께 먹을 바게트빵 역시 간단한 마늘빵으로 대체해야 했다. 이렇게 우리의 요리가 시작되었다. 결론부터 말하자면 너무 짠 감바스가 되었다. 내 실수 때문이었는데 봉지째 소금을 넣다 보니 소금 뭉텅이가 그만 오일 속으로 빠지고 말았다. 수습해보려 했지만 쉽지 않았다. 최대한 염분을 빼기 위해 짠 오일을 남기고 건더기만 건져냈다. 그다음 염분을 빼기 위해 토마토를 넣고 끓이기 시작했다. 이렇게 애썼지만 감바스는 짰다. 어쩔 수 없이 그대도 내놓기는 했지만 레이너들에게 미안한 마음이 너무 많이 들었다. 이 순간에 내가 깨달은 인사이트는 확실했다. '간은 숟가락으로…'

직접 만들어 함께 먹으니 더 좋아요 — 나슬

우리 조는 김치볶음밥을 만들기로 해서 나와 리지가 함께 요리하고 하싼과 지나가 뒷정리를 하기로 했다. 화구가 2개뿐이라 조별로 돌아가면서 요리를 했다. 다른 조가 요리할 때 햄과 김치, 파 등을 썰며 재료 준비를 했고 자리가 비어 만들기 시작했다. 불 앞에서 요리를 하니 엄청 더웠다. 그래도 레이너들과 음식 맛을 보면서 간을 맞추고 이야기도

하면서 재밌게 할 수 있었다. 평소에도 요리하는 걸 좋아하는데 우리가 직접 먹을 음식을 다 같이 요리하니 더 즐거웠고 다들 맛있게 먹는 모습을 보니 더 기분 좋은 저녁이었다.

HBM 만남, 더 넓은 세상으로 이어지는

작지만 연결로 넓어지는 — 지나

바닷가를 갔다 돌아오니 카페에 HBM 협동조합 소속의 사람들이 계셨다. MTA를 도입하기도 했고, LEINN과는 절대 분리된 조직이 아니기에 그 공동체에 속한 사람들에게 호기심이 일었다. 첫날은 저녁에 아주 잠깐 만나서, 깊은 이야기를 나누지 못했지만, 자기소개하는 과정과 피드백을 받는 시간을 통해, 앞으로 쏭, 킴, 리오, 마녀의 전문 분야에 도움을 받을 수 있는 조력자가 될 수 있겠다는 생각이 들었다. (시간을 두고 더 많은 이야기를 나누어야겠다.) LEINN이라는 곳은 굉장히 작다고 느껴질 수도 있지만, 이렇게 주변 사람들

과 사회의 여러 단체를 접하다 보면, 내가 접하는 세계가 넓어지고, 많은 도움과 영감을 받을 수 있을 것 같다는 생각이 들었다. 앞으로가 굉장히 기대된다.

외부의 관점으로 바라보기 — 루시아

우리 고인돌조 안에서만 문제가 다뤄졌을 때 발견하지 못한 진짜 문제들을 HBM협동조합 분들과 촌장님의 피드백으로 알 수 있어 좋았다. 우리는 고인돌을 프로젝트 주제로만 여겨서 고인돌이 우리 각자에게 어떤 의미인지, 어떻게 연관되는지 생각해보지 못했고 그 결과 조금 수동적으로 고인돌 프로젝트에 임했던 것 같다. 그런 문제점을 이분들과의 만남을 통해 알고 난 후에는 좀 더 본질적이며 기본적인 질문을 우리 조에 던지기 시작했다. 앞으로 프로젝트를 진행할 때에도 한 번씩 팀 외부의 관점을 들어볼 필요가 있을 것 같다.

일정, 그 후

사람과 관계 속에서 새로운 자극을 받으며

공식적인 일과가 마무리된 이후에는 다니엘, 선과 함께 산책을 나갔다. 처음에는 다니엘의 고민에 대해 이야기하기 위해 같이 걸으며 이야기하기로 했지만, 선도 함께 이야기 나눌 수 있어서 좋았다. 이야기를 나누는 동안 선과 다니엘의 새로운 모습을 볼 수 있었다. 특히 다니엘과 션이 과거에 어떤 일들을 해왔는지를 보면서 배울 점이 많은 사람들이라고 생각했다. 다니엘은 자신이 배운 것에 대해 실행해봤던 경험을 이야기해줬는데, 나는 듣고, 이해하고, 배웠다고 생각한 것을 실행해보고자 했던 모습에서 배울 점이 있다고 생각했다. 션은 자신이 만든 웹사이트와 이것을 만들게 된 이유에 대해 이야기해줬다. 션의 이야기를 들으면서는 새로운 인사이트를 얻게 되었다. 비록 짧은 시간이었지만, 새로운 사람들로부터 새로운 자극을 받았고 서로를 더 알게 된 것 같다고 생각했다. (하쌘)

밤늦게까지 계속된 고민

하루 일정이 끝났다. 이제 좀 쉬려나 싶었지만 우리 토지조는 해야 될 게 더 남아 있었다. 바로 로이님과 인터뷰하는 거였다. 로이는 (주)바람공장 대표이자 (주)카카오패밀리 대표이사, 그리고 내 아빠였다. 우리보다 먼저 사업을 하셨고 우리의 프로젝트 방향성과 비슷한 일을 하시고 계셔서 인터뷰를 요청했다. 다행히 흔쾌히 응해주셔서 밤 10시에 진행하게 되었다.

인터뷰는 줌으로 진행했고 우리 비지니스 모델을 설명해드린 후 질문을 하는 형식으로 진행했다. 마케팅, 소셜다이닝 등 여러 가지를 물어봤다. 로이는 정말 좋은 답변들을 해주셨고, 우리는 큰 인사이트를 얻고 줌 회의는 끝이 났다.

우리는 이번 인터뷰에서 나온 아이디어를 놓치고 싶지 않아 우리끼리 모여 회의를 했다. 여기서 우리는 '결국 돈과 바꾸는 건 뭐지?'라는 걸 고민하게 되었다. 음식인가 콘텐츠인가. 한참을 고민했지만, 답이 나오지 않아 내일 다시 고민하기로 했다. 그렇게 우리는 9월 10일 밤을 마무리했다. (조이)

6 프로젝트와 웰빙의 조화

책마을해리에서 처음으로 맞이하는 주말이었다. 주말에는 몸마음열기, 하루열기, 하루닫기도 하지 않았다. 주말이었음에도 불구하고 로컬프로젝트를 진행하기 위해 모두가 일찍 일어나서 팀별로 분주하게 활동하기 시작했다.

로컬프로젝트는 토요일 오전부터 저녁 먹기 전까지 진행했다. 토지조는 마침 책마을해리에서 열린 소작답 양도 기념행사의 진행을 돕고, 당시 활동했던 인사들을 인터뷰하기로 했다. 고인돌조는 고인돌박물관에 다시 한 번 방문해서 방문자를 대상으로 인터뷰를 진행했고, 바다조는 책마을해리에 남아 지금까지 프로젝트 여정을 되돌아보고, 책의 챕터 구성을 시작했다.

6시에는 모든 조가 일정을 마치고, 저녁을 먹기 위해 식당으로 모였다. 주말이라서 밥을 배달해주는 밥차가 오지 않았기에 박물관에 가기 위해 해리 밖으로 나간 고인돌조에게 포장을 부탁했다. 메뉴는 치킨이었다.

어제 하루닫기 이후로 모두가 한자리에 모인 것이 처음인 만큼 저녁 식사 시간에는 많은 대화가 오갔다. 저녁식사를 마친 뒤에는 모두가 함께 게임을 하고 영화를 봤다. 오늘 저녁은 며칠간 프로젝트 팀별로 활동하다가 모두가 함께 시간을 보낼 수 있어 모두가 즐거워했다.

　주말은 조별로 자율적으로 로컬프로젝트를 하는 날이자 '웰빙Well-Being'을 누리는 날이기도 하다. 책마을해리에서 열리기로 예정되어 있던 소작답 양도 기념행사는 토지조가 인터뷰를 잡을 수 있는 기회이기도 했다.

웰빙

팀기업가에게 웰빙은 자신을 경작하면서 사회적 과제들을 효과적으로 해결하는 힘을 기르는 데 있어 중요한 키워드이다. 그러나 레이너들이 한창 로컬프로젝트에 몰입해 있었기 때문에 자료만 공유하고 이에 대한 심도 있는 대화는 하지 않기로 했다.[5]

5) 참고: Linda Bell Grdina, Nora Johnson & Aaron Pereira, Connecting Individual and Societal Change, SSIR-스탠포드 소셜 이노베이션 리뷰, 2020.03.11

저녁식사

다 함께 모여 먹으니 즐겁지 아니한가 — 하싼

토요일의 공식 일정이 마무리된 이후에는 책마을 밖으로 나간 고인돌팀에게 부탁해 음식을 포장해왔다. 토요일은 밥을 배달해주는 밥차가 오지 않는 까닭이었다. 메뉴는 치킨이었다. 토요일이었지만, 팀별로 프로젝트를 진행하느라 모두가 모이는 것은 저녁 식사를 위한 지금이 처음이었다. 나도 모두가 한 장소에서 함께 시간을 보낸다는 것이 무척이나 기대되었다. 글을 쓰는 지금 시점에서 다시 돌아보면 무슨 이야기를 나누었는지 정확하게 기억이 나지 않지만, 그때를 생각하면 마냥 즐겁고 신나는 시간이었다.

우리는 아직도 이야기가 고프다 — 윌리

고창 심원해리 소작답 양도투쟁 운동 기념식이 끝나고 우리 팀은 한동안 다음 계획을 세우고 있었다. 이제 프로젝트 기간도 얼마 남지 않았는데 우리가 세운 계획이 조금 흔들렸기 때문이다. 당시 소작농이었던 분들을 인터뷰하기로 한 계획이 무산되었기 때문에 한동안 진행이 정체되어 있었다. 그렇게 한참을 공방에서 시간을 보내고 있을 때 드디어 치킨이 왔다는 연락을 받았다. 그제서야 우리는 조금 밝은 표정을 띤 채 식당으로 향했다. 그날 함께 식당에 모여 함께 시간을 보냈을 때가 참 좋았다. 각자 프로젝트에 몰입했던 시간을 잠시 미뤄두고 그날만큼은 모두 즐겼던 것 같다. 그런데 다들 너무 오랜 시간 떨어졌던 탓에 하고 싶은 말이 많았던걸까, 다들 치킨 때문에 식당에 모였지만 꽤 많은 양의 치킨이 남았다.

함께 경험하며 팀이 되어간다

저녁식사를 마치고 모든 레이너들이 공방에 모여 게임을 했다. 다 같이 모여서 게임을 하는 것은 처음이지만 몇몇 레이너들과는 이미 같이 게임을 했고 특별히 재밌는 일이 벌어진 것도 아니었지만 우리는 즐거움을 공유하고 있었다. 벌칙조차 없던 평범한 게임으로 우리가 즐거울 수 있었던 이유는 분명 분위기 때문만은 아닐 것이다. 지난 2일 동안 프로젝트 때문에 모두가 함께할 일이 별로 없었다. 우리가 한 공간에서 같은 활동을 하고 있다는 것은 단순한 단체 활동의 의미를 넘어서는 무언가였다. 우리는 그 무언가로부터 서로를 더 가깝게 느낄 수 있었고 감정을 공유할 수 있었다. 게임을 한 뒤에 영화를 볼 때도, 자기 전 숙소로 돌아가는 길에 본 밤하늘을 볼 때도 여전히 우리는 그것을 경험하고 있었다. 팀이 되고 있었다. (션)

하나가 되어가는 열셋

공방에 모여 게임을 했다. 라이어 게임, 마피아 게임, 기타 치며 노래 부르기, 영화 보기. 딱 졸업 직전 출석 일수 채워야 해서 학교는 나왔는데 친구들이랑 아무 걱정 하지 않고 마음껏 놀던 그런 풍경 같았다. 그만큼 아이들이 로컬프로젝트에 대한 걱정이나 생각은 제쳐두고 편안하고 재밌는 시간을 보내는 듯 보여 좋아 보였다. 빡빡한 일정에 피곤하고 정신없었는데 편한 마음으로 쉬니 긴장이 놓였다.

혼자만의 시간을 보내고 싶은 친구들도 있을 거라는 생각에 틈틈이 친구들에게 혹시 피곤하거나 개인 시간 보내고 싶으면 언제든지 가도 괜찮다고 말했다. 누가 강요하지 않았는데도 열세 명 모두 공방에 꽤 늦은 시간까지 남아 있어서 많은 생각

과 감정이 들었던 것 같다. 열세 명 다 같이 하나의 게임을 하다가도 조금씩 찢어져서 각자만의 취향대로 놀다가 또 모여서 다 같이 영화도 보고. 이젠 열세 명 모두 같이 있는 게 너무나 자연스러운 것이 된 것 같다. '서로가 그만큼 서로를 편하게 느낀다는 것 아닐까?'라는 생각이 들었다. 지금까지의 일정들은 어떻게 보면 코치님께서 리드하고 짜여 있던 활동들에 수동적으로 움직였던 것이라면 이 시간만큼은 코치님 없이 우리끼리 별 탈 없이 너무 즐거운 시간을 잘 보낸 것 같아서 우리끼리도 무언가 해낼 수 있겠다는 생각이 들었던 밤이었다. (리지)

마지막 프로젝트 조별활동

　로컬프로젝트 글 구성을 위해 주어진 시간을 제외하고는 프로젝트 조별로 활동할 수 있는 마지막 날이다. 공식적으로 프로젝트 마지막 날이다.

　저녁 6시가 되어서는 모두가 저녁식사를 위해 식당에 모였다. 오늘도 역시 밥차가 오지 않기 때문에 프로젝트 활동을 위해 해리 밖으로 나갔던 조에게 식사를 부탁했다. 오늘 메뉴는 찜닭과 피자, 그리고 떡볶이와 핫도그였다. 음식도 맛있었지만, 모두가 함께 먹었기에 즐거운 식사였다.

　식사를 마친 뒤에는 모두가 그토록 기대해왔던 '하얀코끼리'를 교환하는 시간을 가졌다. 하얀코끼리는 값진 것이기는 하지만 나에게는 별로 쓸모가 없고, 거추장스럽긴 하지만 버리기에는 아까운 물건을 말한다.

　우리는 각자가 가져온 하얀코끼리들을 다른 이들이 알아보지 못하게 포장한 후 모두가 볼 수 있는 테이블 위에 올려놓았다. 그리고 번호를 뽑아서 하얀코끼리를 뽑는 순서를 정했다. 하얀코끼리는 코치님들도 함께했기에 1번부터 15번까지 돌아가며 포장 뒤에 숨겨진 하얀코끼리를 골랐다.

　하얀코끼리는 이번 주말과 로컬프로젝트 일정은 마무리되었다. 다음 주부터는 팀 탄생을 위해 서로의 이야기를 듣고, 점차 팀이 되어가기 위한 시간을

보낼 예정이었다. 코치들은 다음 주 일정 진행을 위해 오늘은 일찍 잠에 들라고 이야기하셨다.

그러나 거의 모든 레이너가 곧바로 잠에 들지 않았다. 어떤 친구들은 걸으며 산책을 하기도 했고, 기타를 치며 노래를 부르기도 했다. 또 어떤 친구들은 하얀코끼리에서 등장한 스티브 잡스 전기를 보며 그의 삶에 대해 이야기하기도 했다.

스티브 잡스의 삶에 대한 대화는 거의 3시가 다 되어서 끝이 났다. 거의 모든 레이너들이 늦게 잠에 들었고, 그날 밤을 새운 이들도 있었다. 그러나 그 모든 것들이 고창과 우리의 추억이었다.

　　로컬프로젝트와 웰빙이 이어지는 주말이다. 하얀코끼리로 주말을 마무리하면서 가진 것으로 누릴 수 있는 즐겁고도 풍성한 일요일 저녁을 보내고자 했다.

하얀코끼리

　　집에 있는 물건 중에 귀중한 물건이긴 하지만 나는 사용할 일이 없는 물건을 가져와 교환하는 활동이다. 제비 뽑은 숫자 순서대로 물건을 고르거나 다른 사람이 뽑은 물건을 뺏을 수 있다. 하얀코끼리는 큰 행사를 치르기 위해 지었지만, 행사가 끝나고는 유지비만 들고 쓸모 없게 된 애물단지같은 시설물을 뜻하기도 하는데, 고대 태국 왕이 마음에 들지 않는 신하에게 하얀코끼리를 선물한 데서 유래했다고 한다. 활동 방식 자체에 대한 출처는 성인을 위한 덴마크형 인생학교 '자유학교'에 있다.[6]

6) jayuskole.net 참고

저녁식사, 이야기꽃 피는

이야기가 깊어간다, 음식은 거들 뿐 — 조이

저녁은 고창 시내에 나가 있던 토지조와 고인돌조가 존과 함께 사왔다. 토지조, 고인돌조는 찜닭, 바다조는 피자, 핫도그, 떡볶이를 시켰다. 모든 음식을 픽업 후 책마을해리로 돌아갔고 이미 도착한 바다조는 음식 세팅을 해놓고 우릴 기다리고 있었다. 가자마자 펼쳐서 먹을 수 있다니 너무 좋았다. 우리는 너 나 할 것 없이 각자 수저를 챙기고 앉아 먹기 시작했다. 음식 맛은 솔직히 지금 생각해보면 하나도 기억이 나지 않는다. 그때 나눈 대화, 함께 웃었던 포인트 등 음식보다 소중한 기억이 훨씬 많았기 때문에 음식이 맛있었는지, 어땠는지는 내 기억 속에서 사라졌다. 당시에는 몰랐는데 지금 생각해보니 음식을, 특히 찜닭을 좋아하는 내가 음식 맛을 기억 못 하다니 있을 수 없는 일이지만 다 함께 먹고 얘기하고 좋은 추억 만들었으니까, 넘어가는 걸로 해야겠다. 음식이야 뭐 다음에 또 먹어보면 그만이니까.

함께 식사를 즐기게 되기까지 — 션

오늘은 밥차가 오지 않아서 우리 고인돌 팀과 책마을 밖에 있던 다른 팀이 먹을 것들을 사와서 식당에서 함께 먹었다. 나는 수술 후에 아직 뼈가 완전히 회복되지 않아서 먹을 수 있는 게 적었지만, 그 사실을 금방 잊을 정도로 찜닭을 맛있게 먹었다. 밥도 비벼서 먹었는데 아마 뼈만 멀쩡했어도 두 그릇은 가볍게 먹었을 것 같다. 지금까지 고창에서 밥을 먹을 때는 평소 먹는 양의 절반도 못 먹을 때가 많았기 때문에 식사시간을 즐기기보다는 정말 살기 위해 먹는 느낌이었는데, 조금씩 회복하면서 먹는 것도 편해지고 레이너들과 한자리에서 밥을 먹는 분위기에서도 어색함이 줄어들어서 즐길 수 있었던 식사시간이었다.

하얀코끼리

고르는 과정부터 재밌고 설레는 — 루시아

나는 선물하는 것을 좋아한다. 그 사람이 무얼 좋아할지 어떤 반응일지 생각하면서 고르는 그 과정부터 재미있고 설렌다. 하얀코끼리는 일반적인 선물을 주고받는 것과는 다른 방식으로, 조금 더 재밌게 선물을 줄 수 있는 게임이다. 누가 받을지 모르지만 그게 누구든 반응이 기대되었고 나에게 필요 없는 무언가를 과연 누군가는 필요로 할지 궁금했다. 내가 딱 한번 쓴 바디미스트를 알아볼 수 없게 포장했고 그걸 션이 뽑았다. 사실 좀 여성스러운 향이라 미안했는데 날로가 뺏어가서 다행이었다. 내가 뽑은 건 션의 하와이안 카드였는데 예쁘긴 한데 더 갖고 싶은 게 있어서 아쉬웠다. 근데 제나가 하와이안 카드를 뺏어가줘서 나에게 기회가 생겼고 나는 나슬의 가방을 카이에게서 뺏어왔다. 결과적으로는 만족스런 시간이었다.

모든 물건에는 스토리가 담겨 있다 — 하싼

저녁 식사를 마친 후에는 모든 레이너들과 코치가 한자리에 모여서 하얀코끼리를 교환하는 시간을 가졌다. 하얀코끼리 교환은 자신에게는 쓸모없는 물건이지만 다른 사람들에게는 필요할 것 같다고 생각하는 물건을 교환하는 것이었다. 모두가 번호를 뽑아서 순서대로 하얀코끼리를 가져갔다. 마침내 내 차례가 다가왔고, 나는 다니엘의 하얀코끼리『스위치온 다이어트』라는 책을 얻었다. 원래 책을 좋아하긴 하지만 다이어트 책은 한 번도 생각해본 적이 없어서 좀 당황스러웠다. 그래도 요즘 살이 많이 찌고, 건강도 안 좋아진 것 같아서 나중에 꼭 한 번 읽어봐야겠다고 생각했다. 나는 하얀코끼리로 내가 존경하는 스티브 잡스의 전기와 포스터를 가져왔다. 나에게도 소중한 것들이었지만 인기가 많은 하얀코끼리 중에 하나여서 기분이 좋았다. 서로가 돌아가며 자기 자신이 가져온 물

건과 그 스토리를 이야기하니 모두를 조금씩 더 알아가게 된 것 같다고 생각했다. 앞으로도 오늘처럼 서로에 대해 하나씩 더 알아가게 되었으면 좋겠는데, 어떤 방식으로, 어떤 매개체를 통해 그렇게 할 수 있을지 생각해보면 좋을 것 같다.

쓰지 않던 근육을 앞으로는 맘껏 쓰고 싶다

눈이 펑펑 내리는 겨울에 맨발로 번호판을 뗀 차를 타고 남의 집에 들어가 대변이 담긴 변기 속에 머리통을 처박는다. 스티브 잡스와 같은 부자가 되려면 수행해야 하는 미션이다, 라는 대화를 하싼과 윌리와 나누었다. 물론 장난이었다. 그만큼 '또라이'스러운, 그러니까 남들과는 다른 행동을 많이 해야 성공할 수 있다는 내용의 대화였다고 할 수 있다.

하얀코끼리에서 활약한 스티브 잡스 책을 구경하다가 스티브 잡스에 관한 이야기를 나누게 되었다. 그를 어떤 관점으로 바라봐야 할지부터 이 책에서 배울 점, 그리고 '옳다고 생각하는 것을 하라'라는 메시지에 대한 이야기였다. 이날의 대화에서 가장 크게 남은 건 대화의 내용보다도 윌리와 하싼이라는 친구들이 생각하는 방식이었다. 나와는 너무 다른 생각을 가진 친구들이라는 사실이 초반에는 조금 거부감이 들고 힘들었지만, 대화를 이어나가면 나갈수록 새롭고 흥미롭고 재미있었다. 절대 쓰지 않던 근육이 건드려지는 느낌은 꺼림칙하면서도 아주 시원했다. 앞으로도 그 근육을 마음껏 써보고 싶었다. (이밤)

8 로컬프로젝트를 마치며

　오늘 오전에는 피곤한 사람이 많아 평소와 다르게 코어운동을 통해 몸을 열고, 명상으로 마음을 열며 하루를 시작했다.

　몸마음열기 후 아침을 먹고 공방에서 로컬프로젝트 조끼리 모여 프로젝트를 마무리함과 동시에 글을 마무리 짓는 시간을 가졌다.

 점심을 먹고 각 프로젝트의 리더들에게 조원들이 피드백해주는 시간을 가졌다. 길지 않은 시간 동안 진행한 로컬프로젝트지만, 그 기간 동안 느낀 부족했다고 생각했던 것, 좋았던 것 등을 나눴다. 그 후 리더들과 코치들이 모여 마지막 리더 회의를 하는 것을 다른 레이너들이 지켜봤다.

 레이너들이 서로를 더 알아가기 위해 각자가 살아온 삶을 나누는 '라이프쉐어링'을 진행했다. 한명이 발표하고 질의응답 시간을 가진 후에 다음 사람을 지목하는 방식이었고 순서는 하싼을 시작으로 션, 카이, 윌리, 조이, 제이, 제나, 리지, 다니엘, 이밤, 지나, 나슬, 루시아로 이어졌다. 생각보다 시간이 지체되어 루시아, 지나, 나슬은 하지 못한 상태로 저녁을 먹고 다시 모여 이야기를 들었다.

 하루를 닫으며 라이프쉐어링을 하며 든 생각을 한 단어로 말하는 시간을 가졌다.

 고창에 온 뒤로 대부분의 레이너가 이야기를 나누거나 글을 쓰느라 밤 늦게 잠드는 경우가 많았다. 내일은 팀이 탄생하는 중요한 날이니 일찍 자는 것이 좋겠다는 코치들의 말을 듣고 평소보다 일찍 숙소의 불이 꺼졌다.

로컬프로젝트를 마무리지으면서 팀 탄생을 위해 슬슬 시동을 거는 날. 어항 대화를 통해 수고하고 애쓴 조별 리더들에게 건설적인 피드백을 선물하면서 잠시나마 레이너 모두가 리더십에 대해 생각해볼 수 있는 시간을 갖는다. 하루의 대부분은 팀원 한 명 한 명이 살아온 인생을 나누면서 팀 안에 개개인의 DNA를 담을 준비를 한다.

리더 피드백을 위한 어항 대화Fishbowl Conversation

리더들은 사전에 조원들에게 좋았던 점, 아쉬웠던 점을 듣는다. 그 이후 모두가 동그랗게 모여 앉은 형태에서 조 리더였던 세 명과 팀코치들이 전체 원 안으로 들어가 작은 동그라미로 둘러앉는다. 리더들은 조원들에게 들었던 이야기를 바탕으로 성찰한 내용을 대화를 통해 다시 내면화한다.

라이프 셰어링Life Sharing

다른 사람에게 나의 과거부터 현재를 이야기하는 시간이다. 사진을 준비해와서 사진을 보며주면서 나의 이야기를 전한다. 열세 개의 흩어져 있던 점들이 원으로 둘러 모여 각자의 이야기를 나누고 나서 내일이 되면 팀이라는 하나의 점으로 모이게 될 것이다.

프로젝트 paper work 마무리

로컬프로젝트 갈무리 — 리지

아침을 먹고 로컬프로젝트 조끼리 모여 마무리짓는 시간을 가졌다. 지나와 나슬은 기특하게도 자기 분량을 다 마치고 서로 피드백까지 주고받았다. 하싼과 나는 맡은 부분을 끝내지 못한 채로 마무리지었다. 조원들이 너무 잘 따라주고 오히려 내가 부족했던 것 같아 미안하고 또 고마웠다.

내 생각을 표현하는 게 우선이니까 — 조이

벌써 월요일이다, 월요일. 꿈만 같던 일주일이 호다닥 지나가고 정신을 차려보니 우린 벌써 프로젝트를 마무리하는 글을 쓰고 있었다. '언제 시간이 이렇게 갔지?'라는 생각을 함과 동시에 글을 써야 된다는 압박감이 찾아왔다. 글이라⋯. 초등학교 때 매일 일기를 썼고

여러 글쓰기, 시쓰기 대회에서 상도 많이 탔지만, 여전히 자신 없는 것이 글쓰기였다. 게다가 내가 쓴 글이 책이 된다니 더 고민하고 신중하게 써야 할 것 같았다. 그래서 난 선뜻 문장을 써 내려가지 못하고 첫 문장부터 주춤했다. '오늘'로 시작해야 할까? 이건 너무 일기 형식인가? 하며 머릿속으로 생각만 하고 있을 때 누가 일단 무작정 써보라고 했다. 그래서 난 있었던 일과 내 느낌을 마구 적었다. 한참 적다 보니 그럴싸한 글이 완성됐다. 아직 다 듬지 않아서 조금 어설프지만 내가 글을 썼다는 게 너무 뿌듯했다! 그리고 이 글이 책이 되어 누군가가 읽는다는 게 설레고 가슴이 두근거렸다. 사람들은 내 글을 읽고 과연 어떤 걸 얻을 수 있을까, 난 이 글로 어떤 메시지를 전하고 싶을까 걱정했지만, 나중에 생각하기로 했다. 일단 지금은 어떻게든 내 생각을 표현하는 게 우선이니까!

내 감정을 표현할 수 있는 최고의 문장을 찾아서 ─ 션

나는 글을 쓰는 게 정말 느리다. 무작정 글을 써 내려가기보다는 내가 쓸 글의 내용을 처음부터 끝까지 머릿속으로 가볍게 그려보고 문장마다 이 문장이 가장 적절한 문장인지 고민하면서 쓴다. 심할 때는 글자 단위로 고민을 하기도 하는데 아쉽게도 글을 쓰는 실력이 좋지는 못해서 대부분 한참을 고심해야 쓸 만한 문장이 나오곤 한다. 1시간 동안 한두 문장을 쓸 때도 있다. 지난 4일간의 프로젝트를 글로 마무리하는 시간이었던 '프로젝트 paper work 마무리' 때는 문장을 뽑아내는 데 더 긴 시간이 걸렸던 것 같다. 새로운 사람들과 새로운 곳에서 만나 새로운 방식으로 진행했던 프로젝트를 되돌아봤을 때, 그때의 내 감정을 표현할 수 있는 최고의 문장을 만들어내기가 어려웠다. 내가 표현해야 하는 시간은 나에게 없던 시간이었다. 그래서 우선 내가 본 것, 생각했던 것들을 차근차근 적어나가며 내가 걸어온 발자국을 관찰했다. 나의 시간 바깥에서 시작된 낯선 발자국이었지만 한 걸음 한 걸음 따라가며 내가 느끼고 배운 것들을 정리했고 마침내 내 시간 안으로 들여보낼 수 있었다.

리더 피드백, 좋은 리더란?

기다려줄 줄 아는 리더십 — 리지

조끼리 로컬프로젝트를 하며 느낀 점과 함께 리더에게 피드백을 했다. 나는 전체적으로 우리 조의 흐름이나 속도가 괜찮다고 생각을 했다. 일요일까지 빡빡하게 프로젝트 일정이 있던 다른 팀들과는 다르게 일요일 하루 통째로 자유시간을 가졌고, 개인시간을 가졌어도 프로젝트 일에 크게 흠은 없었다고 생각했기 때문이다. 하지만 조원들에게 공통적으로 리더로서 받은 피드백은 조급함이 느껴졌다는 것이었다. 전체적으로는 로컬프로젝트가 재밌었고 좋은 경험이었다고 해서 기뻤다.

다른 조의 리더들과 서로 받은 피드백에 대해 대화를 나누는 시간도 가졌는데, 다른 조의 이야기를 들으며 '내가 너무 리딩하는 데 집중해서 아이들이 충분히 생각하기를 기다려주고 자신의 생각과 의견을 좀 더 자유롭게 이야기할 수 있는 분위기를 만드는 데 조금 부족했나'라는 생각이 들었다.

얼마나 배려했는지, 얼마나 치밀했는지… — 제이

내가 수많은 프로젝트를 하며 느낀 것은 리더는 리더인 티가 나지 않아야 한다는 것이었다. 리더인 게 티가 난다는 건, 정말 불필요한 권력(?)을 가져가 버리는 것과 한 끗 차이인 듯하다. 독단적이지 않도록 끊임없이 점검하고 경계해야만, 오래갈 수 있는 건강한 팀을 만들 수 있다고 생각한다.

고인돌 프로젝트를 하면서 난 얼마나 배려했고 얼마나 치밀했으며 얼마나 부드러웠나. 당장 눈앞에 닥친 일들을 넘겨내느라 차분하게 날 돌아보지 못한 것 같아 아쉽다. 하지만 마지막 리더 피드백 때 팀원들이 좋은 말들을 많이 해줘서 후련했고 감사했다. 좋은 말들을 들으며 생각한 건 그 모든 태도를 내가 맡은 역할에 상관없이 유지할 수 있어야 한다는 것이다. 리더이든 아니든. 이런 결심을 다시 진하게 할 기회를 주어 감사하다.

칭찬과 역할에 끼워 맞추지 않고 — 카이

로컬프로젝트를 오전에 마무리하고 점심시간에 리더와 조원끼리 피드백하는 시간을 가졌다. 자의는 아니지만 어찌 됐든 로컬프로젝트 리더로서 며칠간 조원들과 함께하며 느낀 점과 걱정되는 점, 좋았던 점을 윌리엄, 조이, 이밤에게 말해줬다. 우리 조는 각자 암묵적으로 어느 정도 굳혀진 역할을 잘 수행했는데, 나는 수행에 대한 칭찬과 그 역할에 자신을 끼워 맞춰서 스스로 역할에 매몰되거나 한정짓지 말라는 피드백을 주로 주었다. 반대로 내가 받은 피드백은 좀 더 자신감을 가지라는 내용이었다. 피드백을 받은 이후 다른 피드백을 제대로 받지 못하고 어영부영 넘어간 것 같다. 어떻게 극복해야 할지 좀 더 피드백 받았으면 좋았을 것 같고 내가 예상하지 못한 피드백이 없어서 너무 아쉬웠다.

라이프쉐어링, 삶을 공유하는

13편의 영화를 본 기분 — 이밤

레이너들의 인생 이야기를 듣는 시간이었다. 가장 기대했던 시간이기도 했다. 지금까지 같이 지내면서 들은 얘기만으로도 각자의 이야기가 너무 고유해 신기하다는 생각이 들었는데 이런 시간이 따로 주어진다니 너무 기대됐다. 하싼을 시작으로 션, 카이, 윌리, 조이, 제이, 제나, 리지, 다니엘, 이밤, 지나, 다영, 루시아 순서대로 발표를 진행했다. 발표가 생각보다 길어져 중간에 저녁을 먹고 이어갔다.

한 명의 이야기가 한 편의 영화 같았다. 그러니 영화 13편을 본 기분이었다. 이렇게 다양하고 대단한 사람들이 한자리에 모였다는 게 신기했다. 우리가 한자리에 모이는 것만으로도 믿음직한 무언가가 우리 주위를 감싸는 것 같았다. 각자의 이야기가 다 다른 만큼 발표의 방식이 다양한 것도 재미있었다.

흥미로운 인생사 13인 13색 — 다니엘

점심을 먹고 라이프쉐어링을 준비했다. 마땅히 고를 사진이 없어서 셀카를 넣고 세품아 이야기를 많이 했다. 다른 사람들의 이야기를 들었을 때, 나와 확실히 다른 생활을 했구나, 라는 걸 알 수 있었다. 좋은 경험과 좋은 사람들을 만나 레인까지 오게 된 계기를 들었는데 너무나도 흥미로웠다. 하나하나 적으면서 집중할 수 있었고 나의 발표 차례가 왔다. 솔직히 긴장도 많이 하고 나의 이야기를 다른 사람들이 공감할 수 있을까? 알아들을 수 있을까? 내 이미지가 어떨까? 라는 생각을 많이 했던 것 같다. 그래서 거리낌이 있었지만 흥미로운 일들을 들었으니 나도 이야기해야겠다는 생각이 들었다. 그래서 무사히 발표를 마치고 질문도 받았다. 어느새 저녁 먹을 시간이 왔고 남은 사람은 저녁 먹고 하기로 했다. 맛있게 저녁을 먹고 좀 쉬고 남은 라이프쉐어링을 들었다. 역시나 흥미로웠다. 라이프쉐어링을 끝까지 듣고 '내가 이 사람들과 어떤 일을 하게 될까?'라는 생각을 했던 것 같다.

나도 모르게 사랑하고 있는지도 — 제이

라이프쉐어링은 날 힘들게 했다. 특별하다 못해 너무너무너무 다르고 일반적이지 않은 모두를 난 사랑할 수 있을까. 진짜 진심으로 사랑할 수 있을까. 내 삶을 특별하고 가치 있게 보는 만큼 열두 명의 다른 레이너들의 삶도 똑같이 특별하고 가치 있게 보며 사랑할 수 있나. 저 존재들을 진심으로 사랑할 수 있나. 낯섦에서 오는 긴장감과 경계심이 나를 자꾸 힘들게 했다.

그러다가도 참 이상한 게, 또 한 명 한 명에 푹 빠져들면 폭풍같이 힘들었던 마음이 금방 가라앉기도 한다. 옆에 앉아 있던 다니엘은 오늘 모든 레이너들의 삶을 기록했다. 사랑하기 위해 노력하는 것처럼 보였다. 그런 다니엘의 마음이 정말 든든했다. 루시아는 쉽게 받아들이고, 순응한다고 한다. 분명 그 사람이 치열하게 지키고자 하는 게 있을 테니 절대 매번 그렇다 할 순 없을 것이다. 그래서 더 조심해야겠다는 생각이 들었다. 자칫하면 루시아만의 단단한 생각을 자세히 듣지 못하고 넘어갈 수도 있겠구나. 이렇게 개개인을 관찰하고 그들의 이야기를 몰입해 듣는 나를 보면 또 너무 걱정할 필요가 없는 것 같기도 하다. 벌써 나도 모르게 사랑하고 있는 걸지도 모른다. 마음이 왔다갔다 했다.

라이프 셰어링. 나의 소감을 한 단어로 표현한다면?

지나 "아쉽다"   조이 "만족"   이밤 "재미"

제나 "다양, 소중"   제나 "놀라움"   존 "특별, 사랑스러움"

다니엘 "기대"   카이 "특별함"   하쌘 "좋다"

월커 "설렘"   나슬 "걱정"   션 "잘 왔다"

날코 "비행기"   루시아 "도미노"   제이 "사랑하기 시작"

111

오늘도 시작은 몸마음열기

다니엘>>> 어제 늦게 자서 알람을 열 개 맞추고 잤는데 여덟 번째에 깼어요. 새로운 일주일이 기대됩니다. 몸은 찌뿌둥해요.

선>>> 몸은 피곤하고 마음은 편안해요. 주로 꿈을 꾸면 악몽을 꾸는데 오늘 꾼 꿈은 신기하게도 악몽이 아니었어요. 레이너들이 나왔어요. 같이 살기를 마치고 난 이번주 금요일에는 어떤 꿈을 꿀까 궁금해요.

하싼>>> 아까 요가하면서 눕는 자세할 때 잠들 뻔했어요. 밤새 한 주제를 가지고 이야기하다가 갑자기 열심히 살아야겠다는 생각이 들었어요. 지금 피곤하긴 한데 어쨌든 오늘도 의미 있는 일과 의미 있는 역할을 할 수 있었으면 좋겠어요.

존>>> 12시면 잠드는 존데렐라답게 12시에 잤더니 잘 잤어요. 오늘 있을 라이프쉐어링이 기대됩니다.

리지>>> 어제 일찍 잠자리에 들고 푹 자고 개운해요. 같이 게임도 하고 영화도 보면서 가까워졌는데 팀이 탄생하는 게 기대돼요. 열세 명이서 다 같이 하는 게 있었으면 좋겠어요.

루시아>>> 개미떼가 지나가는 꿈을 꿨는데 공방에서 아마 개미를 봐서 그런 것 같아요. 기분은 좋고 한 주가 기대돼요.

제나>>> 어제 글 쓰러 공방에 갔는데 말을 더 많이 했어요. 글쓰기 해야 하는데 피곤하네요.

지나>>> 제 진짜 푹 쉬고 즐거운 시간이었어요. 글쓰는 시간도 가졌는데 미룬 글들 다 쓰고 잤어요. 팀 단위의 무언가가 있으면 좋겠어요. 이제는 우리 중에 한 명이라도 빠지면 생존에 위협을 느낄 것 같아요.

제이>>> 이번 주는 또 어떤 새로운 상황이 주어지고 우리는 어떨지, 나는 어떨지 긴장돼요. 그렇지만 쌓아온 게 있어서 기대가 됩니다.

나슬>>> 어젯밤에 재미있는 토론을 하고 네시 반에 잤어요. 그래서 지금 피곤하고 멍해요. 이번 주는 팀이 탄생하는 주인데 너무 궁금해요. 다 같이 마음 맞춰서 해 봤으면 좋겠어요.

윌리>>> 태어나서 처음으로 밤새봤는데 일주일의 시작을 24시간 동안 길게 하는 느낌이에요. 몸이 지금 잠들 것 같아요. 이따 낮잠을 자야겠어요. 마음이 많이 편해졌어요..

날로>>> 주말에 서울에 다녀오다 보니 '다시 책마을해리에 왔으니 이곳에 몰입해야 돼!' 하는 강박이 있었어요. 그런데 오늘 명상하면서 눈을 감고 있다가 눈을 딱 뜬 순간 바로 옆에 있는 레이너들을 보다 보니까 바로 몰입할 수 있게 되었어요. 오늘 레이너들이 나누게 될 깊은 이야기가 기대됩니다.

조이>>> 어젯밤에 글 쓰러 공방에 갔다가 연애사를 듣게 됐어요. 피곤하진 않은데 머리 대면 바로 잠들 것 같아요.

카이>>> 제 저도 글쓰고 하려다가 토론하고 늦게 잤어요. 머리가 지금 멍해요. 몸은 그래도 개운하네요. 저희 조는 프로젝트 할 때마다 놀아서 걱정이에요. 고창 기간 끝나고 '빡셀'까 봐 걱정이에요.

이밤>>> 새벽 세 시에 자서 몸이 좀 쉬어야 할 것 같아요. 마음은 지금 공기도 좋고 해서 좋아요.

리지>>> 저번주 내내 6시반에 알람을 맞춰 재깍재깍 일어나 비교적 덜 몰리는 아침에 씻었는데 전날에 정신없이 잠들었어요. 알람도 못 맞추고 잠들었다. 그랬더니 애들이 항상 일찍 일어났는데 안 일어났길래 깨운다면서 7시 20분쯤 깨워줬어요. 나를 생각해주는 마음이 너무 고마웠어요. 한 시간 정도 더 잤다고 아주 푹 잘 자고 피로가 많이 풀린 것 같아서 상쾌했고, 오랜만에 잔디밭에서 몸마음열기를 해서 마음이 평온한 상태예요. 새로운 한 주를 생기 있게 시작할 수 있을 것 같아 기분이 산뜻하네요.

'또, 라이즈' 팀 탄생의 날

오늘은 드디어 팀이 만들어지는 날이다. 그럼에도 아침은 여느 날과 다르지 않았다. 8시가 되어 모두가 동그랗게 모여서 스트레칭과 명상을 하면서 몸과 마음을 열었고, 하루열기라는 이름으로 명상을 하며 돌아본 나의 현재 몸 상태와 감정, 마음을 공유했다.

하루열기 후에는 아침식사 시간이었다. 오늘의 아침 당번은 윌리, 나슬, 제나였다. 아침을 먹고 난 뒤 10시부터는 팀학습 워크숍을 진행했다. 팀학습 워크숍 시간에는 LEINN의 배경과 철학, 가치, 교육방식, 그리고 앞으로 레이너들이 밟아나갈 학습 프로세스까지 LEINN 교육과정 전반에 대한 이야기를 듣는 시간이었다. 팀학습 워크숍 시간 내내 이것이 우리가 만들어나갈 교육방식이라는 생각에 모든 레이너들이 집중했다.

팀학습 워크숍은 거의 12시가 다 되어서 마무리되었다. 이후에는 점심식사를 했다. 오늘의 점심 당번은 션과 하쌴이었다. 2시까지 점심식사와 뒷정리를 마친 뒤에는 코치님들로부터 본격적으로 팀을 탄생시키기 위해 우리가 이야기해야 하는 주제들을 전달받았다.

주제는 2025년 우리가 LEINN을 졸업할 때, 졸업식에서 레인서울 2기를 소개

한다는 생각으로 우리의 미션, 비전, 가치, 그리고 팀 이름과 상징물을 정하는 것이었다. 이때 중요한 것은 우리의 미션, 비전, 가치 그리고 팀 이름과 상징물에 우리 모두의 DNA가 들어가야 한다는 것이었다.

팀 탄생을 위해 우리가 이야기해야 할 주제들에 대해 전달받은 이후에는 열세 명의 레이너가 동그랗게 모여 우리의 미션, 비전, 가치에 대한 논의를 시작했다. 처음에는 이 대화의 그라운드 룰을 정했다. 말 끊지 않기, 핸드폰 보지 않기, 경청하기, 충분한 여유 갖기 등의 제안이 나왔다. 우리는 이 규칙을 포스트잇에 써서 종이에 붙였고, 이 종이를 한쪽 벽에 붙여둔 후 본격적으로 미션, 비전, 가치에 대한 이야기를 시작했다.

처음에는 미션, 비전, 가치가 무엇인가 정의하기 위해 노력했다. 코치들이 설명해주었고 이때 모두가 고개를 끄덕이긴 했지만, 확인해보면 분명히 다르게 이해하고 있는 개념들이 있을 터였다.

그렇게 우리 팀의 미션, 비전, 가치의 정의에 대한 논의를 시작했지만, 이것을 주제로 공동의 합의로 나아가는 것이 쉽지 않았다. 시간이 지나도 결론이 나지 않자 대화의 주제를 '이끄는 생각', '우리가 레인에 온 이유' 쪽으로 돌려보자는 제안이 있었고, 우리는 그렇게 하기로 했다. 미션, 비전, 가치에 대해 이야기할수록 그 단어들에 매몰되어 간다는 생각 때문이었다.

'이끄는 생각', '우리가 레인에 온 이유'에 대해 이야기를 할 때는 펜을 잡고 책상에 앉아 이야기하기보다 자유로운 방식으로 이야기하는 것이 어떠냐는 제안이 있었다. 그러나 대화의 흐름은 바뀌지 않았고, 각자가 어떤 생각에 이끌려서 레인에 오게 되었는지를 포스트잇에 적어서 보드에 붙이기 시작했다. 그렇게 얼마 동안 우리는 자신이 왜 LEINN에 오게 되었는지, LEINN에서 얻고자 하는 것이 무엇인지 적었고, 오래 지나지 않아 보드는 포스트잇으로 가득

차게 되었다.

모두가 자신이 LEINN에 온 목적을 포스트잇에 작성한 후에는 이것들을 분류하고 카테고라이징하는 작업을 진행했다. 공동이 관심을 갖고 있는 내용을 통해 키워드를 뽑아내고 이것을 통해 개개인의 목적과 전체의 목적, 즉 이끄는 생각을 정의할 수 있을 거라는 생각에서였다.

우리는 그룹을 나누어 주제가 비
슷하다고 생각되는 포스트잇을 분류했다. 분류와 카테고라이징을 마친 후에는 이것을 다시 '하나의 이끄는 생각'으로 구성하기 위한 논의를 시작했다. 그러나 20가지에 가까운 카테고리들을 다시 하나의 생각으로 묶는 것은 쉽지 않은 일이었고 대화는 정체되기 시작했다. 이때부터 이것이 '이끄는 생각'을 발견할 수 있는 최선의 방법이었는가에 대한 의문이 제기되기 시작했다. 설상가상으로 코치님들과 대화를 마무리하기로 협의한 시간은 다가오고 있었고, 몇몇 레이너들은 집중력을 잃고 대화에 따라오지 못했다. 언제부터인가 팀 탄생을 위한 대화의 자리는 몇몇의 빅마우스들이 주도하고 있었다.

협의한 시간이 되자 코치님들이 왔고, 끝내지 못한 논의는 저녁식사를 마치고 진행하는 것을 제안하셨다. 그렇게 우리는 어딘가 불편한 상태로 저녁을 먹었다. 식사를 마친 후 모두가 다시 모인 자리에서 코치님들은 원래 미션, 비전, 가치는 짧은 시간 이야기해서 결론이 나올 수 있는 것이 아니며, 완벽한 결과를 만들어내기보다 일단 해보는 게 중요하다고 이야기하셨다.

비록 주어진 시간 동안 우리 팀컴퍼니의 미션, 비전, 가치를 정립하지는 못했지만, 저녁에 2025년 레인서울 2기의 졸업식 시뮬레이션은 진행해야 했기에 우리는 다시 모여서 팀 이름과 상징물을 정하게 되었다. 팀 이름을 정할 때는 다양한 아이디어가 나왔는데, 마지막까지 경합을 벌인 것은 '베타'와 '또.라이즈'였다. 베타는 사회에 진출하기 전 베타 버전의 레이너들을 의미했다. 또.라이즈는 이중적 의미를 지니고 있었는데, 첫 번째는 말 그대로 '또라이들'을 의미했고, 두 번째는 다시 올라간다는 의미였다. 대화할 시간이 촉박한 관계로 투표를 통해 결정했는데, 결과는 '또.라이즈'의 승리였다. 그렇게 우리는 또라이즈가 되었다.

팀 상징물은 거의 논의를 하지 않고 결정되었다. 이 또한 만장일치라기보다는 시간이 없어서 임의로 결정된 것이었다. 우리 팀컴퍼니의 상징물은 바로 '변기'였다. 변기는 실제로 또라이들과 연관이 깊은 물건이다. 스티브 잡스는 화가 날 때면 변기에 발을 집어넣었고, 마르셀 뒤샹의 '샘'은 센세이션이었다.

팀컴퍼니의 이름과 상징물까지 결정되고 나서 우리는 카메라 앞에 서서 졸업소감을 이야기했다. 지난 4년간의 또라이적인 업적을 나눈다는 설정이었다. 열세 명 모두가 돌아가면서 졸업소감을 이야기했다.

가상 졸업식을 마친 뒤에는 초코케익과 함께 팀컴퍼니의 탄생을 기념하는 생일축하 노래를 불렀고, 오늘도 어김없이 하루의 마지막은 하루닫기로 마무리했다. 하루닫기에서 팀 컴퍼니 탄생에 대한 각자의 생각과 소감을 공유한 뒤에는 자유롭게 흩어져 개별적으로 활동하는 시간을 가졌다.

드디어 팀이 탄생하는 날이다. 본격적으로 팀을 탄생시키기에 앞서 레인에서의 학습 방식과 팀이론에 대해 알아가는 시간을 가졌다. 팀이 학습의 핵심 단위라는 인식을 갖기 위함이었다. 팀 탄생을 위해서는 다 함께 창조할 팀을 상상할 수 있는 장치들이 필요했다. 팀 이론에 대해 팀에 관한 공동의 개념을 잡고 난 후 'Birth Giving(출산)'이라는 방식으로 드라마틱한 요소를 더해 팀을 낳는다.

팔콘 모델Falcon Model

레인의 학습 지표이자 개인, 프로젝트, 팀 단위의 학습 지표들을 나타낸 모델이다. 핀란드 티미아카데미아의 로켓모델을 기반으로 하여 몬드라곤대학 MTA에서 2020년 팔콘 모델을 새로이 만들었다.

팀 퍼포먼스 모델Team Performance Model

드렉슬러 시벳Drexler Sibbet의 팀 퍼포먼스 모델은 팀 발달 단계를 7단계로 정의하며 역할을 분배하고 결과를 위해 실행하는 것을 뛰어넘어 내가 왜 이곳에 있는지부터 시작하는 팀은 지속가능하다는 것을 보여주는 팀에 관한 이론이다.

Birth Giving

미래를 먼저 설정하고 백캐스팅Back Casting 방식으로 팀이 달성한 내용을 시기별로 설정해 새로운 것을 창조하는 과정이다. 이때 상황을 설정하는 것이 중요하다. 레인서울 2기 팀 탄생을 위해 설정한 상황은 이들과 같은 해에 입학한 전세계 팀기업가들이 2025년도 졸업식을 위해 전세계에서 책마을해

리에 모였는데, 레인서울 2기 팀컴퍼니가 가장 비상한 팀컴퍼니로 수상하는 상황이었다. 발표에는 5E 요소[7]가 모두 들어가야 한다.

---

7) 재미Entertainment, 학습한 내용을 담아서 교육적으로Educational, 심미적으로Esthetic, 현실도 피적으로Escapism, 영혼을 담아(E)spirit.

팀학습 워크숍

조금 더 LEININ에 다가가는 — 지나

본격적인 팀 탄생을 위한 하루가 시작되었다. 먼저 레인의 배경과 소개, 어떤 학습을 할지, 그리고 오늘과 앞으로의 팀 학습을 위한 기본 이론들을 배웠다. 지금까지는 관계를 맺고 프로그램들을 수행하는 기분이 들었다면, 이번에는 조금 더 LEINN에 다가가고 무언가를 머릿속에 넣는 학습의 경험을 간만에 느낄 수 있었다. 먼저 레인이 어떤 곳인지를 다시 한 번 더 소개해주셨다. 그리고 MTA 학습 구조인 Falkon Model에 대해 알려주셨는데, 우리가 앞으로 경험할 배움의 구조가 굉장히 체계적이고 구조적으로 나열되어 있어 배움이 기대되었다. 팀을 만들기 직전, 우리가 어떤 대화를 해야 하는지, 팀이 만들어지는 과정은 어떤 과정을 겪게 될지에 대한 이야기를 하면서, 평소에 생각해오던 전형적인 팀(MTA에서는 Group이라고 말하는)을 넘어서는 방법에 대한 이론을 나누었다. 아직까지는 머릿속으로만 진정한 팀과 그룹을 구별하고 있지만, 체화시킬 수 있도록 노력해야 할 것 같다.

동기가 동료로 — 션

팀학습 워크숍 시간에 존과 날로가 앞으로 레인에서 우리가 어떤 가치를 중심으로 어떤 것들을 배우며 살아갈지 설명해주었다. 구체적으로는 레인은 어떻게 만들어진 과정인지, MTA가 추구하는 Falcon Model은 어떤 가치들을 담고 있는지 등에 대한 이야기를 담고 있었다. 레이너들과 서울랩에 모여 시작하게 될 레인에서의 생활이 머릿속에 그려지기 시작하면서 고창에서 처음 레이너들을 만났을 때와는 또 다른 설렘이 느껴졌다. 아직 자세한 일정이나 학습 방식에 관한 것들은 설명을 듣지 못했기 때문에 자세히 알지는 못하지만 상법, 회계, 외국어처럼 우리 팀컴퍼니가 실행할 비즈니스에 실질적으로 도움이 될 내용들을 배운다는 것이 특히 인상적이었다. 또 그런 내용들을 레이너들과 모두 함께할 것이라고 생각하니 내 옆의 사람들이 동기를 넘어 이 길을 함께할 동료로 보였다. 고창에서 하루하루가 지날수록 레인과 레이너들을 바라보는 시각이 달라지는 것이 느껴진다.

팀 탄생 챌린지

열세 명의 미션, 비전, 가치를 버무려 — 하싼

레인 2기에서 만들어질 팀의 미션, 비전, 가치와 팀의 이름, 상징물을 정하는 시간이 주어졌다. 우리 모두가 한 팀이 된다는 사실이 무척 기대되고 설레었다. 그러나 한편으로는 짧은 시간 안에 열세 명의 생각과 철학을 담은 미션, 비전, 가치가 과연 만들어질 수 있을까에 대한 의구심도 떨칠 수 없었다. 아산상회에서 강민님과 시작한 팀의 미션과 비전도 아직 정하지 못했기 때문이었다. 어쨌거나 우리는 주어진 시간 동안 우리 모두의 철학이 담긴 미션, 비전, 가치를 세우기 위한 대화를 시작했다. 가장 처음에 시작된 주제는 이 논의에서 우리가 지켜야 할 룰에 관한 것들이었다. 만난 지 1주일만에 고성이 오가지는 않겠지만, 대화가 진행되는 짧은 시간 동안 옳은 방향으로 향하기 위해서는 꼭 필요한 과정이었다고 생각한다.

대화에 필요한 그라운드 룰을 정하고 본격적으로 어떤 방식으로 미션, 비전, 가치를 정할 것인지 논의하기 시작했다. 그냥 밖에 나가서 자유롭게 이야기하자는 의견도 있었고, 테이블에 앉아서 미션, 비전, 가치가 무엇인지 정의해보자는 의견도 있었다. 분위기는 후자를 선호하는 쪽으로 흘러갔다. 그 전에 각자의 정의가 선행되어야 한다고 생각해서 포스트잇에 각자의 미션, 비전, 가치를 적어내기 시작했다. 이때 미션, 비전, 가치가 무엇인지 다시 한 번 정의해보자는 의견이 있어서 그것을 정의하기 위해 노력했지만, 결국 실패로 돌아가 이 세 가지의 결합인 '이끄는 생각' 즉, 우리는 무엇 때문에 레인에 왔는가를 적어냈다.

모두가 자신의 '이끄는 생각'을 적어낸 후 우리는 이것을 카테고리에 맞게 분류하기로 결정했는데, 지금 돌아보면 이것은 매우 힘들고 효율적이지 않은 과정이었던 것 같다. 이 활동의 취지에 공감하지 못한 팀원들은 논의에서 소외되기 시작했고, 대화는 몇몇 사람들에 의해 이끌렸다. 이때 우리 중 누군가가 지금껏 진행해온 방법(미션, 비전, 가치를 정하는)이 과연 효과적인 방법인가에 대해 의문을 가지기 시작했고, 결국 논의는 다시 미션, 비전, 가치를 정하는 것에 있어서 좋은 방법이 무엇인가로 흘러갔다. 이후로는 우리의 미션, 비전, 가치는 결코 완벽하게 정할 수 있는 것이 아니며, 앞으로 해나갈 경험들을 끊임없이 반영하고 수정해야 한다는 이야기가 나왔다. 이 논의의 결론은 모든 구성원들의 미션과 비전, 가치를 담은 미션, 비전, 가치를 만들되 처음부터 완벽할 순 없으니 차차 이야기하는 것으로 정리했다.

수 시간 동안 우리 팀의 미션, 비전, 가치도 정하지 못했고, 어떤 방식으로 정하는 것이 좋을지도 정해지지 않았다는 점에서 어떤 이들은 이날 진행된 팀 탄생 챌린지가 아쉬웠다고 생각할 수 있을 것이라고 생각한다. 하지만 나는 이 시간 동안 더없이 소중한 깨달

음을 몇 얻었다. 이것들은 논의가 순조롭게 진행되었다면 결코 얻지 못했을 것들이기에 오늘 진행된 지루한 논의가 나에게 주는 의미는 크다. 글이 길어지겠지만, 효과적인 배움과 성찰을 위해서 적어보고자 한다. 첫 번째는 열세 명이 함께 대화하는 것이 얼마나 힘들고 어려운 일인지 처음으로 깨달았다. 이 경험은 앞으로 우리 열세 명이 모였을 때 어떻게 더 나은 방식으로 대화할 것인지 고민해볼 수 있는 기회를 주었다. 두 번째는 생산적인 대화의 진행을 위해서 대화를 시작하기 전에 사전적으로 논의해야 할 것이 무엇인지 정확하게 이해할 수 있게 되었다. 세 번째는 한 번의 시행착오를 통해 앞으로 더 나은 방법으로 미션, 비전, 가치를 정하는 방법을 알게 되었다. 무엇보다 가장 큰 깨달음은 논의가 길어질 때는 대화의 흐름과 현재 이야기하고 있는 주제의 차원을 참여자들에게 지속적으로 리마인드시켜야 한다는 것이었다.

이후 불광에서 진행하게 될 논의에서는 오늘 배운 내용을 토대로 더 나은 방식으로 논의를 진행해 나갈 수 있었으면 한다. 첫 번째 팀 탄생 챌린지를 마치고는 저녁식사를 했다. 저녁을 먹고 나서는 팀 이름과 팀의 심볼을 정하는 시간이 있었는데, 아이디에이션과 투표 끝에 우리 팀의 이름은 또,라이즈로 결정되었고, 팀의 심볼은 변기로 결정되었다. 객관적으로 생각해봤을 때 또라이즈나 변기가 유치하고 정상적이지 않은 생각에서 나온 발상으로 생각될 수 있겠으나 우리는 그렇게 생각하지 않았다. 사실 모든 팀원들의 생각은 이해한 것은 아니기 때문에 다시 논의할 필요는 있을 것 같다. 어쨌거나 우리는 또라이즈라는 팀 이름과 변기라는 심볼을 가지고 팀을 소개하는 영상을 찍었고, 레인서울 2기는 공식적으로 또라이즈라는 이름을 갖게 되었다. 피곤하면서도 의미 있고 즐거운 시간이었다.

원팀으로 향하는 지난한 길 — 리지

드디어 팀이 탄생한다. 존과 날로가 빠지고 온전히 우리 열세 명에게 공통적으로 던져

진 챌린지이다. 이름이 팀 '탄생' 챌린지인 만큼 우리는 이 과정을 아이를 출산하는 것에 빗대었다. 열세 명이 다 같이, 그것도 처음 낳는 거라 진통이 심할 것 같아 걱정했지만, 한편으로는 어떤 애가 나올지 기대가 많이 되었다. 처음엔 우스갯소리로 넘겼지만 실제로 해보니 정말 만만치 않았다. 다른 친구들은 어땠을지 모르겠지만 나는 미션, 비전, 가치의 개념이 머리로는 이해가 되어도 가슴으로는 와닿지가 않았다. 미션, 비전, 가치의 필요성이 피부로 느껴지지 않았고, 팀이 탄생하는 과정이 아이를 낳는 것처럼 눈에 보이는 것이 아니니 팀이 진짜 탄생하고 있는 건가 싶었다. 그렇게 '왜'가 해결되지 않은 채 한정된 시간 안에 정해야 한다는 마음으로 하다 보니까 더 힘들었던 것 같다. 하지만 열세 명 모두가 하나의 목표를 위해서 오랜 시간 대화를 하는 건 흥미롭고 재밌었다. 4년 동안 갈 팀이니 모두 신중하고 오래 고민하고 싶어 하는 것 같았다.

대화를 시작하기 전에 우리만의 그라운드 룰을 정했는데 진행하는 내내 의식하며 말을 하려고 노력했지만, 습관의 무서움을 느꼈고, 아직은 대화를 하는 데 있어 나도 아이들도 많이 부족한 것 같았다. 말하는 사람만 계속 말을 하는 것이 옳지 않다는 생각과 열세 명의 DNA가 모두 담겨야 한다는 존의 말이 자꾸 머리에 맴돌아 목소리를 내지 않는 친구들 한 명 한 명에게 콕 집어 의견을 물어보았다. 생각이 있지만 말할 타이밍을 못 잡는 것인가 싶어 그들의 생각은 어떤지 물어보았다. 지나고 나서 보니 나의 행동과 말이 부담으로 느껴졌을 수 있겠다는 생각이 들어 미안한 마음이 들었다. 그리고 자꾸 나도 모르게 칠판 앞에 서서 이끌어가려고 하는 것 같아 일부러 집중이 잘 안되는 것처럼 보이는 다른 팀원들에게 진행을 제안했다. 하지만 이 행동도 앞에 나가서 얘기하는 게 힘든 친구들도 있을 텐데 그 친구들의 입장을 너무 고려하지 않았나 싶었다. 남의 입장에서 생각하려고 많이 노력하지만 앞으로 더 노력해야겠다.

또 기억에 남는 건 우리가 카테고리가 불분명한 키워드들을 화이트보드 구석에 'LEINN 꽃밭', '주차장'이라고 공간을 표시해놓고 그곳에 두었던 것이다. 결정을 내리기 힘든 레이

너들을 위한 팀원들의 배려와 예쁜 마음이 만들어낸 것 같아 마음이 따뜻해졌다.

결국 아무것도 정하지 못한 채 발표를 약속한 시간이 다가왔고 존과 날로에게 솔직하게 진행 상황을 말씀드렸다. 우선 친구들이 너무 지쳐 있는 게 눈에 보여 저녁을 먹으며 기력보충과 함께 어떻게 하면 좋을지 생각해보기로 하였다. 쉬는 시간도 제대로 갖지 못하고 같은 공간에서 몇 시간을 대화만 했으니 힘들만 했다. 그렇게 충분한 휴식시간 없이 계속 달렸던 것도 우리 팀의 실수였던 것 같다.

저녁을 먹고 모두가 일몰이 잘 보이는 바람의 언덕에 자연스럽게 모여 돌아가며 서로 사진을 찍어주며 놀았다. 그리고 미처 탄생시키지 못한 팀컴퍼니를 어떻게 마무리할지 고민했다. 결국 미션, 비전, 가치는 나중에 서울에 올라가서 정하기로 하고 팀 이름과 상징물, 활동 내용과 수상소감만이라도 정하기로 했다. 이전에 익숙한 장소에서 전체 단위로 이야기했던 것에 한계를 느껴 장소와 대화의 인원에 변화를 주었다. 시간이 얼마 남지 않았을 때 투표를 진행하였고 '베타'와 '또,라이즈' 두 이름이 가장 많은 표를 받았다. '베타'는 레인 2기의 인원 수인 숫자 13을 붙여 쓰면 알파벳 'B'가 되고 세상에 나가기 전에 베타버전으로 많은 시도를 한다는 의미가 있다. '또,라이즈'는 우리가 입학 과정에서 읽었던 '또라이들의 시대'에서 또라이라는 단어를 가지고 왔고, 그것을 복수형으로 표현하여 또라이즈라는 의미와 넘어지거나 실패해도 다시(또) 일어난다(rise)는 의미가 있다. 두 이름 모두 내가 냈던 아이디어(숫자 13을 붙여 알파벳 B가 되는 것, '또라이드'라는 아이디어에 또라이즈라고 응용해서 제안한 것)가 활용되어서 둘 중 하나를 고르기 힘들었다. 결국 그 둘 중 '또,라이즈'가 뽑혔다.

처음부터 완벽할 순 없잖아 — 루시아

오늘 드디어 팀이 탄생했다. 미션, 비전, 가치를 정하는데 서로의 의견을 모으는 과정이 너무 오래 걸리고 어려웠다. 의견을 내고 싶었지만 다들 의견이 많아서 끼어들려 하면 다른 주제로 넘어가 있었다.

그리고 계속 이야기가 퍼지지 않고 맴돌았다. 배도 고프고 답답해서 힘들었다. 밥을 먹

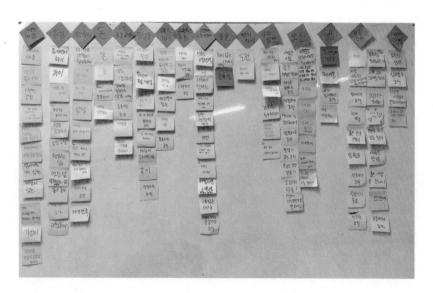

고 우리는 노을 앞에서 서로 환호성을 지르며 사진을 찍어주었는데 그 후에 자연스럽게 노을 아래서 앞으로 팀 빌딩에 관해 날로와 존이 잘할 필요 없다며 처음부터 완벽한 아이를 낳을 순 없다며 가벼운 마음으로 오늘은 팀명만 정하라고 했다. 우리는 좀 가벼운 마음으로 서로 팀명에 대한 브레인스토밍을 했고 투표를 통해 또,라이즈 라는 이름으로 정하게 되었다.

2025 가상 졸업식

또,라이즈가 뭐야? — 다니엘

'또,라이즈' 이게 뭘까, 라는 생각을 혼자 계속했다. 솔직히 이름도 마음에도 안 들었고 내가 싫어하는 캐릭터 이름이기도 하다. 그래도 이름보다는 팀 탄생에 포커싱을 맞춰서 집중했다. 근데 상징물을 변기로 하자는 이야기가 나왔다. 이게 무슨 말도 안 되는 소리인가 싶었다. 심지어 발표도 나와 루시아가 해야 했다. 막막했다. 하지만 아까와 같은 마음으로 팀 탄생에 의미를 두고 진행했다. 정말 영상을 찍고 가상 졸업식을 진행하는 내내 쪽팔렸지만 나름 신선하고 재미있었던 기억이 될 것 같았다. 정말 나의 마음에 안 드는 이름, 심볼이지만 그래도 이 팀이 어떻게 성장할지, 또 어떻게 변해갈지 기대가 된다.

완벽해지기보단 즐겁게 자라는 — 루시아

가상 졸업식 발표 내용을 정할 때 4년 동안 어떤 또라이 같은 짓을 했는지에 관해 우리는 정말 역대급으로 대충 정했다. 이동식 변기 프로젝트를 진행했고, 10조를 벌었다는 식의 내용이었다. 그걸 다니엘과 내가 발표해야했다. 참 창피할 게 없는 아이들이다. 그리고 다 같이 팀명을 발표할 때 쓸 모션도 정했다. 하도 변기 얘기를 많이 해서 그런지 사실 아이를 출산했다기보단 무언가를 배출한 느낌이었다. 그래도 또,라이즈가 마음에 들었고

완벽해지기보단 즐겁게 자라는 과정 자체에 의의를 두며 자라주길 바랐다.

또,라이즈의 파란만장한 성장기를 기대하며 — 윌리

이름부터 우리의 정체성을 잘 나타내는 것 같다. 우리 기수만의 특징이 있다면 대안교육을 경험한 친구들이 많다는 것인데 그래서 그런지 '미스핏missfit'이라는 단어도 어울리는 것 같고 기존과는 다른 방식으로 문제를 해결하기 위해 접근할 것 같아서 참 마음에 드는 이름이다.

완벽한 미션과 비전, 가치를 정하지는 못했다고 생각했다. 그래서 조금은 막막하고 낙담했던 것도 사실이다. 그런데 그때 존이 했던 말이 기억이 난다. "우리는 아이를 낳으려는 것이다. 지금 우리가 하려는 것은 아기가 아닌 완벽한 성인을 낳으려는 것 같다." 이 말을 듣고 한동안 생각에 잠겼다. 어쨌든 우리는 아이를 낳았고 그 이름은 또,라이즈다. 완벽하지 않다는 것도 알고 그렇기에 훨씬 성장할 수 있다는 것도 알 수 있다. 조급해할 필요 없다는 것도 안다. 조이가 했던 말이 기억난다. 아이가 성장하면서 스스로 생각하고 남을 배려하는 것도 중요하지만 그러기 위해서는 부모가 항상 조심해야 한다는 이야기를 했다. 또,라이즈라는 아이를 잘 성장시키기 위해 서로를 믿고 옳다고 생각하는 것을 따라가야 함을 잊지 않았으면 한다.

팀컴퍼니를 공동으로 키우는 아이에 비유해보았을 때,
팀컴퍼니를 기르는 것에 대한 나의 심정과 각오

나슬>>> 늘 중요한 팀 탄생 시간 내내 컨디션이 안 좋았는데 여러 레이너들이 괜찮냐고 계속 물어봐줘서 고맙고 미안했어요. 아이는 부모의 거울이라고 하잖아요. 팀이 바르고 잘 성장할 수 있게 다 같이 잘하도록 해봤으면 좋겠어요.

하싼>>> 솔직하고 정직한 팀컴퍼니가 되었으면 좋겠어요. 그리고 이 팀컴퍼니라는 아이가 똑똑한 아이였으면 좋겠고요. 아직 미숙한 아이여서 어떤 모습일지 딱 그려지지는 않지만, 사랑할 수 있는 존재가 있다는 것이 기쁩니다.

윌리>>> 교차하는 감정이 들어요. 걱정되기도 하면서 좋기도 하고. 사회적 수치로 나타낼 수 없는 팀컴퍼니였으면 좋겠어요. 발이 넓어서 다 같이 성장할 수 있는 팀컴퍼니였으면 좋겠어요.

선>>> 어떻게 자랄까 예측이 불가능한데 그 예측불가능함을 즐기는 아이였으면 하는 바람이 있어요.

다니엘>>> 우리 열세 명이라는 많은 유전자가 들어간 만큼 색다르게 컸으면 좋겠어요. 잘클 것 같은데요. 기대돼요.

지나>>> 낳고 보니 내 아이가 맞나? 싶기도 하고 찜찜하지만 일단 태어났으니 책임지고 잘 키워야죠.

루시아>>> 나쁘지만 않았으면 좋겠어요.

제이>>> 드디어 우리가 하나의 이름이 되었는데, 맘껏 사랑하고 싶어요. 속도 썩이고 탈도 많겠지만 건강하게 오래오래 자랐으면 좋겠어요.

제나>>> 많은 생각과 경험들이 앞으로 쌓일 텐데 그것들을 너무 내세우지 않고 다른 것들을 수용하면서도 줏대 있게 자랐으면 좋겠어요.

조이>>> 솔직하고 착했으면 좋겠어요. 그러려면 부모가 먼저 (동그랗게 모인 레이너들을 동그란 방향으로 가리키며) 그렇게 되어야 할 것 같아요.

이밤>>> 많은 일이 있겠지만 고통스럽지 않고 재밌게 사는 아이가 되었으면 좋겠어요.

리지>>> 지금 만감이 교차하는데 실감이 아직 안 나요. 우리 팀컴퍼니가 행복한 아이였으면 좋겠어요. 부모의 역할이 가장 중요할 텐데 그 역할을 잘 감당했으면 좋겠어요.

카이>>> 원래 말 안 듣고 방황하는 아이도 주위 말 들으면서 곧고 올바르게 클 수 있잖아요. 아직 미숙하고 초창기라 걱정도 많고 하긴 한데 실감도 잘 안 나고요. 그냥 지금 놀랍고 신기해요.

일정, 그 후

팀, 어떤 방식으로든 함께할

영화가 별로 재미없기도 했고 너무 졸리기도 해서 숙소로 가기 위해 공방을 빠져나왔다. 그런데 바람의 언덕에서 기타와 노래소리가 들려왔다. 이끌리듯 그곳으로 향하니 윌리의 말도 안 되는 기타소리에 맞춰 리지, 나슬, 루시아가 함께 노래를 부르고 있었다. 그 장면에 들어가지 않을 수 없었다. 나는 곧바로 그들의 옆으로 다가가 가방을 내려놓고 앉았다. 그리고 그들의 틈에 껴 노래를 같이 부르기 시작했다. 새로운 노래가 쉬지 않고 제안되었고 우리는 그 노래들을 쉬지 않고 모조리 불렀다. 시간이 흐른다는 감각이 부재한 채로 점점 졸려지는 감각만이 존재했다. 모르는 노래가 나올 때는 그냥 누웠다. 가만히 누워 별을 보며 레이너들의 목소리를 들으니 조금은 다른 세상에 와 있는 듯했다. 어떤 방식으로든 이들과 함께 음악을 하게 될 거라는 예감이 들었다. (이밤)

팀탄생 산후조리중

오늘은 팀이 만들어진 후 첫날이다. 따사로운 햇살을 맞으며 운동장에서 몸마음열기를 하고 아침을 먹었다. 평소와 달리 공방이 아닌 나무 데크에 둘러앉아 코치에게 레인서울에 대한 전반적인 설명과 추구하는 가치에 대해 설명을 들었다. 구체적으로는 어떻게, 무엇을 학습하고, 왜 하는지에 관해서였다.

점심을 먹은 후 잠깐의 휴식시간을 가졌는데 몇 명의 레이너들이 전동 스쿠터와 자전거를 타고 바다로 향했다. 돌아오는 길에 스쿠터가 멈춰 존의 차로 돌아와야 했다.

재정비를 마치고 공방에 모여 각자의 러닝컴퍼스(학습나침반)를 재작성하는 시간을 가졌다. 입학 전 챌린지로 썼던 러닝컴퍼스는 과거, 현재, 미래를 모두 작성했는데 이번에는 미래에 관해서만 썼다. 총 다섯 가지 질문이 있었는데 그 질문은 다음과 같다.

내가 배우기 원하는 기술 또는 역량은 무엇인가?
이 기술/역량을 배울 수 있는 방법은 어떤 것이 있는가?
이 기술/역량을 팀이 하는 일에 어떻게 적용시킬 수 있는가?

학습 기간은 얼마나 걸리는가?

학습에 대한 평가는 어떻게 할 수 있는가?

각자 이 질문에 대한 답을 적고 발표했고 질의응답과 제안의 시간을 가진 후 다른 레이너들과 코치들이 그 학습을 도와주고 함께하겠다는 의미로 서명을 했다.

각자 글을 어디까지 썼는지 점검하는 시간을 갖고 출판팀을 정했다. 먼저 자원을 받았는데 나슬이 먼저 자원을 했고, 이어 밤이도 하고 싶다고 의견을 밝혔다. 하쌴이 고민을 하다가 출판팀에 들어오기로 했는데, 로컬프로젝트 글을 다듬으려면 각 조에서 한 명씩은 참여하는 게 좋겠다는 의견이 있었다. 하쌴과 나슬이 바다조, 밤이가 토지조여서 고인돌조에서 한 명을 뽑기로 했다. 자원하는 사람이 없어 팀 내에서 익명 투표로 정해 션이 출판팀에 들어오게 되었다.

팀이 탄생했으니 앞으로를 함께 그려나갈 수 있게 되었다. 팀학습을 중심으로 레인에서의 학습이 어떻게 이루어지는지 이해하는 시간을 가진 이후 팀과 함께할 미래에 대해 구체적으로 상상해보며 서로 계약을 맺기 위해 러닝컴퍼스(학습나침반)를 작성한다.

러닝컴퍼스Learning Compass

러닝컴퍼스는 학습 방향을 설정하고 나아갈 수 있도록 도와주는 학습 도구이다. 개인이 책임지고 학습 해나갈 내용을 기술하도록 돕기 위한 다섯 가지의 질문이 있다. (1)나는 어디에 있어 왔는가? (2)나는 지금 어디에 있는가? (3)나는 어디로 가고 있는가? (4)가고자 하는 곳을 어떻게 가는가? (5)내가 목표에 도달했다는 것을 어떻게 측정하는가?

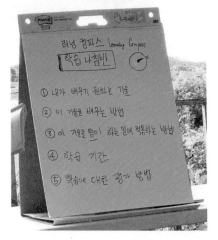

9월 13일 월요일에 라이프쉐어링을 통해 과거부터 현재를 공유했으니 팀이 탄생한 이후 갖는 이 시간은 1년간 팀과 함께하면서 자신이 이룰 목표 위주로 작성한 후 팀코치와 다른 레이너들에게 서명을 받는다.

레인서울 설명 및 가치공유

개인의 성장의 필수조건, 공동체 — 하싼

팀학습 워크숍이라는 이름으로 MTA와 LEINN의 교육철학과 과정에 대한 정보를 들었다. 예전 아산상회에서 존에게 설명을 들었을 때 정말 이상적인 교육모델이라고 생각해서 꼭 경험해보고 싶다고 생각했었는데, 그때 들었던 설명을 다시 들으며 이제 내 삶에 이런 교육방식을 적용해볼 수 있다는 생각에 설레었다. 교육과 공동체에 대해서 다른 사람들은 어떻게 생각할지 모르겠지만 나는 성장하기 위해서는 꼭 공동체가 필요하다고 생각한다. 특히 퀀텀 리프를 위해서는 더욱 그러해야 한다.

빠르게 성장하기 위해서는 오랜 시간 경험하면서 깨닫는 학습 방식이 아닌 끊임없이 자신의 위치를 트레킹하며 이상과 현실, 목표지점과 현 위치를 대조하는 것이 필수적이다. 이때 이상(목표지점)을 설정하는 것은 혼자서도 할 수 있는 일이지만, 자신의 현 위치를 아는 것은 혼자서 하기 어려운 일이다. 특히 학습하고자 하는 것이 인간의 본질적인 능력, ASK의 Attitude에 가까울수록 더욱 그렇다. 뛰어난 사람들은 메타 인지가 매우 뛰어나서 객관적으로 자기 자신을 진단할 수 있다고 한다. 나 또한 MTA의 LEINN과정을 통해 끊임없이 자신을 성찰하고 개선하며 밀도 높은 학습을 해나가고 싶다.

공동체 속에서 함께 진화하는 배움방식, TS — 윌리

오늘부터는 본격적으로 팀을 이끌어나가기 위해 레인의 기본적인 정보를 듣는 시간이었다. 결론부터 이야기하자면 너무 흥분됐다. 꿈꿨던 배움의 방식이지만 지금까지 어디에서도 할 수 없었고 함께할 동료도 당연히 없었다. 레인의 방식 중 가장 기대되는 것이 바로 팀훈련(TS)이다. 사실 우리는 모든 분야를 뛰어나게 잘한다면 정말 좋겠지만 우리는 그렇지 못하기 때문에 공동체 속에서 공진화하는 방법을 택했다. 이러한 맥락에서 TS는 지금까지 내가 경험했던 배움의 방식 중에서 가장 효율적이고 강력한 방법인 것 같다.

'아무것도 하지 않으면 아무것도 없이 졸업한다'라는 말이 딱 맞는 말인 것 같다. 스스로 자신의 배움을 주도하지 못한다면 그 어떤 것도 할 수 없는 곳이 여기 LEINN인 것 같다. 그래서 존과 날로가 레인의 교육과정을 알려준 시간이 내게는 너무 소중한 시간이었고. 배움에 대한 욕구를 자극해준 시간이었다. 비록 이 시간에 상상했던 나의 생각들은 남이 들었을 때는 다소 허황된 이야기처럼 들릴 수 있다. 하지만 뭐 어떤가. 우리는 아직 시작하지도 않았는데 말이다.

또 마음에 들었던 것이 베이직 서브젝트Basic Subject에 관한 설명이다. 핀란드의 티미아카데미아와는 다르게 현실적인 부분을 고려하여 최소한으로 필요로 하는 상법, 회계&재무, 기술 등의 과목이 LEINN에 있다. 사실 이러한 과목들을 실무가 아닌 이론으로 배운다고 했을 때의 막막함을 너무 잘 아는 나이기에, 실무 프로젝트와 이론 수업이 병행되는 구조가 너무 좋았다. 앞으로 우리의 많은 배움이 여러 프로젝트에 적용되며 많은 시너지를 낼 수 있는 날이 오기를 바란다.

서로 배움을 공유하며 함께 성장하는 — 제나

오전에 레인서울에 대한 구체적인 구조, 학습 방식에 대한 수업을 들으니 드디어 레인 생활이 시작된 느낌이 들었다. 해먹 옆 공간 그늘 아래에서 수업을 해서 논밭 풍경이 잘 보였다. 풍경이 너무 평화롭고 그동안 봐왔던 도시의 풍경과 비교되어 잠깐 멍을 때렸다. 나도 모르게 그 순간 자연에 압도당하는 느낌을 받은것 같다. 다시 날로의 말씀에 집중했다. 팀학습이 우선이라는 점이 가장 마음에 들었다. 팀컴퍼니 내에서 다양한 프로젝트들이 진행되지만 서로가 얻은 배움들을 같이 공유하면서 모두 동등하게 성장한다는 점이 좋았다. 그리고 이 팀 컴퍼니가 어떻게 성장하게 될지 궁금했다. 어떤 모습일지 도저히 예측할 수 없었다. 그래서 우리의 미래가 더 기대된다.

바다로 바다로

작은 일탈 속 동료의 중요성을 깨달은 — 제나

이틀밖에 안 남은 해리 생활이 너무 아쉬웠다. 그래서 친구들과 점심시간에 밥을 빨리 먹고 바다를 보러 가기로 했다. 스쿠터를 타고 가까운 해변 쪽으로 달리기 시작했다. 끝도 없어 보이는 논밭을 배경으로 넓은 도로 위에 우리밖에 없었다. 그때의 느낌은 너무 자유로웠다. 계속 달리다 보니 내 스쿠터가 점점 뒤처지는 게 느껴졌다. 예전에 스쿠터를 탔을 때처럼 전속력으로 달리는 기분을 느끼지 못해 아쉬웠지만, 풍경과 날씨, 함께 있는 사람들 덕분에 계속 행복했다.

목적지에 도착해서 본 바다는 입이 벌어질 정도로 모래와 바다, 하늘의 색 조화가 정말 아름다웠다. 평화로운 그 풍경이 생생하다. 도착한 길옆에는 숲과 소나무가 세워져 있었는데 심리적인 편안함과 계속 그 길을 달리고 싶은 느낌을 주었다. 바다를 배경으로 단체 사진을 찍었는데 강한 햇빛 때문에 다들 얼굴이 붉은 감자처럼 나왔다. 하지만 그날을 추억할 수 있어서 만족스러운 사진이었다고 생각한다. 돌아오는 길에 일어나지 않았으면 하는 일이 일어났는데 내 스쿠터가 멈춰버린 것이다. 다른 친구들도 당황해서 이 문제를 해결하기 위해 스쿠터 배터리가 많이 남은 친구들만 도움을 요청하러 책마을해리로 떠났다. 션과 이밤은 스쿠터를 끌고 걸어가는 나와 같이 걸어가줬다. 그늘 하나 없는 뙤약볕 아래에서 같이 있어준 사람들이 너무 고마웠다. 동료의 중요성을 느꼈다.

존의 차가 도착했고 스쿠터가 멈춘 나만 차에 타야 하는 상황이었다. 기다려준 친구들에게 너무 미안했다. 해리에 도착 후 지나와 나의 상태는 정신이 살짝 나가 있었다. 수분 보충이 절실해서 부엌에 있는 음료수들을 계속 마셨다. 고생 후에 마시는 포카리스웨트 맛이 이렇게 좋을 수 없었다. 수분 보충 후 정신이 들면서 힘듦이 뿌듯함으로 바뀌었다. 언제 이런 경험을 또 할 수 있을까 싶었다. 좋은 일탈이었다.

좋은 결과를 얻기 위해서는 — 지나

점심식사를 하고 난 후, 날씨가 너무 좋아 스쿠터를 타고 미루고, 또 미루어 두었던 구시포 해수욕장에 갔다. 갈 때까지만 해도 기분이 상쾌하고, 햇볕을 쬐어서 좋았다. (비가 올 듯, 안 와서 늘 흐린 날씨였고, 대부분의 시간을 공방에서 보냈었기 때문이다.) 그런데 이게 웬 말이냐. 시간이 되어 돌아가는 길에 제나의 전동스쿠터의 전원이 나가버렸다! 팀코치들에게 전화했지만 받지 않아 선발대로 다니엘, 제이, 조이가 출발했다. 선발대가 가고 나서, 후발대로 가기에는 차에 모든 인원이 타기 어려울 것 같아서 전원 나간 제나와 후발대를 두고 급히 선발대를 따라갔는데… 이게 무슨 일인가. 내 스쿠터 전원도 나가버렸다. 사실 휴대폰을 둘 곳이 없어 후발대에 맡기고 출발해서 직감으로 선발대를 따라가고 있었는데, 그들이 나를 본 순간 전원이 나갔다. 조금이라도 일찍 전원이 꺼졌다면 아마 선발대도 만나지 못한 채 길 한복판에 남아 있었을지도 모른다. 다행히도 선발대인 제이가 전화를 해주어 존에게 구조되어 차를 타고 다녔다. 돌아오는 길은 오후 땡볕의 뜨거운 날

씨라 너무 지친 나머지 돌아오자마자 얼음이 동동 띄워진 포카리스웨트를 한 잔 마시며 쉬었다. 이러한 시간을 보내면서 느낀 점은 과정도 정말 중요하지만 그만큼 결과도 나쁘지 않아야 계속해서 긍정적인 감정을 가져갈 수 있구나, 라는 교훈을 얻을 수 있었다. (부정적인 것도, 그것에 맞게 기억에 각인된다.)

멀리 가려면 그만큼의 쉼이 필요함을 — 다니엘

고창에서의 시간이 얼마 남지 않았음을 인지하고 바닷가를 스쿠터 타고 갔다 오자는 말이 나왔다. 그래서 점심을 먹고 제이, 제나, 션, 나, 조이, 지나, 이밤. 이렇게 일곱 명이 바닷가를 둘러볼 수 있는 길을 스쿠터로 달렸다. 가는 길은 모두가 즐거웠다. 나중에 일어날 비극을 모른 채. 우리는 바닷가를 도착하고 스쿠터를 갓길에 세운 뒤 바다가 훤히 보이는 데크에 올라갔다. 즐겁게 사진을 찍고 우리는 출발했다. 정말 이때까지만 해도 모든 게 순탄할 줄 알았다. 다시 출발한 지 5분쯤 지났을 때, 제나가 스쿠터가 이상하다는 말을 했다. 나는 제나와 스쿠터를 바꿔주려고 했지만 내 것은 안장이 뒤집혀서 엉덩이에 힘을 주고 타야 해서 바꿔주지 못했다. 그렇게 또 3분쯤 지났을까, 제나의 스쿠터가 방전됐다. 난 순간 정말 천운을 타고났다고 생각했지만, 걱정을 해줬다. 내가 스쿠터를 짊어지고 가려고 했지만 역부족이었다. 결국 우리는 배터리가 가장 많은 네 명이서 먼저 해리로 가 코치님들에게 상황을 설명하기로 했다. 지나, 제이, 조이, 나 이렇게 먼저 출발했고 나머지는 남아서 제나와 있어 주었다. 불행 중 다행히도 가는 길에 코치님들과 연락이 돼서 데리러 오시기로 했다. 우리는 안심하고 먼저 해리로 가던 중 잘 가던 지나의 배터리도 방전됐다. 그때 지나의 당황한 얼굴이 아직도 생생하다. 금방 코치님들이 데리러 와주셔서 지나는 바로 탔고 나머지도 데리러 가셨다. 남은 조이, 제이, 나는 여유롭게 풍경도 보고 사진도 찍고 잘 돌아갔다. 시간이 지나고 다른 레이너들도 무사히 차 타고 도착했는데 션과 이밤이 안 보였다. 자리가 없어서 못 탔다고 했다. 그 상황이 웃기긴 했지만, 너무

더운 시간대여서 한편으론 안타까웠다. 또 시간이 지나고 무사히 두 레이너도 도착했고 우리는 식당에서 음료를 마셨다. 그렇게 힘든 여정이 끝이 났다.

다시 쓰는 러닝컴퍼스

서로 다른 꿈이 만나 일으키는 화학적 반응 — 윌리

나는 데이터에 관한 이야기를 많이 적었다. 마케팅에 관심이 많은 사람으로서 디자인, 즉 콘텐츠를 만드는 작업에는 어느 정도 익숙해졌다고 생각한다. 하지만 마케팅 콘텐츠가 만들어지기 이전에는 합당한 근거가 있어야 한다. 그리고 그 근거는 나의 머리나 감성적인 부분이 아닌 수치, 즉 데이터로 이뤄져 있다. 그렇기 때문에 나는 데이터에 관심을 가져야만 했던 것이다. 데이터를 공부해서 얻을 수 있는 이점은 분명하다. 지금까지 우리의 액션에 피드백을 줄 수 있고 동시에 앞으로 우리가 어떤 액션을 취해야 하는지 예측할 수 있기 때문이다. 그리고 이는 비단 마케팅에만 이로운 것은 아닐 것이다. 수많은 데이터 중에서 필요한 데이터를 추출하고, 이를 이해하기 쉬운 형태로 가공하는 단계가 익숙해진다면 우리 팀이 원하는 그 어떤 것도 제공할 수 있다고 생각한다.

그리고 다른 레이너들의 이야기도 들었다. 신기했던 점이 있었다면 분야는 겹칠지언정 모두가 다른 꿈을 꾸고 있었다는 것이다. 또 한 번 기대가 되는 부분이 있었다면 바로 이러한 꿈들의 융합이다. 어떻게 보면 이를 '프로젝트'라고 하는지도 모르겠다. 분명한 것은 앞으로 팀컴퍼니 내에서 연속적인 화학적 반응이 많이 일어날 것이고 이는 결과적으로 우리 모두의 발전으로 이어진다는 것이다.

오늘 하루를 정리하면서 느낀 점이 있다면 드디어 나에게 맞는 수영장을 찾았다는 것이다. 지금까지 꼭 찾고 싶었던, 얼른 뛰어들고 싶었던 수영장을 찾은 것 같다. 그리고 자칫 깊을 수도 있는 물속으로 함께 뛰어들어 갈 동료가 있다는 것. 그런 행운이 내게 왔음을 알게 되었다.

초심을 생각하다 — 제나

러닝컴퍼스를 재작성하면서 내가 레인에 들어오게 된 이유를 다시 한번 생각해보게
되었다. 그리고 과거의 내 모습과 내 미래 모습을 비교해서 생각해보게 되었다. 과거에는
디자인에 푹 빠져서 살았다면 지금은 마케팅과 영상 편집에 빠져볼 예정이다. 그리고 그
런 내 모습이 기대되었다. 구체적으로 내 목표를 설정하는 게 어려웠는데 옆에 있는 지나
에게 물어봤더니 쉽게 설명해줘서 고마웠다. 목표를 거창하게 잡아야 하는 줄 알았는데
1년 안에 도달할 수 있는 목표로 잡는 것이어서 마케팅과 영상 편집 기술을 익히는 것을
목표로 잡았다. 발표 후 구체적인 목표를 레인서울 인스타그램 운영 및 팔로워 300명으
로 잡았다. 살짝 부담되었지만 실제로 해보면 재밌을 것 같았다.

적극적인 피드백을 통해 함께 성장하는 — 하싼

레인 교육에 대한 설명을 들은 후에는 러닝컴퍼스를 작성했다. 이곳에 지원할 때도 러
닝컴퍼스를 작성했었다. 당시에는 장기적인 관점에서 인생을 살면서 배워야 한다고 생각
하는 것들을 적었는데, 이번에는 단기적인 관점에서 나의 관심사와 프로젝트를 진행하는
데 필요한 역량Skill set을 위주로 작성했다.

오늘 작성할 러닝컴퍼스의 목적은 레이너들과 공유하는 것이라고 생각해서 하나의 주제
로 간소화하거나 내용을 축약시키지 않고 내가 관심 있는 것들과 배우고자 하는 것들을 그
대로 이야기했다. 짧은 시간 동안 설명하기 적절한 양은 아니었지만, 친구들에게 내가 어떤
것들에 관심을 가지고 있는지 전달하기에는 충분했다. 또 이번 러닝컴퍼스에서 의미 있다
고 생각한 것은 친구들의 관심사와 미래에 대한 생각을 들어볼 수 있었다는 것이었다.

레이너들이 어떤 스킬셋을 배우고자 할 때 그 목적은 모두 달랐지만, 결국 우리가 비슷

한 것들을 배우고 싶어한다는 점에서 재미있다고 생각했다. 한편으로는 우리 모두가 배우고자 하는 것들을 하나의 도구라고 생각할 뿐, 그것을 하는 이유가 즐겁고 재미있기 때문이 아니라는 사실이 조금 아쉽기도 했다. 물론 나도 마찬가지였다.

서로의 러닝컴퍼스를 가지고 이야기한 이후에는 서로에게 필요하다고 생각되는 피드백과 제안을 주고받는 시간이 있었는데, 서로가 아직 배우는 단계여서인지 생각보다 피드백과 제안이 활발하게 오가지 않아서 조금 아쉽다는 생각이었다. 이후에 함께 프로젝트를 진행할 때 이슈가 되겠지만, 우리가 피드백이라는 불편하지만 유용한 도구를 잘 사용할 수 있었으면 좋겠다. 좋은 피드백 문화가 없이는 성장하는 팀이 만들어지기 어렵고, 성장한 팀들 중에서 피드백을 활용하지 못한 사례가 없을 정도로 피드백은 우리 팀이 성장하고 목적을 이루는 데 있어서 꼭 필요한 도구이다. 며칠 전 팀이 탄생했으니 피드백 이외에도 어떤 도구와 문화를 사용해 좋은 팀을 만들지 생각해봐야 할 일이다.

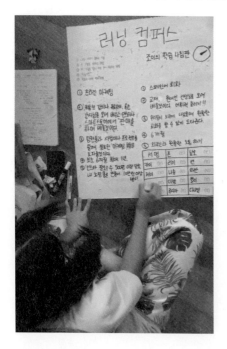

이번 러닝 컴퍼스 공유를 통해 얻을 수 있었던 가장 큰 가치는 레이너들이 서로 현재의 관심사에 대해 공유했다는 것이었는데, 동일한 관심사는 사람들을 연결시키는 아주 좋은 도구 중 하나라고 생각하기 때문이다. 이후로 함께 생활하면서 우리가 어떤 것들에 관심을 가지고 있는지를 이야기하면 좋을 것 같다고 생각했다. 그러면서 앞으로는 나의 좁은 시야를 더 넓히기 위해 노력해야겠다는 생각도 들었다. 하나가 되기 위해 필요한 것이 있다면 무엇이든 해야지.

출판팀 구성, 책책책 책을 만듭시다

출판팀 하고 싶은 사람? — 이밤

"출판팀 하고 싶은 사람?" 날로가 레이너들을 향해 말했다. 머리가 복잡해졌다. 처음 출판팀에 대한 얘기를 들었을 땐 해보자는 마음이 더 강했다. 힘들지도 모르지만 재미와 배움 둘 다 잡을 수 있을 것 같았고, 결정적으로 출판을 하시는 부모님 밑에서 자란 딸이 출판팀을 하지 않으면 도대체 누가 한단 말이야, 라는 이상한 고정관념에 사로잡혀 있던 탓이다. 그런데 날로의 목소리를 듣는 순간, 갑자기 실감이 났다. 아, 이건 지금이구나. 내가 출판팀에 들어가는 건 아주 먼 미래의 일이 아니구나. 하기 싫다는 마음이 해보자는 마음을 치고 올라왔다. 그렇게 어느 정도 마음을 내려놓고 있는데 손을 드는 레이너들이 한두 명씩 늘어날수록 그래도 해보자는 마음이 다시 올라왔다. 그렇게 어느 정도는 무언가에 홀린 듯이 손을 들고 말았다. 나슬, 션, 하싼과 함께 출판팀에 들게 되었다.

으싸으싸, 잘해봅시다 — 나슬

처음 글을 쓰기 시작하고 출판팀을 구성한다는 이야기를 들었을 때부터 관심이 갔다. 평소에 글을 읽거나 쓰는 것도 좋아하고 열세 명 레이너들의 이야기가 모두 담긴 책을 편집하는 활동이 재밌을 것 같았다. 함께 살기 중반쯤에는 글 양이 너무 많아 편집이 힘들 것 같아 좀 고민을 하긴 했지만 책 한 권을 내는 과정이 궁금하기도 하고 처음부터 관심이 갔었기에 자원했다. 출판팀으로 모인 친구들을 보니 잘해보자는 마음이 생겼다.

하루를 여는 너의 마음은 안녕하니?

이밤>>> 어제 늦게 잤는데도 컨디션이 좋아요. 부정적인 느낌은 없어요. 벌써 15일인 게 신기해요. 집에 간다는 게 아직은 실감이 안 나요. 편안한 상태인데 이 공간에 더 집중하고 싶어요.

루시아>>> 팔목이 아파서 스트레칭을 잘 못하겠더라고요. 마음은 평온하고 평안하긴 한데 집에 좀 가고 싶기도 해요.

조이>>> 비염이 원래 심해서 에어컨을 세게 틀거나 바깥바람 맞으면 코가 막혀요. 어제 근데 바닥에서 자서 코가 막혔어요. 마음은 지금 느긋하고 요즘 아무데서나 잘 자요.

윌리>>> 어제 불 꺼진 숙소로 들어간 게 두시 반이었어요. 지금 이 풍경이 모니터 색상보다 훨씬 좋아요. 갑자기 일탈을 해봤으면 좋겠단 생각이 들었어요.

하싼>>> 리스트를 봤는데 여기 감격스러운이 있는 걸 보고 지금 감격스러워요. 아침이라 피곤한데 오늘 무얼해볼까 하고 기대되기도 하고 초조하기도 해요. 9월을 절반 넘게 여기서 보내는 게 어렵게 느껴집니다.

다니엘>>> 어제보다 개운해요. 네. 개운합니다.

카이>>> 오늘이 지금까지 있던 날 중에 컨디션이 가장 좋아요. 정신도 개운하고 탁 트인 풍경을 보면서 해방감도 들고 공기도 좋고 하다 보니까 집에 있을 때보다 더 많이 잘 자고 있어요.

존>>> 팀 탄생하고 나서 이제 정말 시작이구나 싶어요. 일정을 함께 논의하면서 팀코치 팀도 팀이 되어가는구나 하고 느끼기도 했어요. 남은 기간 동안 책마을해리에서 잘 쉬고 싶습니다.

제나>>> 팀 탄생 생일파티 이후에 이상한 말들을 많이 했는데 신선하면서도 다 정말 특

144

이하구나 하고 기대가 됐어요. 글을 쓰려다가 얘기를 또 했는데 진지한 얘기를 하면서 점점 더 가까워지고 있다고 느껴졌어요. 일어나고 내내 피곤했는데 지금에서야 좀 생기가 도네요.

리지>>> 이제 좀 긴장이 풀려서 그런지 아침에 못 일어났어요. 이게 좋은 건가? 싶기도 하고 그래도 긴장이 좀 있어야 하지 않나? 싶기도 하고. 그래도 지금 이 장소와 친구들이 편해요. 같이 이렇게 있다가 돌아가면 허전할까 봐 두려워요. 지금 콧물이 좀 나요. 어제 버티다가 안 자서 개운하지는 않아요.

지나>>> 어제의 찜찜함이 그래도 좀 가라앉은 것 같아요. 팀 탄생까지 에너지를 조절하고 있었는데 '내가 조급함을 가지고 있구나' 하고 느꼈어요. 여기서만 관계를 맺다가 서울 가서는 안 그럴 것처럼 두려워하는 게 아닌가 싶으면서 4년이라는 긴 시간을 내다보게 됐어요. 그래서 사실 미안한 마음이 있었어요.

나슬>>> 밤에 윌리와 기타치고 다 같이 노래하다가 늦게 잤어요. 속도 쓰리고 해서 잠을 설치긴 했는데 지금은 상태가 좋아졌어요. 일정이 잘 마무리되고 더 가까워졌으면 좋겠어요.

제이>>> 어제 우리가 팀 탄생하면서 칠판에 붙인 포스트잇들을 다시 보면서 이제 남은 짧은 시간 동안 뭘 할 수 있을까 싶으면서 재미있는 걸 찾아야겠다고 생각했어요. 몸은 좀 피곤한데 마음은 좋아요.

날로>>> 반가운, 안도감이 드는 마음이에요. 팀이 탄생하고 나서 탄생한 팀을 바라보니 반갑기도 하고 바라볼 곳이 생긴 것에 안도감이 들어서 그런가 봐요. 몸은 사실 좀 더 풀고 싶어요. 벌써 몸마음열기라던가 하루닫기 등등 반복되는 일들이 생겼는데 반복되는 루틴을 잘 견디려면 무언가 창조적인 게 가미되어야 극복할 수 있잖아요. 그러려면 각기 다른 모습을 가진 우리 서로가 필요한데 반복되는 것들에 새로움을 더할 우리가 기대됩니다.

각자의 자리에서 반짝반짝 빛나는 별들이 모여

친구들이 공포영화를 본다길래 무서운 영화를 딱히 좋아하지 않는 나는 윌리와 교육에 대해 얘기하러 카페에 갔다. 하싼과 조이도 들어보고 싶다고 해서 같이 갔다. 윌리가 입학 과정에서 한 챌린지를 보여주었다. 팬데믹 이후에 새롭게 등장한 교육 격차에 대한 윌리의 생각을 들었다. 조이도 몇 가지 질문을 하면서 모두 집중해서 윌리의 이야기를 들었다. 윌리의 챌린지 얘기를 들으며 내가 더 흥분해서 말을 많이 했다. 그마저도 다 못한 이야기가 많아 윌리와는 서울 올라가면 교육 스터디를 같이 하기로 약속했다. 윌리와 앞으로 어떤 얘기들을 하게 될지, 어떤 프로젝트를 같이하게 될지 너무 궁금해서 잠시 미래에 가서 보고 오고 싶을 정도로 매우 설레고 기대도 많이 된다. 교육에 대해서 나와 비슷한 생각을 가진 누군가와 대화를 하고 싶었던 나의 갈증을 해소시켜줄 사이다를 이제 막 따기 시작한 것 같달까?

영화를 다 본 친구들이 같이 책마을해리 밖으로 밤 산책을 나갔다. 공기가 맑아서 그런지 별이 정말 셀 수 없이 많았다. 그중에서 별 세 개가 나란히 있는 오리온자리가 며칠 전부터 유난히 눈에 들어왔다. 왜인지는 잘 모르겠지만 아마 별 세 개가 나란히 있는 게 눈에 띄어서 그랬던 것 같다. 우리 또,라이즈도 각자 자리에서 반짝반짝 빛나면 하나의 멋진 별자리를 만들 수 있지 않을까? 별구경을 다녀와서는 다 같이 출출해서 컵라면을 먹었고, 이런저런 게임을 하며 늦은 시간까지 공방에서 함께 있었다. 아마 며칠 남지 않아 다들 아쉬운 마음에 쉽게 자러 가지 못하는 것처럼 느껴졌다. 나 역시도 그랬다. 다음 날 일정도 있으니 아쉬운 마음을 겨우 달래며 잠을 청했다. (리지)

해리에서의 팀 탄생을 기리며

아침을 먹고 '또.라이즈'의 대표사진을 찍었다. 팀 이름에 걸맞은 사진을 찍어야겠다는 생각에 처음 아이디어를 내는 과정이 조금 오래 걸렸다. 그렇게 모두가 머리를 맞대고 아이디어를 내어 총 일곱 장의 사진을 찍었다. 책장, 나무집, 배, 컨테이너, 똥 등을 활용한 다양한 사진들이 나왔다.

점심을 먹고 전체닫기를 진행했다. 큰 종이 네 개를 이어 붙인 후 그 주변에 둘러앉아 각자 해리에서 기억에 남는 순간들을 그렸다. 큰 종이가 그림으로 꽉 채워졌고 레이너들은 각자의 그림을 설명하며 그동안의 추억들을 되새겼다.

그동안의 나를 돌아보며 나에게 편지를 썼다. 그리고 레인에서의 일정에 대해 아주 간단한 설명을 들었다.

저녁을 먹고 만화책방 앞에 모여 장작을 팼다. 하운드의 도끼질을 시작으로 해보고 싶은 사람들이 한 번씩 도끼를 잡았다. 장작을 들고 바람의 언덕으로 향했다. 불을 피우고 그 주변에 둘러앉으니 어느새 밖은 어두워져 있었다. 모두가 자리를 잡고 난 후 나에게 쓴 편지를 한 명씩 돌아가며 읽었다. 그리고 조이와 루시아가 부르는 〈우주를 줄게〉를 감상했다.

비가 아주 조금씩 내리기 시작했다. 레이너들은 얇은 빗줄기 속에서 소시지와 사과를 굽거나 사진을 찍으며 놀았다. 그러다 갑자기 비가 세차게 쏟아졌고 음악회를 위해 공방으로 이동했다.

은은한 조명을 배경으로 음악회가 열렸다. 누군가는 기타를 치고, 누군가는 노래를 부르고, 누군가는 그들을 바라보며 손뼉을 치거나 몸을 흔들었다. 예정되어 있던 레이너들의 공연이 모두 끝나자, 이번엔 다른 레이너들이 무대에 올랐다. 부를 노래를 정하며 흔쾌히 무대에 오르는 레이너들도, 절대 안 된다고 손사래를 치는 레이너들도 있었지만 결국 모든 레이너가 한 번씩 무대에 올랐다. 그러고 나서도 성에 차지 않았던 건지 어느새 무대가 허물어지고 모두 함께 노래를 부르기 시작했다. 동그랗게 모여 앉은 레이너들은 그렇게 몇 곡을 더 청했다.

음악회가 끝나고 다 같이 모여 앉아 게임을 했다 새벽까지 게임을 이어가다 졸린 사람들은 먼저 들어가고 남은 사람들은 수다를 떨었다.

보름살기를 돌아보며 전체를 함께 닫아보는 날이다. 첫날부터 지금까지의 흐름은 개인에서 팀 단위로 흘렀지만, 다시 거꾸로 팀에서 개인 단위로 주목해 본다. 이때 개인은 더 이상 보름살기 이전의 내가 아니라 팀기업가의 정체성을 가진 내가 되어 세상에 나가게 된다.

보름살기 전체 닫기

- 또,라이즈를 대표하는 단체사진 책마을해리에서 남기기
- 책마을해리에서 보름 동안 인상 깊던 일을 떠올리며 그림 그리기
- 롤링페이퍼에 앞으로 기대하는 동료의 모습을 써주기
- 팀기업가로 성장할 나에게 쓰는 편지 쓰기

팀 프로필 찍기

함께 의논하며 만들어내는 멋진 장면들 — 조이

존과 날로가 또,라이즈 팀 대표사진을 찍으라고 하셨다. 우리는 나름 옷을 맞추고 사진 컨셉, 장소를 찾았다. 생각보다 아이디어가 나오지 않아서 그냥 돌아다니며 찍기로 했다. 배에도 올라가 보고 트리하우스 앞에도 가봤다. 제일 신박했던 건 강아지 똥을 가운데 두고 둘러앉아 찍은 사진이었다. '팀명에 어울리는 사진을 찍어보자'라는 취지로 '또,라이즈' 같은 사진 컨셉을 정하다 나온 아이디어였다. 삼각대에 카메라를 거치해두고 영상으로 켠 다음 옹기종기 모였다. 그리고 손을 똥에 닿지 않을 정도만 뻗었다. 한 명 한 명 위치를 잡고 포즈를 취해야 했기에 시간이 좀 걸렸다. 하나둘 포즈를 잡고 있는데, 처음에는 괜찮았는데 스멀스멀 냄새가 올라오기 시작했다. 내 앞에 놓여있는 갈색 덩어리를 보며 '내가 지금 뭘 하고 있지'라는 생각도 잠시 들었다. 약간의 '현타'가 왔지만 나름 재밌었다! 나는 '내가 지금 아니면 언제 또 이런 사진을 찍겠어' 하며 즐겁게 사진을 찍었다.

우리의 결과물은 놀라웠다! 급하게 찍은 사진? 아니 이건 그냥 작품이었다, 작품. 생각 이상으로 너무 잘 나와서 우리는 엄청 놀라워하며 사진을 봤다. 강아지 똥 사진이 나왔을 때는 모두가 웃었고, 트리하우스, 배에서 찍은 사진이 나왔을 때는 모두가 감탄했다. 혼자서 이런 결과물을 만들라고 하면 못 했을 것 같은데 같이 의논하며 만들면 이런 멋진 결과물이 나올 수 있구나 라는 걸 알게 됐다.

우리, 이제 한 배를 탄 거야 — 리지

우리를 소개할 때 사용할, '또라이' 같은 사진을 책마을해리 공간을 활용해서 찍어오라는 챌린지를 받았다. 처음엔 모여서 어떤 사진을 찍어야 우리 다운 사진을 찍을 수 있을지 고민하는 시간을 가졌다. 아이디어들은 나오는데 다 날아가는 느낌이 들어 윌리에게 적어달라고 부탁했다. 그랬더니 아이디어들이 조금 정리되는 느낌이었다. 몇 개를 적고는 돌아다니며 또 아이디어를 얻을 수 있으니 우선 돌아다녀 보자는 제안이 나와서 우선 근처 컨테이너 앞에 섰다. 서로 싸우는 것처럼 찍는 것 어떠냐는 아이디어에서 그럼 1 대 1로 싸울지, 반을 나누어 무리로 싸우는 것처럼 찍을지 좀 더 구체적인 얘기들이 나오다가 내가 그럼 우리끼리 싸우는 것 말고, 세상과 싸우는 느낌으로 우리는 다 붙어 있고 다들 밖에 무언가와 싸우는 것처럼 포즈를 취하면 어떻겠냐는 아이디어를 제안했고 친구들이 모두 좋다고 해서 그렇게 우리의 첫 번째 사진을 찍을 수 있었다. 첫 사진을 찍기 전 어떻게 찍을지 고민을 하며 보낸 시간이 조금 길었기도 했고, 주어진 시간 자체도 그리 길지 않아서 시간이 촉박하다는 느낌이 들었다. 맏이여서 책임감에 그런 건지, 원래 나의 성향인 건지 시간 안에 사진을 찍어야 한다는 책임감에 계속해서 시간 체크를 하며 빠르게 진행하려고 했다. 어느 순간 나를 돌아보니 화면 속 보이지 않는 사람은 없는지 확인하거나 어수선한 아이들이 어떻게 하는 게 좋을지 짚어주는 나를 발견하였다. 그러다 보니 사진 구도나 스타일에 나의 색깔이 다른 친구들에 비해 조금 더 들어간 것 같아 걱정되었다. 하지만 팀원들이 결과물을 보고 좋아해서 다행이었다. 나는 개인적으로 배에서 찍은 사진이 마음에 들었다. 모두 한 배를 타 각자 다른 포즈를 취하고 있어도 결국 다 같이 한 방향으로 나아간다는 것을 보여주는 사진이어서 가장 인상깊었다.

과연 우리는 누구인가? — 션

가장 '또라이'스러운 단체사진이라니. 우리가 찍어야 하는 사진의 주제는 당혹감 그 자체였다. 누구도 시도하지 않을 법한 주제였고 나 역시 단 한번도 '또라이'라는 콘셉트를 머릿속에 그리며 셔터를 눌러본 적이 없었기 때문에 이 사진을 도대체 어떻게 찍어야 할지 감이 오지 않았다. 레이너들 중 누구도 답을 알고 있지 못했기 때문에, 정확히는 애초에 답이 정해져 있지 않은 문제였기 때문에 우리는 무작정 의견을 던지며 가장 또라이스러

운 장면을 상상하기 시작했다. 옷 뒤집어 입기, 모두가 다른 곳 보기, 레이너들끼리 싸우기, 확실히 단체사진의 콘셉트라고는 생각할 수 없는 콘셉트들이 나오기 시작했다. 그중에서 가장 많은 레이너들의 동의를 얻은 주제로 촬영을 시작했다. 또라이들의 상상이 현실이 되는 순간이었다. 개똥을 둘러싸고 포즈를 취한다던가 모두가 똥을 싸는 자세로 줄을 서 있는 우스꽝스러운 사진부터 뭍에 있는 배로 항해를 하고 있는 듯한 모습을 담은 콘셉트 사진까지, 보면서 입꼬리가 올라갈 수 있는 또라이들의 사진이 탄생했다. 우리의 정체성이 담겨있는 사진이라고 생각하니 애정이 가는 동시에 우리 팀이 만들어낸 첫 번째 작품이라는 점에서 의미 있다고 느껴졌다.

전체닫기

열하루 동안 나는 ― 다니엘

전체닫기로 큰 전지를 이어 붙인 종이에 가장 기억나는 장면을 그리는 활동을 했다. 나는 존과 날로가 레인의 기본 교육에 대해 설명할 때가 기억에 남아서 그 장면을 그렸다. 옆에서 리지가 '바람언덕'을 그렸는데 되게 잘 그려서 나랑 비교된다는 생각을 했다. 그리고 대청소할 때 모기에 시달렸던 기억을 떠올리며 모기를 그렸다. 마지막으로는 남자 레이너 숙소에서 오목을 둔 게 생각나고 승부가 안 났던 게 한이어서 오목판도 그렸다. 이 모든 과정을 타임랩스로 찍었는데 다시 돌려보니 되게 신기하고 좋은 추억이었던 것 같다.

서로에게 마음을 활짝 연 열하루 ― 루시아

책마을해리 일정을 큰 전지에 그림으로 다 같이 정리했다. 그림을 잘 그리는 소수도 있었지만 대체로 뛰어나진 않았기 때문에 나도 편하게 못 그렸다. 우리만의 개성 있는 책마을해리일기가 완성되었다.

그다음엔 서로 앞으로 바라는 모습을 롤링페이퍼에 써주었다. 원래 편지 쓰는 것을 좋아해서 술술 재밌게 쓸 수 있었다. 다른 레이너들도 생각보다 길게 써주어서 내 롤링페이퍼가 알록달록하게 꽉 찬 것이 예뻤고 고마웠다. 내가 애들한테 써주며 또 애들이 내게 써준 것을 읽으며 우리가 서로에게 마음이 정말 많이 열렸다는 생각이 들었다. 2주라는 시간 동안 같이 살지 않았으면 이렇게 친해지진 않았을 것 같다.

우리들의 우주 — 이밤

해먹을 그려야겠다. 해먹의 색을 떠올렸다. 가장 비슷해 보이는 색의 매직을 집어 들었다. 내가 누웠던 해먹의 감촉과 편안함, 그리고 그곳에 누워서 보았던 밤하늘과 별들의 따뜻함을 떠올리며 하얀 종이를 채워나갔다. 내가 그린 해먹은 나의 손바닥만한 공간을 차지할 뿐이었지만 그 그림으로 떠올릴 수 있는 공간은 내가 보았던 별들을 모두 포함해야 할 테니 아마 온 우주만한 공간일 것이다.

이밤. 어떻게 이렇게나 이름을 잘 지은 걸까. 떠올려보니 해리에서의 좋았던 기억들은

모두 밤이 품고 있었다. 책마을 입구에서 나와 왼쪽으로 쭉 걸으면 왼쪽으로는 집들이, 오른쪽으로는 푸른 밭이 펼쳐진다. 밤에 걷던 그 길, 그 길에서 보았던 시골의 집들과 만졌던 거미줄들과 들었던 바람 소리, 했던 생각과 잠겼던 고민들, 펼쳤던 상상들, 나눴던 대화들이 떠올랐다. 그림에 그림이 아닌 기억을 담는다는 생각으로 그 길을 그리니 꽤나 볼품없는 그림이 탄생했다. 하지만 나중에 그 그림, 아니 그 기억을 꺼내보면 해리에서의 행복했던 기억을 조금 더 선명하게 떠올릴 수 있겠다는 생각이 들었다.

캠프파이어, 그리고 나에게 쓰는 편지

팀기업가가 된 나에게 — 루시아

정말 솔직하게 아무에게도 보여줄 생각 안 하고 팀기업가가 된 미래의 나에게 편지를 썼다.

쓰면서 기분이 이상했다. 내가 팀기업가가 되어 있다는 건 이 4년 과정을 어쨌든 다 마쳤다는 거니까. 아직 목표를 확실하게 정하지 않았다는 생각이 들었다. 하지만 지금보다 더 긍정적으로 바뀌어 있을 나를 생각하니 기분이 좋았다.

캠프파이어 때 오프닝으로 조이랑 준비한 볼빨간 사춘기의 <우주를 줄게>를 불렀다. 그리고 우리는 불을 피웠다. 왠지 불이 계속 죽어가는 것 같았고 그 불을 어떻게든 살리려는 윌리가 신기해서 나도 옆에서 불을 살려보고 싶었다. 입으로 바람을 불 때마다 불이 커지길래 괜히 승부욕이 생겨서 열심히 불었다. 앉아서 불다가 잠깐 일어섰는데, 갑자기 눈이 흐려지면서 잠깐 정신을 잃었다. 앞에 누가 있는지 모르겠는데 무작정 붙잡고 봤다. 너무 어지러웠고 중심을 잡을 수 없었다. 몸에 힘이 없고 머리가 계속 아팠다. 무언가를 위해서 쓰러질 정도로 열심히 해본 적은 처음이지만 하필 그게 불이라서 웃겼다. 레인에선 평생 경험 못 해볼 것들을 경험하게 하는 것 같다.

나를 버려 나를 새롭게 — 하싼

오늘 저녁에는 캠프파이어를 하는 시간이 있었다. 물론 준비는 우리의 몫이었다. 장작도 패고, 해리를 돌아다니며 불쏘시개도 주워오고, 불을 피우며 함께 먹을 수 있는 것들을 준비했다. 장작을 패는 것은 처음이고, 불을 피우는 것도 오랜만이었는데 새로운 경험이라는 생각에 즐겁게 했다. 불을 피우고 나서는 '레인에 입학하는 나에게 쓰는 편지'를 공유했다. 아래는 나의 편지이다.

"항상 내가 잘하고 있는가 생각해봐. 지금 잘하고 있니? 좋은 사람이 되어가고 있니? 목표를 향해서 나아가고 있니? 어제보다 오늘 더 성장하고 있니? 지금은 잘 모르겠다는 생각이야. 이 글을 다시 복기해볼 때까지는 확신을 가졌으면 좋겠어. 항상 그럴 수는 없더라도 확신을 가지고 살아가는 사람이 되었으면 좋겠어. 무엇이 옳은 것인지 알고 옳다고 생각하는 대로 살아갈 수 있는 사람이 되어줘."

나에게 쓰는 편지를 생각하고 스스로를 돌아보면서 많은 것을 느꼈지만, 다른 레이너들이 자신에게 쓴 편지를 읽으면서도 많은 것을 느낄 수 있었다. 이 시간을 통해 다들 어떤 마음으로 LEINN에 참여하는지, 이들은 어떤 고민을 하고 있는지를 들어볼 수 있었다.

모두가 자신에게 쓰는 편지를 공유한 뒤에는 LEINN에 들어오면서 버리고 싶은 것을 쓰고 불에 태워버리는 시간을 가졌다. LEINN에 들어오면서 내가 버리고자 했던 것은 나의 '자아, EGO'였다. 많은 사람들로부터 EGO를 주의하라는 말을 들어왔기에 '내가 무엇을 버리고 싶은가' 생각해봤을 때, 즉각 EGO가 떠올랐다. 생각해보면 EGO를 직면하는 것은 나의 취약성을 드러내는 일이라 깊이 직면하려고 하지 않았던 것 같다. 브레네 브라운의 『리더의 용기』와 킴 스콧의 『실리콘밸리의 팀장들』을 보면서 수많은 실패의 원인이 취약성이라는 것을 알게 되었다고, 거의 모든 취약성의 원인이 EGO이라는 것도 알게 되었다. 나도 이 일반화를 피해갈 수 없다고 생각한다. 그렇게 나는 짧은 시간 고민한 뒤에 EGO라는 한 단어를 적어서 불에 던졌다. LEINN을 하면서 나에게도 올바른 변화가 일어나기를.

모든 선택을 후회하지 않는 — 지나

오늘은 날이 습해서 장작도 안 패지고 비가 올 것 같아 불안한 날씨였다. 그 속에서 하운드를 중심으로 장작에 불을 피우기 시작했다. 꺼질 듯, 붙을 듯하는 아주 작은 모닥불에 둥글게 모여 앉아서 오후 전체 닫기 시간에 작성한 '혁신가가 될 나에게 쓰는 편지'를 낭독했다. 과거의 나를 때로는 자책하지만, 그래도 모든 선택을 후회하지 않는 사람으로서 길게 쓰지 않았는데, 그것을 또 모두의 앞에서 읽으니 부끄러웠다. 끝나고 나서는 남은 소세지 야채볶음의 소시지와 시리얼, 음료수, 과일을 먹으며 즐겁게 친목을 다지려고 했으나, 이야기가 끝나자마자 비가 많이 오기 시작하여 철수할 수밖에 없었다. (마지막으로 그 어려움 속에서도 불씨를 끝까지 지키려 했던 윌리에게 고마움의 박수를 보낸다.)

팀기업가로 성장할 나에게 쓰는 편지

다니엘 "모르는 건 모자란 게 아니야"

팀기업가로 성장할 나에게. 지금까지 스스로 뭐든 해올 생각만 하고 독립하길 원했지만 혼자서 못 하는 게 너무 많은 걸 느꼈다. 원하던 대로 레인에 왔으니 폭풍성장을 보여주자. 부족한 점이 있으면 자존심으로 승부하지 말고 배우려는 자세를 갖자. 부족하고 모르는 게 모자란 게 아닌 것을 항상 명심하자. 수많은 실패도 두려워 말고 즐기자. 화이팅!

지나 "사랑할 줄 알아라, 특히 너 자신을"

안녕, 지나 씨. 굉장히 간절했으면서도 한편으로는 긴가민가했던 레인 생활을 해봤더니 어때? 모든 것에 만족하지 않았을 수도 있지만, 그 길을 잘 선택한 것 같니? 항상 리더 역할을 맡고 때로는 상처를 받으면서 점점 소극적으로 변해가던 네가 이것을 극복하고 스스로 챙길 수 있는 그런 사람이 되었으면 한다. 그리 뛰어나 보이지 않아도 충분히 소중한 존재이니까. 길게 쓰면 나중에 부끄러워할 테니 여기서 끝낸다. 무너지지 말고 주변을 돌아보며 여유를 가지자. 사랑할 줄 알아라. 특히 너 자신을. 이 세 문구만 기억하며 살아. 용기 있는 겁쟁이 자식아. 너 혼자 책임질 생각 말고 주변 사람 적극 애용해. 눈치보지 말구.

제이 "즐기면서 치열하게"

박혜승, 제이 안녕. 팀기업가라는 말이 참 어색하고 낯설다. 난 뭘 이루면서 살아가고 있을까. 가슴 뛰는 일을 열심히 해왔을 뿐인데 그 시간들이 쌓이고 쌓여 여기까지 온 것 같아. 그래도 요즘은 그냥 계속해서 내가 가슴 뛰는 일들이라면 주저없이 해도 되는 게 아닐까? 하는 생각이 들어. 그게 내가 살아가는, 존재하는 무수한 이유 중 하나이니까. 팀기업가가 되었고 많은 영향을 주는 사람이 된 나는 어떤 일에 가슴이 뛸지 정말 궁금하고 기대돼. 그것이 꼭 누군가에게 빛이 되어주는 일이 되길 바라. 넌 정말 많은 걸 잘 해낼 수 있고 그럴 때 즐거운 사람이야. 그러니까 절대 기죽을 필요 없을 것 같고 언제나 즐기면서 치열하게 움직이면 돼. 그리고 그런 나를 칭찬해주고 만족하자. 꼭 중간중간에 하늘을 보고 멈추며 살길 바랄게. 기대할게.

선 "한 발짝씩 천천히"

팀기업가로 성장할 나에게. 너가 어떻게 성장할지 잘 모르겠다. 한다면 하는 사람인 건 아는데 뭘 하려는 의지를 보인 적이 없는 사람이라 레인에서도 그럴까 봐 걱정이 정말 많이 된다. 멍청하게 두 발 땅에 붙이고 서서 앞으로 나가려는 척하지 말고 한 발자국이라도 좋으니까 좀 움직여봐. 그리고 한 발자국 움직였다고 좋아서 자기 만족하는 데 시간 오래 쓰지 말고. 나중에 후회하지 말자.

하쌘 "좋은 사람이 되어가고 있니?"

항상 내가 잘 하고 있는지 생각해봐. 지금 잘하고 있니? 좋은 사람이 되어가고 있니? 목표를 향해서 나아가고 있니? 어제보다 더 성장하고 있니? 솔직히 지금은 잘 모르겠다는 생각이야. 이 글을 다시 읽어볼 때까지는 확신을 가졌으면 좋겠어. 항상 그럴 순 없더라도 선택에 대한 확신을 가지고 살아가는 사람이 되었으면 좋겠어. 무엇이 옳은 것인지 알고 옳다고 생각되는 대로 살아갈 수 있는 사람이 되어 주라. 팀을 나로 여기자.

제나 "제나, 너 참 대단하다"

가끔은 너가 대단한 사람이라는 걸 알아줬으면 좋겠어. 왜냐하면 지금까지 달려오느라 많이 힘들었으니까. 그리고 힘듦을 견뎌낸 내가 멋지다고 생각해. 요즘은 슬럼프에 빠진 것 같이 내가 무엇을 좋아하고 어떤 목표를 향해 달려가는지 뚜렷하게 모르겠지만 일단은 내가 누구인지부터 친구들과 함께하면서 찾아보자. 그럼 너의 길이 보일 거야. 험난한 여정을 즐겨보자.

윌리 "어제보다 나은 사람이 되자"

너 진짜 많이 돌아왔고 그 과정에서 흔들리는 것도 분명 많았지만 순간순간 잘 버텨온 것 같아. 나처럼 힘들었던 아이가 더 이상 나오지 않도록 악착같이 노력해서 이뤄내자. 이곳에서 만나는 사람들에게 최선을 다하고 순간의 감정을 기록하자. 존재의 이유를 깨닫게 해준 이들에게 모든 것을 아낌없이 내어주자. 그리고 잊지 말아야 할 게 몇 가지 있는데, 이건 노트북 바탕화면에 적어놓고 쓰는 건데, 항상 진실되자. 두 번째, 선입견을 가지지 말자. 세 번째, 항상 웃자. 네 번째, 동료를 끝까지 믿자. 다섯 번째, 질투하지 말고 발전하자. 여섯 번째, 자만하지 말자. 일곱 번째, 항상 처음을 떠올리자. 여덟 번째, 행복하고 사랑하자. 아홉 번째, 00에서 배우자. 열 번째, 언제나 함께하자. 분명 이것만 있진 않겠지만 약속을 꾸준히 업데이트하면서 전날보다 티끌만큼이라도 더 나은 사람이 되자. 뒤처진 동료를 뒤에서 밀어주면서 끝까지 결승점을 함께 통과하자. 그게 아니면 레인에 들어온 이유가 없다. 다음에 이런 글을 또 다시 쓸 날이 올 때까지 잘 지내자.

조이 "힘껏 달려보자"

조이, 항상 유쾌하고 밝은 내 성격에 칭찬을 보내. 안 그래도 낯을 많이 가리는 성격인데 새로운 사람들 만나느라 정말 수고 많았다. 좋은 친구와 동료를 찾던 너에게 레인서울은 정말 좋은 기회라고 생각해. 내가 선택한 길인 만큼 최선을 다하고 포기하지 않았으면 좋겠다. 가다가 조금 지치면 쉬어 가도 되니까 있는 힘껏 달려보자. 앞으로도 멋진 모습 많이 보여줘. 오늘 하루도 수고 많았어.

161

리지 "즐기면서 행복하게"

서정아, 안녕. 팀기업가라는 말. 아직은 어색하고 실감이 안 나지? 모두가 팀기업은 처음이
니까. 다들 서툴 테니까. 서로 으쌰으쌰 해서 후회가 남지 않도록 해보자. 또 너무 자신
스스로를 힘들게 하지 말고 자신을 돌보면서 주변 동료들도 돌아보면서 또 즐기면서 행복하
게 해보자. 완벽할 수는 없으니까. 조금 지쳐도 괜찮아. 그래도 최선을 다해보자.

나슬 "많이 배우고 많이 실패하자"

안녕, 나슬아. 사실 처음엔 나슬이라는 이름도 엄청 어색하고 입에도 안 붙었는데 이렇게 2
주 동안 레이너들이랑 코치들한테 듣고 소개하다 보니까 많이 익숙해진 것 같아. 아직도
팀이 탄생했고 우리 팀이 팀컴퍼니가 되고 내가 팀기업가가 된다는 사실이 실감이 나진 않
는 것 같아. 너 원래 새로 시작하거나 도전하는 거 많이 어려워하는데 그런 거 경험해보고
성장하려고 레인에 온 거잖아. 지금도 열심히 노력하고 있고 잘하고 있어. 너무 조급해하거
나 불안해하지 말고 너 자신을 많이 아껴줬으면 좋겠어. 앞으로 서울에 올라가서 팀 훈련
도 하고 배울 것도 많아서 많이 바빠질 텐데 평소랑 삶이 많이 바뀌어서 힘들기도 하고 지
치기도 하겠지만 혼자 하는 게 아니니까 너무 걱정하지 말자. 4년 후에 네가 어떻게 변
화하고 성장할지 너무 궁금하고 기대가 많이 돼. 실패도 하고 성취하는 경험도 겪겠지?
실패하고 넘어진다고 주저하지 말고 지금이야말로 그런 경험을 쉬지 않고 해도 되는 시간
일 테니까 많이 배우고 실패하자. 앞으로 수고해.

카이 "배움을 요청하고 받아들일 수 있는 겸손을"

팀기업가 카이에게. 현재의 나는 팀기업가로서의 카이가 어떠한 변화를 거쳐서 어떠한 모
습일까 알 수 없다. 더 많은 모습을 꿈꾸고 변화할 수 있는 이 시기에 레인서울에서의 본격
적인 여정에 앞서 팀기업가 카이에게 원하는 바를 기록함으로써 현재의 나 스스로에게 다
짐하고자 한다. 나는 팀기업가로서의 나에게 시간을 놓치지 않는 모습을 원한다. 과거에
많은 시간을 놓쳤기에 나는 이것을 바란다. 배움을 요청하고 받아들일 수 있는 겸손을 원한
다. 그것을 갖추지 못했기에 많은 기회를 놓쳤기에 이것을 원한다. 나는 내가 살아온 날들

보다 살아갈 날들이 많다는 것을 알고 배운 것들보다 배울 것이 많다는 것을 안다. 그렇기에 나는 더욱 더 원한다. 내가 더 많은 것들을 배웠기를. 이것을 읽을 내가 후회가 아닌 후련함을 느끼기를 바라며. 2021년 9월 16일 책마을해리에서 펭귄 카이가.

루시아 "더 많이 사랑하며 살자"

정원아. 너가 벌써 팀기업가라니. 레인에서 4년의 시간을 잘 만족하며 보냈나 보다. 네가 노력한 만큼 쌓아온 역량이 다른 데보다 그분이 원하시는 곳에 선한 것으로 쓰일 거야. 너무 기쁘다. 그때쯤이면 이전보다 더 더 사랑하며 사는 루시아가 되어 있겠지? 언제나 너의 힘으로만 하려고 하지 말고 조금 더 가벼운 짐을 가지고 살았으면 좋겠다. 화이팅!

이밤 "해내버리자"

안녕, 밤아! 좀 어때? 첫날부터 돌아봐. 어떻게 너의 마음과 생각이 변해왔는지. 하고 싶은게 많지? 정말 할 수 있을지 잘 모르겠지만 할 수 있을 것 같아도 해내고 할 수 없는 것도 해내버리자. 해야겠다고 하면 할 수 있는 거니까. 내년에는 뭘 하고 있을지 궁금해. 즐기고 있을지. 힘들거나 슬프진 않을지. 웃고 있을지. 울고 있을지. 팀원들과는 어떨지. 어떤 활동을 진행하고 있을지. 네가 어떻든 앞으로도 잘 될 거니까 걱정하지 말고 뭐든 열심히 하자.

괜히 센치한 날엔, 음악회

역시 음악회의 맛은 떼창이지 — 조이

비 때문에 급하게 일정이 마무리되고 우리는 실내로 들어왔다. 원래는 예정되지 않은 음악회라 다들 준비를 못했지만 나는 어젯밤에 이왕 하는 거 잘해보자 싶어 루시아랑 연습을 했다. 나랑 루시아는 <우주를 줄게>, <폰서트>, <뱃노래> 이렇게 세 곡을 준비했다. 우리 둘이 호흡이 잘 맞아서 준비하는 내내 재밌게 했던 것 같다. <우주를 줄게>는 캠프파이어 오프닝으로 불렀고, 나머지 두 곡은 음악회 할 때 불렀다.

모두가 실내로 들어와서 자리를 잡은 뒤 음악회가 시작되었다. 한 명 한 명씩 노래를 불렀고 내 차례가 되었을 때 솔직히 조금 떨렸다. 사람들 앞에서 혼자 노래를 불러본 것도 처음이고 이런 분위기도 처음이라 낯설어서 그랬던 것 같다. 근데 다들 호응도 잘해주고 박수도 잘 쳐줘서 다 부르고 나왔을 때는 뿌듯했다. 이번 음악회에서 제일 인상깊었던 거는 모두가 한 번씩 부르고 다 같이 둘러앉아 떼창을 한 거였다. 특히 난 <벚꽃 엔딩>이 제일 좋았다. 윌리가 기타를 치고 다들 노래를 불렀는데 진짜 너무 재밌었다. 다음에 기회가 있으면 또 다 같이 불러봤으면 좋겠다.

정말 다재다능한 사람들이 모였군 — 카이

팀코치들이 처음 음악회를 시작할 때 모두 불러야 한다고 해서 매우 난처했다. 난 영화나 드라마, 아이돌, POP 등 음악이 들어갈 만한 대중문화에 관심이 없었기 때문에 아는 노래가 거의 없었다. 물론 애초에 노래 부르는 걸 즐기는 편도 아니기에 의욕도 바닥을 치고 있어서 그다지 원치 않는 상태로 마음의 준비를 했다. 그래도 다 같이 부르는 것에 의의를 두고 못 불러도 괜찮은 상황이어서 다른 레이너들과 함께 불러서 그나마 마음이 놓였다. 다른 레이너들의 단독 무대나 합주를 보면서 '정말 다재다능한 사람들이 이렇게 모였구나'라는 생각이 들면서 내가 레이너들에게 배울 것이 많다는 걸 느꼈다.

헤어질 생각에 벌써부터 아쉬워 — 리지

마지막 날 밤이다 보니 아쉬운 마음에 음악회가 끝이 나도 숙소로 돌아가는 사람 하나 없이 공방에 모두 남아서 다 같이 놀았다. 열세 명 모두가 남아 이런저런 게임을 하며 더욱더 서로가 편해지는 시간이었다. 카이는 박자 게임이 처음이어서 초반에는 어려워했지만 나중에 가서는 곧잘 했다. 몇 번 하지 않았는데 습득력이 대단한 것 같아 역시 심상치 않은 친구들이 모였다고 생각했다. 다 같이 게임으로 야식 당번도 정하고, 야식도 같이 만들어 먹고, 또 설거지 당번도 정했다. 모두 승부욕이 불타오르는 모습들을 보며 참 나랑 비슷한 친구들이 모였다는 것을 다시 한번 더 느끼며 친구들이 어떻게든 게임에서 지지 않으려고 했던 모습들에 정말 많이 웃었던 밤이었다.

오늘이 지나면 언제 또 열세 명 모두가 이렇게 밤늦게까지 다들 행복하게 웃으며 놀 수 있을까라는 생각이 문득 들었다. 내일이면 각자 집으로 돌아가 기숙사나 각자 집에서 서울랩으로 출퇴근할 것이기 때문이다. 생각해 보니 내년 초에 유럽으로 러닝저니Learnig Journey를 간다. 다 같이 러닝저니를 가면 오늘 같은 밤들이 또 있지 않을까 싶어 벌써부터 러닝 저니가 기다려진다.

헤어지지도 않았는데 벌써부터 아쉬워하고 러닝저니 갈 생각을 하고 있는 내가 참 웃기면서도 내가 우리 팀이 함께 있을 때 정말 편안해하고 2주 만에 정이 들어 레이너들을 그리고 우리 팀컴퍼니를 애정하는구나, 라는 생각이 들었다. 고창도 모두에게 낯선 곳이었지만 더 낯선 해외에서는 열세 명이 어떻게 뭉치게 될지 너무 기대된다.

앞으로 4년을 함께할 우리 — 조이

노래를 그렇게나 많이 부르고 아직 체력이 남아 있었는지 우리는 다 같이 모여 게임을 하기로 했다. 홍삼 게임, 딸기 게임, 바니바니, 이중모션 등 정말 많이 했다. 생각보다 많은 사람이 게임을 잘했고 나도 지지 않기 위해 열심이었다. 다들 2주 동안 보았던 모습과는 달리 너무 열정적이었고 어떻게든 벌칙을 피하려고 노력하는 모습이 너무 웃겼다.

게임을 하는 내내 나는 2주 동안 변화한 우리에 관계에 대해 생각해봤다. 2주 전 이 공간에서 처음으로 체크인을 하는 우리, 다들 어색해서 띄엄띄엄 앉아 짧은 얘기를 나누며 인사하는 우리. 차츰 편해지고 가까워져서 말도 놓고 장난을 치는 우리, 아무 말 하지 않

아도 함께 있는 공간과 시간이 어색하지 않게 된 우리. 점점 서로에 대해 자세히 알고 깊은 속마음을 표현하는 우리, 결국엔 팀이 되어 4년의 길을 함께하겠다고 약속한 우리. 짧다고 생각한 2주 만에 우리는 이만큼 발전해 있었다. 앞으로 닥칠 2주, 혹은 3주. 그리고 한 달, 1년, 3년. 우리의 관계는 또 얼마만큼 발전해 있을까.

실력은 나이와 비례하지 않는다 — 윌리

캠프파이어에 음악회까지 달렸지만 아직도 많은 레이너의 체력이 조금은 남아 있었다. 그래서 존과 날로가 먼저 간 뒤, 우리는 3차로 게임을 하기 시작했다. 그렇게 단체로 하는 게임은 정말 오랜만이었는데 대부분 게임 규칙을 알고 있었고 처음하는 친구들도 빨리 습득한 덕에 정말 재밌는 시간을 보낼 수 있었다. 게임을 하면서 확 다가왔던 점이 있는데, 바로 '나이에 둔감해진 나'를 발견한 것이다. 사실 그전까지는 레이너의 나이 차를 나도 모르게 의식하며 지냈다. 그렇다보니 조금은 가식적인 면이 있기도 했던 것 같은데, 모든 레이너와 게임을 하고 있는 나를 보니 말 그대로 우리는 '레이너'라는 것이 와닿았다. 실력이나 나이로 규정되지 않는다고 생각한다. 그 순간만큼은 누가 얼만큼의 시간과 경험을 가지고 있던 간에 우리는 모두 동료로서 함께할 수 있었다.

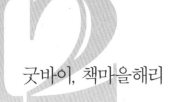

굿바이, 책마을해리

오늘은 책마을해리를 떠나는 날이다.

12일 동안 해리에서 생활하면서 외딴 시골의 매력에 빠져든 레이너들도, 집에 대한 그리움을 느끼는 레이너들도 있었을 것이다. 10시까지 우리가 사용

했던 모든 곳을 정리하고 터미널로 출발해야 하는 관계로 몸마음열기는 생략했다.

각자 짐을 챙겨서 숙소를 나온 뒤에는 책마을해리의 카페에 모여서 각자 청소구역을 정했다. 각 구역별로 청소를 마친 뒤에는 레이너들과 해리 사람들 모두가 모여 사진을 찍고 나갈 채비를 했다. 책마을해리 촌장님께서는 우리 모두에게 『판도라마을』이라는 책을 한 권씩 챙겨주셨다.

모든 일정을 마치고 책마을해리 대청소를 하며 다시 세상으로 나아가는 날. MTA의 가치 중에는 'Leave it better than you found(발견한 것보다 더 나은 상태로 만들고 떠나라)'라는 가치가 있다. 우리는 우리가 머문 책마을해리를 얼마나 더 나은 곳으로 만들고 떠나는 것일지 성찰해볼 일이다.

9월 17일 비오는 날 아침 우리는 보름살기를 마치고 해리를 떠났다.

보름살기 마무리

두려움을 내려놓고 서로를 드러내다 — 하싼

처음 만난 레이너들과 처음 보는 장소 책마을해리에서 보름살기를 마쳤다. 막연한 기대를 가지고 들어왔던 레인이었기에 지난 2주 동안 처음 나를 매료시켰던 레인의 가치를 찾기 위해 노력했다. 그리고 마침내 2주가 다 가기 전에 무엇이 나를 이곳으로 이끌었는지 다시 한 번 확인할 수 있었다.

마침 이번 2주 동안 읽기 위해 챙겼던 책이 우버와 우버의 파운더 캘러닉의 성장과 몰락을 담은 『슈퍼펌프드』였다. 우버와 캘러닉에 관한 책을 읽으면서 내가 반면교사로 삼을 수 있는 내용들을 많이 발견했는데, 앞으로 레인에서 훈련할 수 있는 것은 여기서 반면교사를 통해 배운 것이라는 생각이 들었다.

대부분의 첫 만남이 그렇듯이 이곳에서 만난 레이너들과의 만남도 처음에는 어색했다. 그러나 일단 레인에 들어온 것은 우리가 서로를 수용하기로 결심한 것이라고 생각하며, 두려움을 내려놓고 서로를 드러냈다. 그렇게 모두가 낸 용기는 2주가 지나고 서로에 대한 신뢰와 편안함이 되어서 돌아왔다. 이제 처음으로 모이기 시작한 단계이지만, 앞으로는 더욱더 가까워지고 단단해지기를 기대한다.

앞으로 우리가 함께할 모든 것이 설렌다 — 지나

2주라는 시간이 길게 느껴지면서도, 한편으로는 쏜살같이 흘러가서 아쉬움이 남는 함께 살기였다. 첫날을 회상해보면 아주 어색해서 존대어를 사용하고, 서로가 어떤 사람인지를 알아가는 데 시간을 보냈던 것 같다. 나 역시도 친해지는 것뿐만 아니라, '내가 여기에 왜 왔을까?', '어떤 것을 배우고 싶어서 왔을까?'를 돌아볼 수 있는 시간이었다.

흐름에 몸과 마음을 담으며 12일을 보냈더니, 여전히 나아갈 방향에 대한 고민은 있어도, 내 인생에 있어서 이러한 사람과 공동체를 다시 만나기 어려울 것 같다는 생각이 들었다. 물론 내가 한 번도 전형적인 대학을 정식으로 입학하여 수업을 들어본 적은 없지만, 다양한 방법으로 경험했던 대학이 가지고 있었던 부재-이익을 위한 관계, 일방적인 수업, 무한 암기를 위한 시험-들을 넘어서 살아가는 법을 배울 수 있는 학교임을 느낄 수 있었다. 4년이라는 생활이 매일 좋을 수는 없지만, 지지하는 사람들 속에서 어려움을 극복해나가며 성장하기를 바라는 기대를 가지며 앞으로의 나와 동료들과 함께할 모든 것이 설렌다.

이제 나도 이 공동체의 일원이구나 — 리지

2주의 시간이 끝이 났다. 길었던 것 같으면서도 짧은 시간이었다. 괜히 떠날 때 되니 아쉬운 점이 생각나는 것 같다. 마무리로 해리 대청소를 하게 되었는데 나는 공방을 맡았다. 맨 처음 책마을해리 투어할 때 공방에 들어서면서 '이 공간을 아마 가장 많이 사용하게 되실 거예요'라는 설명 그대로 정말 우리 팀의 2주 함께살기co-living 중 추억이 가장 많은 공간이 되었다. 모이자는 말만 들어도 자동적으로 공방을 떠올리게 됐으니 말이다.

공방 청소를 하는 와중에 창문에 레이너들의 러닝 컴퍼스가 적힌 전지가 붙어 있는 것을 보았다. 전지를 하나씩 떼면서 몸이 안 좋아서 러닝 컴퍼스 재작성과 공유하는 시간에 참여하지 못했던 것에 대한 아쉬움이 매우 크게 다가왔다. '그냥 무리해서라도 친구들 러닝컴퍼스 이야기를 들을 걸'이라는 후회가 많이 되었다. 또 동시에 친구들이 적은 글만 봐서는 잘 모르겠어서 매우 궁금했고 열두 명 모두의 설명을 너무 듣고 싶었다. '서울에 가서 한 번씩 더 들려달라고 해야지'라고 다짐했다. 러닝컴퍼스 종이들을 보면서 각 러닝 컴퍼스마다 한구석에 학습하는 데 서로 도와주고 함께하겠다는 약속의 서명이 있었는데 다들 한 칸씩 비워 있는 게 딱 봐도 그 자리가 내 자리인 것 같았다. 내가 정말 이 공동체의 일원이구나, 라는 것이 확 와 닿았던 순간이었다. 내가 부재하더라도 나의 자리를 생각해주는 마음.

함께 공방을 청소하는 날로가 이 종이들은 사진을 찍어두었으니 버릴까 물어봤는데 내가 가능하다면 혁신파크에 들고 갔으면 좋겠다고 대답했다. 나도 친구들의 러닝컴퍼스 이야기를 듣고 그들의 학습과 성장에 내가 할 수 있는 최선을 다하여 돕겠다는 마음의 표현으로 서명을 해주고 싶었기 때문이다. 가장 오랜 시간을 보냈던 공방을 쓸고 닦고 나니 마음이 이상했다. 전날 공방에서 밤을 새며 놀아서 정말 더러웠는데 그걸 다 정리하고 청소하면서 공방에서의 추억들도 다 되짚어볼 수 있었다.

호그와트와도 같았던 책마을해리의 열흘 — 윌리

고창에서의 마지막 아침이었다. 마지막이라는 것에 의미부여를 하고 싶었는지 오늘도 밤을 샜다. 그래도 이전에 밤을 샜을 때는 괜찮았는데 2주 간의 피로가 누적된 탓인지 잠깐의 휴식 중에도 잠과의 사투를 벌여야 했다.

처음 한 주는 나뿐만 아니라 모두가 느끼기에도 정말 천천히 갔다. 이래서 언제 2주가 지나가나 싶을 정도였으니 말이다. 그런데 팀이 탄생한 두 번째 일주일은 정말 쏜살같이 지나갔다. 그만큼 둘째 주를 지낼 때 더욱 즐겼다는 말이지 않을까? 2주 동안 지내면서 너무도 하기 싫었던 대청소를 하게 되었는데도 그새 정이 들었는지 평소보다 더 열심히 청소한 것 같다. 사실 언제든지 마음만 먹으면 다시 올 수 있는 곳인데도 불구하고 왜인지 모를 아쉬움이 컸다.

책마을해리는 내게 많은 것을 주었다. 매일 다른 일몰 풍경을 주었고, 밤하늘의 별똥별을 주었으며, 이 모든 것을 아우르는 따뜻한 사람들을 주었다. 어떻게 사는 것이 자연과 공생하는 것인지 알게 해줬고 더 나은 길을 고민하게 해주었다. LEINN을 시작할 수 있는 용기와 동기를 주었고 우리 팀을 탄생하게 해주었다. 그 밤하늘이 그리워서라도, 나는 반드시 이곳에 올 것이다.

172

청소를 마치고 눙과 하운드, 존과 피자를 먹으며 잠시 숨을 돌렸다. 자세한 이야기까지는 기억이 안 나지만 라이프써클 프로젝트팀이 참 좋아 보였다. 이들은 안식처를 찾은 것 같았다.

'나도 이들처럼 해리 같은 안식처를 찾을 수 있을까?'

터미널에서 다른 친구들과 헤어진 뒤 지나와 정읍역으로 움직였다. 지나와도 헤어져 혼자 서울로 왔다. 잠을 자지 않았던 덕일까, 생각보다 혼자라는 외로움이 크게 느껴지지 않았다. 이 모든 것이 환영일 것 같다는 말을 레이너들과 수도 없이 했다. 음, 이제 시작이다. 이 모든 것을 환영에 그치지 않고 현실로 끌어오기 위해서는 해리에서 꿨던 많은 꿈과 나눴던 많은 이야기를 기억해야 한다. 그렇게 나는 고창의 호그와트와 잠시 이별했다.

새로운 공간에서 새로운 시작 ─ 제나

책마을해리에서의 모든 일정을 마치고 떠날 준비를 했다. 처음에 왔을 때는 감당하기 힘든 것들이 많았는데 이제 떠나려고 보니 정든 것들과 아쉬운 마음만 남아있었다. 항상 떠날 때면 적응이 되어있을 때인 것 같다. '팀컴퍼니 친구들과 추억을 더 많이 쌓아 놓을 걸' 하는 생각과 스쿠터를 타고 노란, 초록빛 논밭과 노을 지는 하늘을 더 이상 가로질러 달릴 수 없을 것이라는 생각에 아쉬움이 커졌다. 마지막으로 해리의 책방을 청소하면서 이전에 몰랐던 공간 속의 아름다움을 찾을 수 있었다. 그래서 이 공간이 더 소중하게 느껴졌고 우리의 기억들이 담겨 있는 것 같았다. 청소를 끝내고 차에 캐리어를 싣고 터미널로 출발했다. 가는 도중에도 시내에 갔다가 돌아올 것만 같았다. 하지만 버스 안에서 3시간 동안 있다 보니 진짜 떠난다는 걸 체감할 수 있어서 더 슬펐다. 터미널에 도착해서 친구들과 밥을 먹었는데 새로운 공간에서 보니 또 다른 이상한 기분이 들었다. 앞으로도 팀컴퍼니와 소중한 기억과 추억을 같이 만들어나가고 싶다.

로컬프로젝트

고창. 고인돌을 만나다

— **고인돌팀**, 제나 제이 다니엘 루시아 션

고인돌 프로젝트에 대한 첫인상

고인돌박물관에 가기 전, 고인돌에 대한 기본 배경을 조사하고 고창 고인돌만의 특징을 알아보았다. 그 후 직접 고창 고인돌을 보기 위해 고인돌박물관과 유적지에 방문했다. 박물관 내에서 더 자세히 고인돌에 대해 알아보았고, 박물관에서 운영하는 열차를 타고 다양한 고인돌의 형태를 관람했다.

박물관과 유적지 관람을 마친 후 근처 카페에서 각자의 느낀 점을 공유했다. 모두 고인돌의 다양한 종류와 쓰임새를 새로 알 수 있었다고 했다. 더불어 팀원 모두 박물관이 모니터가 꺼져 있고 체험존이 유아를 대상으로만 진행되는 등 개선이 필요한 점들이 많다고 느꼈으며, 고창 고인돌만의 특징을 알기엔 정보가 부족하다고 느꼈다. 박물관에서 운행하는 모로모로 열차 또한 속도가 빠르고 열차 내 방송 해설이 부족해 아쉬움이 컸다. 박물관 관람만으로는 고창 고인돌만의 특징을 알기 어려웠기 때문에 내일 다시 박물관에 방문하여 해설사분을 만나 고인돌에 대한 자세한 설명을 들어보기로 했다. 해리로 돌아와 우리가 느낀 문제점에 대한 해결방법을 모색했다.

고인돌, 알고 있는 것보다 모르는 게 더 많아 — 다니엘

고인돌 자체는 잘 알고 있는 줄 알았으나 모르는 점이 너무나도 많았다. 고인돌박물관은 내가 보기엔 고인돌에 대한 기본적인 정보들만 볼 수 있었고, 고창 고인돌에 대한 역사는 써 있지 않는 것 같았다. 고인돌 유적지 코스를 둘러보는 열차의 정차 시간은 고인돌을 구경하고 알아보기에는 너무 짧았다. 열차 내에서 안내해주는 방송 내용도 부실하게 느껴졌다.

새 프로젝트에 대한 두려움과 기대 — 제이

주제가 낯설어 과연 이 프로젝트가 어떻게 마무리될지 감도 안 잡혔다. 하지만 팀원 모두가 차분한 목소리로 한 단계 한 단계 함께 상의해나가서 왠지 모를 안정감을 느꼈다. 박물관에선 고인돌의 용도, 역사, 종류 등 기본적인 정보들만 있어 고창 고인돌을 홍보하기엔 방문객들이 흥미를 가질 수 있는 요소들이 부족한 것 같아 실망했다. 모로모로 열차를 타고 유적지를 투어할 때 또한 방송으로 나오는 설명도 부족하고 열차 속도가 너무 빨라 고인돌을 자세히 보지 못했다는 점에서 아쉬웠다.

박물관과 유적지에서 아쉽고 불만족스러운 마음을 동일하게 느꼈던 네 명의 팀원들은 이후 해리로 돌아와 이에 대한 해결방법을 적극적으로 내기도 하고, 다음날 이에 대해 더 적극적이고 자세히 알아보기 위한 계획을 세웠다.

고창 고인돌의 특별함을 찾아서 — 제나

사실 고인돌은 초등학교 현장체험학습 이후로 본 적이 없고 고인돌의 뻔한 스토리(고인의 무덤, 탁자 모양)만 기억하고 있어 '고창식 고인돌은 무엇일까?'하는 궁금증이 컸다.

빨리 고인돌박물관을 찾아 고창 고인돌에 대해 알아보고 싶었지만, 다른 친구들이 계획부터 짜고 가야 확실히 프로젝트에 도움이 될만한 정보들을 얻을 수 있을 것 같다고 말해줘서 마음을 진정시키고 활동을 시작했다. 고인돌박물관으로 가는 중에 루시아는 병원을 방문해야 해서 첫 활동에 참여하지 못했다.

관람을 마치고 루시아도 합류하여 모두 박물관에 대한 느낀 점을 공유하러 카페에 모였다. 루시아를 제외하고 모두가 '정보를 전달함에 있어 적극적이지 않다', '고창식 고인돌에 대해 자세히 알 수가 없었다', '고인돌을 잘 활용하지 못하고 있다' 등의 아쉬운 감정을 말했다. 루시아는 관람하지 못했는데도 우리가 보고 느낀 점을 통해서 우리의 생각에 공감해주었다. 책마을해리로 돌아와 솔루션 도출 과정에서 다양한 의견들을 들을 수 있어서 좋았고 고인돌의 느낌을 현대적으로 바꿔보고 싶다는 생각이 강하게 들었다.

고창과 고인돌 — 션

'고인돌'이라는 주제가 정해졌을 때 무지에서 오는 막연함을 느꼈다. 내가 아는 고인돌은 역사적 가치가 있는 옛 무덤일 뿐, 무엇이 고인돌에 가치를 불어넣는 것인지 알지 못했다. 당연하게도 고인돌을 어떻게 지역의 문제와 연결지어 생각할 수 있을지도 감을 잡지 못했다. 그래서 프로젝트를 시작할 때 새로운 출발에서 오는 설렘과 기대보다는 불안과 걱정이 앞섰다. 고인돌박물관에 방문해서 직접 고인돌들을 보고 고인돌에 대한 설명을 보았는데도 이런 감정들이 사라지지 않았다. 이것을 해소하기 위해서는 단순히 고인돌을 이해하는 것이 아니라 고창이라는 배경을 이해하면서 그것을 고인돌과 연결시켜 이해할 필요가 있을 것 같았다. 그것이 공감이라고 생각했다.

어쩌다 팔 부상 — 루시아

고인돌은 다른 주제들보다 자료가 많고 초등학교 때부터 교과서에서 익히 봐왔던 터라 더 관심이 갔다. 옛날 물건을 보면 그 시대 속에 내가 온 것 같은 느낌이 들 때가 있는데 고인돌은 수천년 전 사람들의 문화를 담고 있어서 더욱 기대되었다. 하지만 팔을 다치는 바람에 첫날 많은 일정을 함께하지 못했다. 팀원들이 박물관과 유적지를 탐방하며 문제를 인식할 때 나는 빠져 있었다. 돌아와서 팀원들이 느낀 것을 듣긴 했지만 그 문제가 내 것이 될 만큼 공감할 수는 없었다. 그렇다 보니 솔루션을 제대로 생각할 수 없었던 것도 당연한 결과여서 솔루션에 대한 내용이 주를 이뤘던 첫날 회의 때 많은 참여를 하지 못했다.

문제 정의 고창 고인돌, 무엇이 문제인가

오후에는 우리가 느낀 문제점들을 박물관 측도 인지하고 있을지를 알아보기 위해 박물관 내 해설사 분을 인터뷰하러 다시 박물관에 방문하였다.

인터뷰가 본격적으로 시작될 즈음에 루시아와 제이도 합류했다. 고인돌의 역사 얘기와 질의응답으로 인터뷰가 진행됐다. 해설사분의 자세한 설명을 들으니 전날 봤던 박물관과는 다르게 느껴질 정도로 미처 보지 못했던 것들이 보였다. 그리고 고창식 고인돌만의 특징을 알 수 있었다. 고인돌 하면 탁자식 형태로 널리 알려져 있지만, 고창에는 무덤 바로 위에 덮는, 다리가 없는 '개석식 고인돌'이 있었다. 얼핏 보면 그냥 바위나 큰 돌처럼 보이지만 가장 보편적인 고인돌이었다.

그리고 박물관이 실질적으로 겪고 있는 어려움들을 말씀해주셨다. 홍보를 위한 여러 시행착오들이 있었는데 10대들의 고인돌 학습을 위한 다양한 책자 제작, 선사시대 코스튬 입어보기 등을 실행했지만 젊은 층의 관심을 받지 못해 실패했다고 하셨다. 또 유튜브 채널 개설을 위한 교육은 받았지만, 관심을 얻지 못할 것 같아 채널을 개설하지 않았다고 하셨다. 홍보 매체가 박물관 공식 홈페이지 외에 없다는 것을 알게 되었다.

활동을 마치고 책마을해리로 돌아와서 오늘 활동의 느낀 점과 솔루션 방향에 대한 회의를 했다. 모로모로 열차가 저번과는 다르게 안내방송도 잘 나오고 속도도 빠르지 않아, 운전 기사님마다 스타일이 다르다는 것을 알게 되었다. 그리고 해설사분 인터뷰를 통해 박물관이 더 많은 젊은 사람들의 관심과 방문을 원한다는 사실을 알 수 있었기에 우리는 젊은 층을 중심으로 그들이 고인돌박물관을 어떻게 생각하고 있는지에 대한 인터뷰를 계획하였다.

문제를 찾고 함께 느끼고 공유하기 — 제이

몸마음열기를 하고 바로 로컬프로젝트를 진행했다. 전날에 대한 반성도, 그에 따른 각오도 해서 살짝 긴장됨과 동시에 오늘은 또 어떤 재밌는 일들이 있을까 하며 들뜬 마음도 있었다. 출발 전 오늘 할 내용에 대해 정리하고 계획하는 시간을 가졌다.

고인돌박물관에 도착하여 큐레이터님과 인터뷰를 진행했다. 감사하게도 우리에게 필요한 말씀을 잘 해주셔서 끝나고 나서도 막막하기보단 후련한 느낌이 더했다. 우리가 헛짚진 않았다는 안도감이 들었고, 이걸 함께 느끼고 공유한 것 같아 좋았다.

문제에 깊숙이 다가가기 — 다니엘

2일차에는 나가기 전에 조원들과 모여서 이야기를 했는데 서로 목표와 문제의식이 뚜렷하지 않았고 루시아가 박물관 방문을 함께하지 못해 바로잡기가 어려웠다. 회의를 마치고 박물관을 다시 가서 큐레이터의 해설을 듣고 인터뷰를 진행했는데 첫날에는 못 보고 지나가거나 듣지 않았으면 아예 몰랐을 사실들을 알게 되어서 좋았고 유익했던 시간이었다. 이야기를 들어보니 박물관 말고도 다른 문제점들이 서서히 보였고 어떻게 할지 이야기를 하였다.

프로젝트의 방향성을 잡다 — 선

2일차에는 우리가 알고 있던 사실에 깊이를 더하고 질문을 확장하는 경험을 할 수 있었다. 고인돌박물관에서 해설사분과 함께 전시를 관람하면서 고인돌에 대한 내용을 자세히 알 수 있었다. 그중에서 고창식 고인돌에 대한 내용이 가장 기억에 남는다. 세계 어디에서도 볼 수 없는 형태의 고인돌이 고창에 있다는 게 흥미로웠기 때문이다. 이 밖에도 '세계에서 가장 큰 고인돌', '길을 걷다가도 고인돌을 발견할 수 있을 정도로 많은 수의 고인돌이 밀집된 고창' 등의 소재는 접근하고 이해하기 쉬운 방식으로 가공한다면 나뿐만 아니라 많은 사람들에게 관심을 일으킬만한 콘텐츠라고 생각했다.

전시 관람을 마친 뒤에 해설사 분에게 고인돌박물관에서는 어떤 방식으로 고창의 고인돌을 홍보하고 있는지 질문드렸다. 고창의 고인돌을 알기 위해 던졌던 '고창의 고인돌이 가진 특징과 스토리'에 대한 물음이 '고창의 고인돌이 어떻게 알려지고 있는지'에 대한 물음으로 연결, 확장된 것이다. 이 과정에서 프로젝트의 방향성이 더 뚜렷해지는 느낌을 받을 수 있었다. 고창 고인돌박물관의 홍보 채널은 홈페이지가 거의 유일하다. 더 많은 사람들, 특히 학생과 젊은 층의 방문을 원하는 박물관의 입장에서 SNS나 유튜브처럼 효과적으로 젊은 층을 타겟팅할 수 있는 홍보 채널들을 활용하고 있지 못하고 있다는 것은 목표와 과정의 상당한 괴리로 느껴졌다. 이런 괴리를 줄이는 것이 우리 프로젝트의 지향점이 될 수 있겠다고 생각했다.

고창 고인돌과 나, 연결짓기 — 루시아

아침 회의 때 각자 고창 고인돌에 대하여 문제의식이 같은지 나눴는데 나만 문제를 느끼지 못하고 있는 것이 드러났다. 리더인 제이가 내가 전날 일정에 참여하지 못해서 그런 것 같다고 이야기했고 우리는 오늘 하루 조금 시간이 걸리더라도 박물관 내부와 고인돌 유적지를 돌아보기로 했다.

제나와 모로모로 열차를 타고 유적지를 탐방했다. 열차 내에서 고창 고인돌을 설명하는 방송이 나왔는데 제나 말로는 어제 못 들었던 방송이라고 했다. 고창엔 약 2000여 개의 고인돌이 발견되었다고 한다. 우리는 열차에서 내려서 고인돌을 살펴보았다. 탁자식 고인돌과 바둑판식, 개석식 고인돌이 다양하게 자리 잡고 있었다. 몇천 년 전 이 돌을 고르고 운반했을 그 시대 사람들과 상황을 상상해봤을 때 이 돌을 안 만져볼 수 없었다. 뭔가 그 시대와 연결되는 느낌이었다.

그들에게 고인돌은 단순히 죽은 사람을 위한 무덤이 아니라 그들과 같이 삶을 함께했던 이를 잊지 못해서, 이를 기억하고 고인돌을 볼 때마다 그와의 기억을 떠올리기 위해 세운 것을 알 수 있었다. 말하자면 고인돌은 죽은 사람이 아닌 남겨진 이들을 위한 것이다. 그들이 이제는 옛사람들과 같이 먼 것처럼 느껴지지 않고 나와 같은 인간이구나를 느낄 수 있었다. 고창 것이었던 고인돌이라는 이슈가 내 것이 될 수 있었던 순간이었다.

이 좋은 걸 어떻게 알리지? — 제나

루시아와 함께 모로모로 열차를 탔는데, 저번과 다르게 설명 방송도 잘 나오고 열차의 속도도 고인돌을 충분히 관찰할 수 있도록 적당해서 좋았다. 저번의 경험과는 너무나 달라서 '이 박물관을 더 잘 살펴봐야겠구나'라는 생각이 들었다.

박물관 해설사님과의 인터뷰를 통해 박물관 구석구석을 알고, 궁금증 해소와 박물관의 니즈를 파악할 수 있었다. 덕분에 솔루션을 구체화할 수 있겠다는 생각이 들었다. 그리고 박물관에서 여러 행사들을 진행하고 있다는 사실을 알게 되었다. 하지만 VR게임과 4층에 있는 고인돌 관련 게임들을 제외하고는 보지 못했고, 체험존의 연령대가 모두 초등학생 나이대로 맞춰 있어서 해설사분이 말씀해주신 젊은 층을 위한 체험들과는 거리가 멀었다.

문제 정의 & 검증 정말 모두가 공감하는 문제가 맞나?

로컬프로젝트 3일차는 고창 현지인과 관광객을 대상으로 인터뷰를 진행했다. 우리가 발견한 고인돌박물관의 문제에 대해 사람들이 어떻게 생각하는지, 문제 공감 정도를 파악하기 위함이었다. 이날 고창에서 고인돌 탐사대 활동이 있다고 하여 션과 루시아는 탐사대에 참여해 숨겨진 고인돌에 대해 알아보고 동행하는 청소년탐사대 학생들을 대상으로 인터뷰를 진행했다. 남은 제나, 제이, 다니엘은 고창터미널 주변과 고인돌박물관 내에서 활동하였다.

두 팀으로 나눠 활동하기 전, 우린 카페에 모여 왜 고창 고인돌을 알려야 하는지 생각해 보았다. '로컬프로젝트'라는 이름다운 이름처럼, 지역 활성화를 최종목적으로 하고, 이를 위해 관광을 활성화시켜야 한다고 생각했다. 고창만의 특별하고 유명한 유적인 고인돌은 고창을 홍보하는 데 있어서 가장 좋은 주제이고, 더불어 지속적이고 큰 관심을 받기 위해선 젊은층을 대상으로 홍보하는 것이 중요할 것이라 판단했다. 짧지 않은 시간 동안 흩어져 있던 생각들을 모으고 모아 다시 한번 중심을 잡은 뒤 인터뷰 계획을 마저 짜기 시작했다. 박물관 또한 젊은 층의 적극적인 관심을 필요로 하고 있었기에 우린 오늘 인터뷰를 젊은 층 위주로 진행하기로 하였다.

질문들은 아래와 같이 구성하였고, 답변에 따라 자유롭게 추가로 질문하며 젊은층들이 고인돌박물관을 어떻게 생각하는지, (자주 가지 않는다면) 자주 가지 않는 이유는 무엇인지 파악하였다.

— 고창에선 무엇이 유명한지?
— 고인돌박물관을 아는지? 가 보았는지? 어떤 계기로 가게 되었는지?
— 고인돌박물관 관람은 어땠는지?
(위 질문에서 얻은 답변과 연결하여) 고인돌박물관의 그러한 문제점들을 어떻게 해결하면 좋을지?

특정 연령대에 국한된 체험 아쉬워

고창터미널 주변에선 주로 10대, 20대와 이야기를 나눌 수 있었는데, 모두들 고창 고인돌에 대해선 잘 알고 있었으며 고인돌박물관에 가보지 않은 사람이 없었다. 하지만 주로 학교 현장체험학습으로 방문한 경우가 대부분이었고, 흥미를 가질 수 있는 체험형 프로그램이 부족해 지루했다거나, 처음엔 고인돌 자체가 신기해 흥미롭게 관람했지만, 다시 갈 마음은 없다고 답변이 많았다. 관람이 즐거웠다고 말하는 소수 학생들 또한 일시적으로 진행했던 체험형 행사 덕분이었다.

고인돌박물관 내에선 가족 단위로 방문한 사람들이 많아서, 30대와 40대 위주의 부모를 대상으로 이야기를 나눌 수 있었다. 그들은 박물관 옆 유적지가 열차를 타고 둘러봐야 할 만큼 규모가 큰 것에 대해선 만족하였으나, 젊은 층과 마찬가지로 아이들이 흥미를 가질 수 있는 체험형 프로그램이 부족한 것과 몇몇 시설이 제대로 관리되지 않고 있다는 점에서 크게 아쉬워하였다.

"고인돌, 옛날 이야기 아니야?"

대다수 사람들은 고인돌박물관을 다소 지루하고 고리타분한 곳으로 생각하고 있었다. 젊은 사람들이 많이 방문하려면 그들이 원하는 체험형 프로그램을 통해 더 적극적이고 활동적으로 고인돌박물관과 유적지를 관람할 수 있도록 해야겠다고 생각했다. 마침 고창 고인돌 탐사에 나섰던 선과 루시아는 탐사 중 논에 둘러싸여 있는 고인돌을 보며 증강현실 모바일 게임, '포켓몬 GO'를 떠올렸다. 한때 젊은층을 중심으로 큰 인기를 끌었던 게임인 만큼, 고창 고인돌박물관과 유적지에 적용시키면 분명 좋은 반응을 얻으리라 기대할 수 있었다. 더불어 미디어 파사드와 활발한 SNS홍보 등 프로젝트 진행 중 조 안에서 떠올렸던 여러 아이디어들이 있었는데, 오늘 인터뷰를 통해 이 방안들의 필요성과 효과성을 꽤나 확신하고 기대할 수 있게 되었다.

익숙하지 않은 역할에도 과감하게 다가갈 수 있도록 — 제이

탐사팀과 인터뷰팀으로 나뉘어 진행한 날이었다. 각 띰이 찢어지기 전에 카페에서 회의를 했는데, 이때 정말 핵심적인 내용에 대해 이야기 나눴다. 한곳만 보며 뛰어가던 팀원들을 잠깐 멈춰 세우고 질문해준 루시아가, 그리고 그에 적극적으로 고민하며 솔직하게 얘기 나눈 우리 모두가 진지해서 좋았다.

왜 고창 고인돌을 보러 와야 할까? — 션

3일째의 주된 목표는 고창의 다양한 사람들을 만나 인터뷰하면서 고창의 고인돌은 구체적으로 어떤 문제 상황을 가지고 있는지 공감하는 것이었다. 다양한 관점에서 문제를 인식할 수 있도록 관광객, 주민 등으로 대상을 넓혀서 인터뷰를 진행하기로 했다.

인터뷰 질문을 정하기 위해 아침에 카페에 모여서 회의를 했다. 이야기 도중 루시아가 '사람들이 왜 고창의 고인돌을 보기 위해 와야 할까?'라고 물었다. 나는 이 질문을 듣고 잠시 생각이 멈췄다. 당연히 답할 수 있는 질문이라고 생각했는데 답하지 못했다. 다시 생각해보니 나는 지금까지 무엇을 위해 고창의 고인돌을 알려야 하는지, 왜 고인돌로 고창을 알려야만 하는지 고민해본 적이 없었다. 그저 고인돌이라는 주제가 우리 조에 주어졌으니까, 지금까지 고인돌로 고창을 알리는 것을 목표로 생각하며 프로젝트를 진행해 왔으니까 그게 당연하다고 여기고 있었다.

우리 조는 이 질문의 답을 고민하기 시작했고 우리가 이 프로젝트를 진행하는 이유는 고창의 지역 활성화, 특히 관광의 활성화이며 이를 위해서는 학생과 젊은 청년들의 유입이 필요하다는 결론에 도달했다. 그러기 위해서는 고창을 대표하고 있는 고인돌을 활용한 홍보를 하는 것이 적절한 방법일 것이라고 판단했다. 고인돌을 콘텐츠로 활용해서 학생과 청년들을 타겟으로 하는 콘텐츠를 고민하기 시작했다. 무엇보다 내 행동이 가진 의미를 이해하고 나니 우리 프로젝트가 해야 해서 하는 일이 아닌 누군가에게는 꼭 필요한 일이라는 시각의 전환을 경험할 수 있었다. 후에 다른 프로젝트를 진행하게 될 때도 프로젝트의 존재 의미와 목표를 명확하게 하는 것의 중요성을 깨닫게 하는 계기가 되었다.

일회성 방문보다 재방문을 유도하려면⋯⋯ 다니엘

3일차에는 인터뷰에 필요한 질문을 생각하고 탐사대 둘, 인터뷰 셋으로 나뉘어 인터뷰를 진행하였다. 대부분 터미널에서 인터뷰할 땐 현지인이었는데 고인돌의 중요성을 잘 모르는 것 같았다. 또, 고인돌보다는 읍성이나 선운사 등 다른 관광지를 추천해주었고 실제로 많이 간다고 하였다. 고인돌은 한번 보고 말 정도라고 해서 예상했던 것보다 더 심각하다고 생각했다. 확실히 박물관에는 현지인보단 관광객이 많았고 가족단위가 많았다. 이런 점들을 미루어보아 고창에 고인돌을 보러왔다고 하면 한 두번이 전부이고 다신 오지 않을 것 같았다.

'어떻게'보다 중요한 '왜' — 루시아

오늘은 우리가 두 팀으로 나뉘어 더 많은 사람에게 고인돌에 대하여 인터뷰하는 시간을 가졌다. 인터뷰하는 이유는 실제 여론 조사를 통해 우리 조가 느끼는 고창의 지역 문제를 일반적인 문제로 더 확증시키기 위함이었다.

그에 앞서 오전에는 먼저 고창 시내 카페에서 다같이 고인돌에 대한 문제의식을 나눴고 공통 인터뷰 질문을 짰다. 주로 '어떻게 하면 고창 고인돌박물관이 더 활성화되며 고창의 고인돌을 사람들이 더 알 수 있을까?'라는 질문을 중심으로 대화를 나눴는데 나는 문득 '왜 우리가 이 문제를 해결해야 하지?'라는 생각이 들었다. 그래서 팀원들에게 '왜 고인돌박물관에 사람들이 많이 와야 할까?'라는 질문을 던졌다. 우리는 '왜'라는 질문 전에 '어떻게'부터 생각하고 있었던 것 같았다.

문제 해결은 공감에서부터 시작한다 — 제나

본격적으로 고인돌이 고창지역에서 얼마나 영향력이 있는지를 알아보기 위해 인터뷰를 하기로 했다. 진짜 프로젝트가 시작된 것 같아서 신났다. 조원들과 카페에 모여서 인터뷰 내용에 대한 회의를 하는데 루시아가 '그래서 너네가 생각하는 고인돌의 가치는 뭐야?'라고 질문을 던졌다. 그때 조원 모두 바로 답을 하지 못했다. 지금 생각해보면 우리에겐 '고창 고인돌'이라는 주제에 공감이 부족했던 것 같다. 그리고 내가 이 프로젝트에 참여하는 자세를 되돌아보게 되었다. 나와 제이, 다니엘은 터미널역 인터뷰를 맡게 되어 고창을 방문하신 분들, 고창 지역 주민분들, 학생들을 인터뷰했다. 결과는 예상과 비슷하게 고창지역 다른 관광지보다 인지도가 낮았고, 방문횟수도 한 번 이상인 경우가 적었다. 인터뷰했던 분 중, 고창에서 10년째 거주 중이신 70대 할머니는 고창 고인돌과 박물관의 존재를 잘 모르고, 방문한 적도 없다고 하셔서 놀랐다. 고인돌 유적지를 제외하고 고인돌 관련 다른 사업들의 필요성을 느꼈고, 고인돌박물관의 니즈Needs인 십대들만 고려할 것이 아니라, 고연령대인 현지인분들까지도 모두 만족하는 솔루션이 나와야 지역 활성화가 되겠다는 생각과 더불어 고인돌박물관 관람객의 연령대도 더 다양해지지 않을까 싶었다.

솔루션 문제 정의와 솔루션은 유기체

조원 대부분은 고인돌을 '거대한 옛 돌무덤' 정도로 인식하고 있었고 고창의 고인돌에 대한 배경 지식도 전혀 가지고 있지 못했기 때문에 솔루션을 생각하기에 앞서 문제 상황을 정의할 수조차 없었다. 그래서 우리 조는 당장 문제를 찾고 솔루션을 제안하려고 하기보다는 우선 고창의 고인돌을 이해하는 것에 초점을 맞춰 프로젝트를 진행했다. 하지만 이런 이해는 문제 정의, 솔루션과 구분된 별개 과정이 아니라는 것을 프로젝트를 진행하며 알 수 있었다. 앞선 글들에서 설명된 박물관과 유적지 견학, 인터뷰 과정을 거치면서 고인돌을 이해하고 고인돌과 관련된 사람들에게 공감하게 될수록 이런 공감 자체가 문제 상황이 되고 때로는 솔루션이 될 수도 있다는 것을 알 수 있었다. 우리 조의 공감이 솔루션으로 이어졌던 아이디어들을 소개한다.

고인돌GO

고창의 고인돌에 대해 조사하며 가장 먼저 알게 된 사실은 고창이 세계에서 가장 고인돌 밀집도가 높은 지역이라는 것이었다. 유네스코 세계문화유산으로 고창의 고인돌을 선정한 주된 이유도 바로 이것 때문이었다. 책마을해리 촌장님의 설명으로는 밭 한가운데에도 고인돌이 있을 정도로 많은 수의 고인돌이 고창에 있고 탐사를 통해 아직 알려지지 않은 고인돌이 발견되기도 한다고 한다. 발견되지 않은 고인돌을 찾아 나선다는 콘텐츠도 신선했고 마을 곳곳에 고인돌들을 직접 눈으로 확인해보고 싶어 직접 탐사 과정에 참여해보기로 했다.

이런 광경은 고창이 아니면 세계 어디에서도 찾아보기 힘들 것 같았다. 다르게 말하면 이것을 고창 고인돌의 특별함이자 강점으로 표현할 수도 있을 것 같았다. 어떤 방식이 이 특별함을 담아내기에 적합할까 고민하다 과거에 선풍적인 인기를 얻었던 게임 '포켓몬 GO'를 떠올렸다. 이 게임은 증강 현실을 이용하여 숨어 있는 포켓몬을 찾아내 수집하는 것을 목표로 한다. 애초에 상업적 목적으로 탄생한 포켓몬과 역사와 삶의 기록인 고인돌을 같은 기준으로 비교하는 것은 불가능할지도 모른다. 그럼에도 불구하고 포켓몬GO의 포맷을 활용하여 대중에게 고인돌의 접근성을 높이면서 현재 탐사대에서 진행하고 있는 프로그램을 효율적으로 운영할 수 있을 거 같았다. 우리는 포켓몬GO의 포맷을 고인돌 탐사에 적용시킨 이 아이디어를 '고인돌GO'라고 이름붙였다.

현재 책마을해리에서 진행하고 있는 고인돌탐사대는 숨겨진 고인돌을 찾기도 하고 찾은 고인돌에 직접 이름도 붙여보는 등 지역적 특색이 살아 있는 프로젝트를 진행 중이다. 고인돌탐사대 활동에서 우리는 크게 두 가지 한계를 발견할 수 있었다. 첫번째는 참여의 제약, 두번째는 탐사 기록의 낮은 활용도이다. 고인돌GO는 이 두 가지 문제를 보완할 수 있을 것으로 보인다.

현재 탐사대는 정해진 탐사대 멤버 안에서 한정된 프로그램 시간 내에 진행되고 있다. 멤버는 지역 청소년들이기 때문에 일시적으로 방문하는 외부의 관광객들이 탐사를 경험하고자 하는 의지가 있더라도 실제 탐사에 참여하기는 매우 어려울 것으로 보인다. 참여의 제약이 발생하는 것이다. 하지만 고인돌GO는 게임, 어플리케이션이기 때문에 앱에서 충분한 탐사 가이드가 제공된다면 관광객들도 누구나 탐사대가 되어 고인돌을 찾아 나

설 수 있다.

두 번째 한계로 꼽았던 탐사 기록의 낮은 활용도는 현재 탐사대의 탐사 기록 방식에서 기인한다. 탐사대는 고유한 웹사이트에 개별 고인돌에 대한 기록을 개인별로 진행하고 있었다. 분명 각각의 기록은 정보들을 담고 있었지만 그렇게 기록된 정보들은 모두 분리되어 있다는 느낌을 받았다. 이렇게 분리되고 분산된 정보들을 '지도 시스템'을 통해 고인돌GO 안에서 연결시킬 수 있다면 기록 하나하나가 가진 가치 이상의 가치를 만들 수 있을 것이다. 본래 포켓몬과 가상 건물의 위치를 나타내기 위해 포켓몬GO에서 사용하던 지도 시스템을 고인돌의 위치를 표시하는 데 활용하고 해당 고인돌의 탐사대 기록도 함께 볼 수 있도록 하는 것이다. 다시 말해 위치를 기반으로 각각의 정보가 묶이게 된다. 정보의 묶음들이 일종의 고인돌 지도로 재생산되어 새로운 부가가치를 창출한다.

미디어파사드 행사

빔 프로젝터를 통해 실제 건물 외벽이나 다양한 건축물에 영상을 쏘아 상영하는 방식으로, 여러 전시나 행사에서 많이 사용되는 방법이다. 요즘엔 숲 전체를 미디어 파사드 전시로 구성하는 등 자연과 영상기술이 합쳐진 새로운 형태의 대규모 행사가 많이 진행되고 있다. 고인돌은 크기만 다양하지 형식이 비슷해 겉으로만 보면 쉽게 지루해질 수 있는데, 눈에 보이지 않는 영역에서만큼은 그 무엇보다 풍부한 이야기가 있다. 이 점을 살려 고인돌 자체를 스크린 삼아 현실에선 볼 수 없는 것들을 영상을 통해 보여주는 행사 아이디어를 내게 되었다. 실제로 고인돌을 만들기까지의 과정, 고인돌 아래에 묻혀 있는 것들, 각 고인돌에 얽힌 여러 이야기들을 줄글이나 단순 영상 자료로 설명하는 것보다 훨씬 생동감 있고, 흥미로울 것이라고 생각했다. 특히 젊은 층 사이에서 기념사진을 찍어 개인 SNS에 업로드하는 것은 아주 자연스러우면서도 필수적인 단계인데, 이 측면에서도 좋은 반응을 얻을 수 있을 거라 기대된다.

체험형 행사

고인돌 탐사대에 참여한 지역 초등학생 인터뷰 당시, 박물관에 다양한 체험 거리가 있을 시 더 가고 싶을 거라고 했고 박물관과 관련되어서 아쉬운 기억으로 '고인돌 축제 때 고인돌 오르골을 만들 기회가 있었는데 만들지 못했던 것'을 꼽았다.

또 고창터미널과 고인돌박물관에서 10~40대의 다양한 연령층과의 인터뷰에서도 대다수 사람들이 박물관 내에서의 체험형 행사가 기억에 남는다고 말하거나 체험시설이 다양하지 못해서 아쉽다는 등의 의견을 냈다. 이를 통해 고인돌박물관의 체험형 행사들이 더욱 활발히 진행될 필요성이 제기된다.

체험형 행사의 구체적 예시들은 다음과 같다.
- 당시 의류와 가구들을 체험하며 사진으로 남길 수 있는 고인돌 포토존
- 클레이로 다양한 형태의 고인돌(탁자식, 개석식, 바둑판식 등) 미니어처 만들어보기
- 고인돌 오르골 만들기
- 성인들도 참여할 수 있는 고인돌 서바이벌 게임 VR(현재 진행중이지만 초등학생만 참여 가능)
- 청동기 시대 연극 혹은 뮤지컬
- 청동기 시대 관련 그림들로 페이스 페인팅

이런 체험의 다양화로 고창 고인돌박물관을 더욱 활성화시킬 수 있고 나아가 고창 지역의 활성화를 기대해볼 수 있다. 또 더 많은 이들이 고인돌에 관심을 갖게 하는 시작점이 될 수 있다고 생각한다.

뭐니뭐니해도 홍보마케팅이 중요해

고인돌박물관에 방문하고 직접 고인돌을 보면서 우리 조가 한 생각 중 하나는 '이 고

인돌들 고창에서는 어떻게 홍보하고 있을까?'였다. 박물관을 관람하고 해설사님과 인터뷰를 진행하면서 고인돌이 무덤의 역할 외에도 제사, 마을 경계의 표시 등 다양한 역할을 했다는 것과 고창에 많은 고인돌이 생기게 된 것은 역사적, 지리학적 배경이 있었음을 알게 되었다. 고창군의 입장에서 생각해보면 고창군이 가지고 있는 세계문화유산이자 지역의 대표 자산인 고인돌을 사람들이 더 많이 알기를 원하지 않을까? 해설사님께 고인돌박물관의 홍보방식에 대해 물어봤다.

해설사님은 박물관에서 진행하는 다양한 체험거리를 통해 고인돌과 역사를 알리려 하고 있고 과거의 옷을 입거나 박물관 주변에서 야영을 하는 등의 체험 활동들을 사람들이 선호하고 있다고 하셨다. 이런 활동들에 학생들을 비롯한 젊은층의 참여율이 더 높아졌으면 좋겠다는 말씀을 덧붙이셨는데 안타깝게도 청년층을 타겟으로 하는 홍보 채널뿐만 아니라 박물관 홈페이지를 제외한 어떠한 홍보 채널도 운영되고 있지는 않다고 했다. 박물관에서 내세우는 체험 활동들도 모두 박물관 홈페이지만을 통해 신청을 받고 있었고 유튜브 채널을 비롯한 별도의 SNS 계정도 없었다. 박물관이 원하는 홍보의 방향성과 실제 홍보가 이루어지는 방식에 간극이 있음을 확인할 수 있었다.

이 간극을 메우기 위한 방법으로 두 가지 아이디어를 생각해냈다. 첫 번째는 홍보 채널의 확장이다. 고인돌을 노출시킬 수 있는 통로로 SNS를 활용하는 것은 매우 중요할 것이다. 완전히 새로운 계정으로 홍보를 시작하는 방법도 있겠지만 비교적 활성화가 되어있는 관련 커뮤니티, 또는 SNS를 이용하여 간접적인 경로로 홍보하는 방식을 채택하는 것이 SNS 홍보 초기에는 더 적절할 거 같다는 의견이 나왔다. 고창군청 혹은 책마을해리의 네트워크처럼 외부 네트워크를 활용하고 점진적으로 자체 채널 성장을 바라보는 것이 가장 적절할 것 같다.

두 번째 방법은 고인돌을 예술 콘텐츠로 재생산하는 것이다. 사실 홍보 수단이 다양해져도 그 속에 들어 있는 내용이 사람들의 관심을 끌 수 없다면 홍보 효과를 기대하기는 어려울 것이다. 예를 들어 고창에 있는 세계 최대 고인돌은 그 자체만으로 세계에서 가장 큰 고인돌이라는 타이틀과 웅장함을 지니고 있지만, 그 웅장함을 극대화할 수 있는 촬영 방식으로 한 프레임 안에 담아낸다면 거대하다는 '사실'뿐만 아니라 거대함이 주는 '감정' 까지 전달할 수 있을 것이다. 예술은 감정적인 접근을 가능하게 하기 때문에 고인돌을 이성 중심의 역사책으로만 만나온 대부분의 사람들에게 고인돌을 바라보는 새로운 시각과 신선함을 느끼게 할 수 있을 것이다. 밭 한가운데에 덩그러니 서 있는 고인돌, 보잘것없어 보일 정도로 작은 고인돌, 한 곳에 몰려 있는 수많은 고인돌을 보며 우리가 느꼈던 신기함, 흥미로움, 황당함, 매혹 등의 상태와 감정을 예술로 담아내는 것이 바로 이 아이디어의 핵심이다.

해양쓰레기 문제에 관심을

— **바다팀**, 리지, 지나, 나슬, 하싼

로컬프로젝트 1일차, 문제의 발견

2021년 9월 9일 오전 9시, 리지, 지나, 나슬, 하싼이 하나의 로컬프로젝트의 조로 만났다.

먼저 가위바위보로 리더를 선정했고, 그 결과 리지가 리더를 맡게 되었다. 사다리타기를 통해 고인돌과 관련된 주제가 선택되었지만, 우리가 이 주제를 잘 풀어나갈 수 있을지 고민을 가지고 있었던 레이너들이 있었다. 먼저 물꼬를 열어준 리지가 각자가 가지고 있는 관심사를 나누자고 했고, 우리는 공통적으로 모두가 하고 싶었던 해양쓰레기 문제를 주제로 하는 것이 좋을 것 같다는 결정을 내리게 되었다. 이후, 처음 이 주제를 가진 조에게 제안하게 되었고, 그 팀 내부 협의와 수락 과정을 통해 최종적으로 해양 주제를 맡게 되었다.

이후 한적한 곳에 모여 액션 플랜(Action Plan)을 설정했다. 모두가 해양생태계 문제에 대해 생각나는 것을 이야기했을 때, 해양쓰레기 문제가 나왔고, 더불어 고창과 물을 연결했을 때 나올 수 있는 공간인 습지와 갯벌, 저수지 중에 가장 잘 알려지고 의미 있을 것으로 판단된 운곡습지에 가는 것을 첫 행동으로 선택했다.

문제 상황과 정의를 내리게 된 과정에 대한 이야기는 뒤에서 자세히 나올 예정이지만 간단하게 소개하겠다. 일단 해양생태계를 고른 만큼, 다양한 곳을 가본 후 어디에 집중할지 결정하기로 했다. 처음에는 생물권보전지역으로 선정된 운곡습지를 방문하였고, 마을 분의 추천을 통해 동호해수욕장을 갔고 마지막으로 구시포를 방문했다. 최종적으로 구시포해수욕장에서 보고 느낀 것을 바탕으로 고창 구시포해수욕장의 해양쓰레기 문제를 해결하고 고창만의 개성을 보여줄 수 있는 해수욕장을 어떻게 디자인할 수 있을까에 초점을 두기로 했다.

'우리'가 되어 처음 해보는 팀프로젝트 — 지나

다들 로컬프로젝트를 기대했다고 했지만, 사실 큰 긴장감이나 그런 것은 없었다. 지금까지 했던 다른 프로그램들과 같이 진행되는 느낌이었으나 팀원들은 굉장히 파이팅이 넘치고 적극적이었다. 그래서 낮았던 에너지가 매우 높아졌다. '우리라는 것은 뭘까?' '합을 맞춘다는 것은 어떤걸까?'를 느끼며 로컬프로젝트를 할 수 있었다.

자연과 사람, 과거와 현재, 그리고 고창의 아이덴티티 — 하싼

로컬프로젝트의 주제로 제시된 바다, 고인돌, 토지 중에서 바다와 토지에 관심이 갔다. 그렇게 바다와 토지를 바라는 마음으로 사다리타기를 했는데, 우리 팀은 고인돌에 걸리고 말았다. 그때 존이 팀별로 합의되면 주제를 바꿔도 된다고 하셔서, 우리 팀은 바다 팀과 프로젝트 주제를 바꾸었다. 원하는 주제를 가지고 프로젝트를 진행하게 되었지만, 생각보다 난항을 겪었다. 이번 로컬프로젝트에는 다양한 키워드가 있었는데, 바로 '자연과 사람, 과거와 현재의 연결', 그리고 '고창의 아이덴티티'였다. 바다와 해양생태계, 생물권 보전이라는 크고 일반적인 주제를 고창의 지역성과 엮는 것이 무척이나 어려웠다.

내가 리더라니… — 리지

로컬프로젝트가 기대반 걱정반인 마음으로 드디어 시작되었다. 촌장님께 세 가지 주제를 전달받았지만, 촌장님 말씀을 듣는 동안 언급하신 세 가지 주제의 아이디어를 모두 떠올리며 들으려고 노력했다. 얼떨결에 조의 리더가 되었고, 나의 선택으로 '고인돌'이라는 주제가 뽑혔다. 조원들과 주제에 대해 더 알아보는 시간을 가졌다. 사람과 자연, 과거와 현재에 대한 이야기, 내륙습지와 해안습지에 대한 이야기, 또 며칠 전 다녀온 구시포 해수욕장에서 받은 느낌이나 생각 등의 주제들로 조의 리더로서 대화를 리드하였다. 조원들 모두 적극적인 편인 것 같아 기분이 좋고 기대가 많이 되었다.

고인돌이냐, 바다냐 — 나슬

처음 하고 싶었던 주제가 바다와 고인돌이었다. 고인돌은 고창에서 유명하고 고창에서만 생각해보고 할 수 있는 프로젝트가 있을 것 같았고, 바다는 평소 많이 생각해볼 일이 많아서 다양한 아이디어가 많을 것 같았다. 바다로 정해지고 조원들과 얘기해봤을 때 생각보다 주제가 광범위하고 문제를 찾기 어려웠다. 얘기를 나누다 보니 약간씩 윤곽이 잡혔고 다음 활동을 이어나갈 수 있었던 것 같다. 그 과정이 흥미로웠다.

문제정의 1 운곡습지 탐방

바다와 해양생태계라는 키워드가 명확했지만, 우리는 자연과 생물권으로 주제를 넓혀 바다가 아닌 내륙에 있는 습지와 생태계에 관심을 가졌다. 우리가 습지에 관심을 갖게 된 이유는 크게 두 가지인데, 첫 번째는 자연과 생태계라는 키워드를 주제로 이야기하면서 습지를 빼놓을 수 없었기 때문이고, 두 번째는 고창에는 국제 람사르 협약에 가입된 습지가 있어서 이번에 진행하는 프로젝트의 핵심인 '지역Local'과 밀접한 연관이 있었기 때문이었다.

주제를 제시받은 첫날, 객관적인 분석과 자료보다 실제로 경험하고 몸으로 체험하는 것이 좋을 것 같다는 의견을 따라 바다와 해양생태계, 생물권을 주제로 주변에 탐방할 수 있는 곳들을 알아보기 시작했다. 주변에 탐방할 수 있는 후보지역으로는 지난 월요일에 놀러 갔던 구시포해수욕장과 다양한 조사를 통해 알게 된 동호해수욕장, 줄포만, 운곡람사르습지 등이 있었다.

그리하여 우리가 머물고 있는 책마을해리로부터 약 15km정도 떨어진 운곡람사르습지로 향했다. 우리가 탐방을 가는 이유는 프로젝트 주제에 대해 실제 경험을 통해 문제를 발견하고, 솔루션을 제시하기 위해서였다.

우리는 안내해주시는 분의 가이드에 따라 열차표를 예매한 후 열차를 타고 습지 중앙에 있는 저수지를 탐방했다. 가는 도중에는 많은 생태공원에 대한 설명을 들을 수 있었다.

열차에서 내려 중앙에 위치한 생태공원 주변을 잠시 둘러본 뒤 바로 홍보관으로 이동했다. 그곳에서는 람사르습지와 생태공원에 대한 기본적인 정보를 비롯해서 역사와 의미, 공원에 서식하고 있는 다양한 동물, 식물들에 대한 정보를 접할 수 있었다. 홍보관에서는 람사르협약에 관한 정보도 얻을 수 있었는데, 람사르협약은 물새 서식 습지대를 국제적으로 보호하기 위한 것으로 1975년 12월에 발효되었다. 정식명칭은 '물새 서식지로서 특히 국제적으로 중요한 습지에 관한 협약'이며, 우리나라는 1997년 7월 101번째로 가입하였다.

홍보관에서 알게 된 운곡람사르습지에 대한 놀라운 사실은 습지에 대한 일반적인 생각과는 다르게 이곳이 수백년동안 보존된 자연이 아니고, 인간이 이곳을 되살리기 위해 특별한 노력을 기울이지도 않았다는 것이었다. 망가졌던 자연이 스스로를 치유하고 회복해서 만들어낸 곳이었다. 운곡 람사르 습지는 불과 수십 년 전까지 사람들이 거주하던 곳이었다. 그러나 영광에 원전이 들어서면서 이곳에 살던 이들이 떠나고 발전용 냉각수 공급을 위한 운곡댐이 생겼고, 이후로 30년 동안 해당 지역에 인적이 끊기게 되었다. 사람들이 떠나고 비워진 땅은 서서히 스스로를 회복시켰고, 결국 오늘날의 운곡습지가 만들어졌다. 지금도 운곡습지는 더 나은 생태계로 끊임없이 스스로를 변화시키고 있다.

해설사님의 설명이 끝나갈 무렵 탐방의 본래 취지를 위해 해설사님께 현재 운곡습지에서 느끼고 계신 문제점이나 습지와 관련해 청년 세대에게 바라는 것이 있으신지 여쭤봤다. 해설사님께서는 이곳이 고창에서 중요한 의미를 갖고 있는 만큼 많은 지원을 받고 있으며, 앞으로는 더욱더 나은 생태 및 관광 환경을 조성할 계획이라고 말씀하시면서도, 운곡습지가 많은 사람들에게 알려져 가까스로 복원된 생태환경이 훼손되는 것을 우려하셨다. 오히려 환경을 정말 사랑하고, 소중하게 생각하는 소수 사람들에게 힐링의 공간이 되는 것으로 그 가치는 충분하다고 말씀하셨다.

문제 발견 실패

비록 인터뷰에서 얻고자 하는 것들은 얻지 못했지만, 습지를 직접 걸으며 습지에서 우리가 직접 느낄 수 있는 문제를 발견하고자 노력했다. 생태공원 홍보관에서 출구까지의 보행자 코스는 대략 한 시간으로 언덕을 넘고 늪의 다리를 건너야 하는 코스였다. 숲은 정말 우거지고 생전 처음 보는 다양한 종의 동식물들을 볼 수 있었다. 빽빽한 나무 한가운데에 있는 고여 있는 물은 아마존 늪을 연상케 했다. 결론적으로 해양생태계, 생물권과 관련된 문제를 발견하지는 못했지만, 모두가 기대하지 못한 새로운 경험을 얻을 수 있었다.

습지는 처음이야 — 지나

습지라는 공간을 처음 가보게 되었다. 굉장히 촉촉하고 숲이 울창한 곳일 거라 생각했지만 생태공원처럼 조성이 잘 되어 있었다. 돌아다니면서 '이런 곳이 왜 알려지지 않았을까?' 생각이 계속 들 만큼 너무 좋았다. 하지만 로컬 이슈를 찾기는 어려웠다. 여기서 하싼의 이야기가 굉장히 기억에 남는데, 너무 좋은 곳이지만 뚜렷한 문제를 찾을 수가 없었다. 처음에는 우리가 모든 문제를 다 발견하지 못한 건 아닐까, 시야를 좁게 가진 것은 아닐까 걱정했지만 하싼의 의견에 공감하기로 했다.

미리 예단하지 않기 — 리지

우리 조는 가서 보고 느끼고 올 것들을 미리 정하지 않고, 가서 자유롭게 보고 느껴서 돌아와서 정리하는 것이 낫겠다고 판단했다. 마음 한구석 프로젝트가 신경 쓰였지만, 최대한 가볍고 자유로운 마음으로 습지를 있는 그대로 느끼려고 했다. 그래서 그런지 어렸을 때 학교에서 갔던 현장체험학습을 가는 기분도 조금 들었다. 또, 친구들과 책마을해리에 온 후 처음으로 코치님 없이, 심지어 책마을해리 밖의 공간에 우리끼리 있으니 기분이 새로우면서도 리더로서 책임감이 더 커졌다.

각자 본연의 일을 할 때 기적은 일어난다 — 나슬

습지는 어릴 적에 가 보고 처음 가보는 거라 기대를 하고 갔다. 람사르습지라고 해서 모습이 더 궁금했다. 먼저 운곡습지에 대해 알게 된 것은 사람들이 의도치 않게 그 장소를 비웠을 때 습지가 만들어졌다는 것이었는데, 관련해서 홍보관에서 본 영상에서 '물이 물의 일을 하고 숲이 숲의 일을 하고 사람이 사람의 일을 하고 그 일을 서로가 모를 때 기적이 일어난다'라는 문장이 나왔다. 그 말을 통해 자연의 신비를 느낄 수 있었고 각자가 자신의 상황에 최선을 다할 때 기적이 일어난다는 것이 놀라웠다. 또 직접 습지를 보고 느끼면서 자연의 개발되지 않은 그대로의 모습을 보는 것 같고 그 자체로 너무 좋아 문제점이 전혀 느껴지지 않았다. 해설사 분의 이야기를 들으면서 계속 문제를 해결하고 나아가고 있다는 말을 들어서 우리가 낄 곳이 없다고 생각했고 자연을 보며 힐링할 수 있는 시간이었던 것 같다.

솔루션을 위한 솔루션이 되지 않도록 — 하싼

살면서 처음으로 습지에 가봤다. 습지가 어떤 곳인지, 어떤 의미가 있는 것인지는 이미 알고 있었지만, 그곳에 실제로 방문해서 느끼고 경험하는 것은 습지에 대한 차원이 다른 이해와 공감을 가질 수 있게 해주었다. 습지를 방문한 날 몸은 피곤했지만, 우리 팀은 문제정의에 관해서 늦게까지 이야기를 나누었다. 주제는 '언제까지 명확한 문제를 정의해야 할지'였다. 이 문제는 '프로젝트의 목적이 무엇인지', '어떤 방식으로 프로젝트를 마무리할 수 있을지'가 결정되면 자연스레 정해지는 것이었지만, 늦은 밤에 논의가 길어질 것 같아 문제정의에 대한 이야기에 초점을 맞췄다.

이 주제를 가지고 이야기를 했던 당시에는 우리의 최종 결과물이 고창의 실질적인 문제에 대해 이야기하지 않고, 프로젝트를 위한 솔루션, 솔루션을 위한 솔루션이 될까 봐 우려했다. 그러나 글을 쓰는 지금 생각해보면 처음부터 이 프로젝트는 실질적인 문제와 프로젝트의 완결 두 가지 중 하나라도 잡기 어려웠을 것이라고 생각했던 것 같다. 팀원들에게 솔직하지 못했다.

문제정의 2. 해안 해양쓰레기

그날 저녁 운곡람사르습지에서 돌아온 뒤에는 조별로 대화하고 나서, 촌장님께 질의를 하는 시간을 가졌다. 프로젝트 진행을 위해서는 해양생태계, 생물권과 관련된 로컬의 문제를 가정하고 테스트해야 했는데, 팀 내부적으로는 일단 떠오르는 문제를 정의하고 솔루션과 액션을 고민하자는 의견과 주제에 대해 좀 더 다양한 것들을 경험해보고 진짜 문제를 찾아보자는 의견으로 나뉘었다. 또 프로젝트의 결말을 문제정의 후 솔루션을 제시하는 것인지, 솔루션에 대한 실행까지 하는 것인지, 단순히 우리 주제에 관한 정보

전달만을 목적으로 하는지에 대해서도 의견이 나뉘었다. 이 모든 것들이 촌장님과 늦은 밤 이야기를 하면서 정리되었는데, 결국은 고창의 진짜 문제를 찾되 시간적 한계를 두지는 말자고 결론을 내렸다.

또 한 가지 내린 결정은 습지를 프로젝트 대상에서 제외하자는 것이었다. 촌장님께서는 습지가 유네스코 세계자연유산에 등재되고, 국내의 몇 안 되는 람사르습지로 등록되면서 지자체의 전폭적인 지원을 받고 있다고 말씀하시며, 습지에서는 체감할 수 있는 문제를 발견하기가 어려울 것이라고 말씀해주셨다. 우리는 로컬프로젝트 주제는 습지가 아닌 해안생태계와 관련된 문제로 조정하기로 했고, 다음 날 근처 바다로 탐방 및 인터뷰를 나가기로 결정했다.

다음 날 오전, 1기 라이프서클팀과 책마을해리 선생님들에게 피드백을 받는 시간을 가졌다. 가볍게 여태까지의 진행 상황을 브리핑했다. 이를 통해 우리 프로젝트에 대한 새로운 관점을 얻을 수 있었고, 인터넷 검색만으로는 찾을 수 없는 구체적인 정보를 얻을 수 있었다. 특히, 도로시에게 더 세부적으로 들을 수 있었는데, 어렸을 때부터 자주 놀러 다녔던 안락한 장소가 관광객이나 이방인으로부터 훼손당해 마음이 좋지 않다는 이야기와 자연을 보전하고 편하게 하려면 사람이 불편해야 한다는 말씀이었다. 간척지와 해안 습지에 대한 이야기들도 간단히 들어볼 수 있었다. 현지인의 시선과 입장에서 이야기를 들어 생각이 환기가 되었던 것 같다. 이후 우리는 자연도 보존하며 사람도 편안하게 서로 공존하는 방향으로 솔루션을 내고 싶다는 생각을 하였고, 해안 생태계 중에서도 해수욕장에 집중하기로 했다.

동호해수욕장을 가보니 구시포 해수욕장과는 다른 느낌을 받았다. 썰물 때여서 그랬는지 드넓고 황량한 느낌이었다. 무엇보다 구시포 해수욕장에서 느꼈던 해양쓰레기 문제가 동호해수욕장에서는 그리 심각하게 느껴지지 않았다.

교통편이 마땅치 않아 근처 식당에서 택시를 타고 책마을해리로 돌아왔다. 스쿠터를 타고 구시포로 갔는데 시간이 촉박해 구시포를 자세히 둘러보지는 못하고 바로 출발했지만 동호해수욕장보다 쓰레기가 많다는 것은 확실히 확인할 수 있었다.

그 많은 쓰레기는 왜 사라지지 않는 걸까 ― 지나

바다에는 다양한 문제가 존재한다. 평소에도 쓰레기와 환경 문제에 관심이 꾸준히 있었다. 사실, 오래전 다른 프로젝트를 통해서 해양쓰레기를 다뤄보려 했으나 주변에 바다가 없었고, 공감하기 어려워 실행에 옮길 수가 없었다. 그런데 마침 해리 가까운 곳에 바다가 있었고 특히 의식 있는 분들이 생태계를 지켜나가기 위해 노력하는 공간이다 보니 적극적으로 할 수 있었다. 또 그 많은 쓰레기들은 왜 사라지지 않는 걸까를 이번 활동을 계기로 느낄 수 있었다.

해양쓰레기와 더러운 바다 ― 하싼

고창에 방문한 둘째 날 구시포 해수욕장에 방문했을 때 우리가 느꼈던 것은 '해양쓰레기'와 '더러운 바다'였다. 쓰레기 문제는 모든 바다가 겪고 있는 일반적인 문제이면서 우리가 현장에서 가장 쉽게 발견할 수 있는 가장 가시적인 문제이기도 했다.

내륙습지에서 바다로 ― 리지

습지를 다녀온 후 우리 조는 꽤나 심각한 문제에 맞닥뜨리게 되었다. 바로 조원들 모두 공통적으로 우리가 개선할 수 있는 습지의 문제점을 느끼지 못한 것이었다. 책마을해리에 돌아와서 몸도 피곤하고 마음도 혼란스러운 상태에서 조원들과 대화를 하다 보니 의견이 조금 달랐던 부분에 대해서 이야기하는 것이 나를 포함한 조원들을 지치게 만드는 것 같았다. 하지만 촌장님과 이야기를 나누고 조언을 구하며 어느 정도 갈피를 잡았다.

고창의 아이덴티티를 살리는 방식으로 — 나슬

처음 구시포에 갔을 때는 쓰레기가 눈에 많이 보였다. 하지만 그걸 프로젝트 주제로 삼기엔 고창 바다만의 문제라기보다 온 바다의 문제라고 생각해 다른 문제를 찾고 싶었다. 다시 바다를 찾아가 둘러보고 생각해봤을 때 바다가 전체적으로 편해졌으면 좋겠다는 느낌을 받았다. 그 안에 쓰레기 문제도 포함이 되어 있다고 생각했고, 그 쓰레기를 해결하는 방식을 고창의 아이덴티티를 살리는 방법으로 돌린다면 로컬프로젝트의 취지에 맞겠다고 생각했다.

아이디에이션 & 솔루션

해양쓰레기로 주제를 정한 후 바다와 습지는 충분히 보고 느끼고 왔으나 자리에 앉아서 아이디어를 나누고 정보를 찾아보는 시간이 부족하다고 생각되어 9월 11일 오전부터 책마을해리에 모여 각자의 생각들을 자유롭게 나누는 시간을 가졌다. 각자 파트를 나눠서 조사하고 공유하기로 했다.

해양쓰레기의 종류

해양쓰레기의 분류가 어떻게 되어 있는지를 봤을 때 가장 많은 비율로 해안가에 떠밀려오는 것은 해안 쓰레기였고 그 다음이 바닷속에 가라앉아 있는 침적쓰레기, 바다에 떠다니는 부유쓰레기 순이었다. 그 종류에는 플라스틱이 가장 많은 비율을 차지했고, 외국발 쓰레기, 육지에서 발생해 해안으로 밀려간 쓰레기 등도 있었다. 해양쓰레기는 인력문제, 운송문제 때문에 육상에서 발생한 쓰레기에 비해 처리비용이 많이 든다. 소각과 매립도 어렵고, 해양쓰레기 전용의 전처리 기술이 미흡해 시간과 비용이 많이 소모된다고 한다.

해양쓰레기 업사이클링 사례

업사이클이란 기존에 버려지는 제품을 단순히 재활용하는 차원을 넘어서 디자인을 가미하는 등 새로운 가치를 창출하여 새로운 제품으로 재탄생 시키는 것을 말한다. 다양한 아이디어를 얻기 위해 바다에 국한되지 않고 여러 사례들을 살펴보았는데 폐현수막을 지갑으로 재창조하는 캠페인을 카카오 게임즈에서 진행했고 청도에서는 새마을 환경 살리기 운동을 계획하고 있다고 한다. 새마을 환경 살리기 운동에서는 재활용품 모으기 경진대회, 크리에이티브 팩토리와 함께하는 업사이클링 메이커 체험을 해볼 수 있다고 한다. 플라스틱방앗간이라는 장소도 있었는데 집에서 나온 플라스틱 쓰레기를 모아 방앗간에 보내면 그것을 재료로 플라스틱을 빻아 그릇이나 치약짜개 등의 소품을 만드는 장소였다. 이 외에도 쓰레기 매립지에 버려진 쓰레기로 만든 악기로 연주하는 카테우라 재활용 오케스트라, 재활용 페트로 제작된 원단으로 만든 앞치마 등의 예시가 있었다. 바다 쓰레기와 관련 있는 것 중에는 바닷가에 버려진 유리인 씨글라스로 만든 소품들이나, 해안가에 떠밀려온 유목, 철조물 등으로 만든 쉼터가 있었다.

고창만의 특별함

구시포에 대한 내용은 고창군청 누리집과 네이버 지식백과 사전을 활용했다. 전라북도 고창군 상하면 자룡리에 위치한 구시포 해수욕장은, 넓고도 작은 백사장이 경사지지 않게 넓게 펼쳐져 있다. 혼합갯벌로 물이 들어왔을 때는 흔히 떠올리는 바다의 모습을 보이지만, 빠지면 갯벌을 모습이 보인다. 또한 매우 단단해서 온전히 서 있을 수 있다. 이런 구시포의 특징을 넘어 고창을 바라보면, 고인돌, 읍성과 같은 역사유적이 많이 남아있고, 군 전체가 유네스코 생물권보전지역으로 선정될 만큼 습지와 저수지 등 아름답고 풍부한 자연환경을 가지고 있다.

깨끗한 고창 바다를 위해

고창의 바다와 해양쓰레기 문제를 다른 사람들에게는 어떻게 알릴 수 있을지와 해수욕장을 알리고, 살릴 수 있는 방안을 찾기 위해 실제 좋은 영향을 보여준 사례를 조사했다. 바다에 가는 이유 중 가장 큰 부분이 해수욕장에서 해수욕을 즐기기 위한 것이었다. 연령대별로 해수욕장을 찾는 이유를 조사했는데, 10~20대는 사진 찍는 포토존, 크고 예쁜 쾌적한 카페나 맛집 등이 있는 곳을 찾는다. 대부분 SNS 마케팅으로 인해 장소를 알게 되었다고 한다. 그 예로 유명 장소마다 그 장소 이름을 구조물로 만들어 사진을 찍을 수 있게 하는 것이 있었다. 30대는 가족 단위로 많이 찾고, 캠핑이나 드라이브를 즐기기 위해, 40~50대도 가족단위나 힐링, 산책 등을 즐기기 위해 해수욕장을 찾는다고 한다. 또 요즘은 코로나로 인해 해외를 가지 못해 해외 느낌이 나는 해수욕장이 인기 있다고 한다.

바다 위 쓰레기통은 어때?

서로 조사한 것을 나누고 자유롭게 아이디어를 주고받았다. 먼저 해양쓰레기 중 어업으로 인한 쓰레기를 잘 처리하기 위해 바다 위에 쓰레기통을 만들어보면 어떻겠냐는 의견이 나왔다. 혹은 쓰레기를 모아 가져가면 돈이나 보상을 주는 제도를 만들어보는 것도 좋겠다는 이야기도 나왔는데 쓰레기 처리 시스템이 소홀하기 때문에 그 시스템부터 바뀌어야 한다고 얘기했다.

아이디어는 막 던지는 거야 — 지나

실행까지 갈지는 장담할 수 없는 재미있는 아이디어를 막 내볼 수 있었던 것이 가장 기억에 남는다. 이것이 가능했던 이유는 팀원의 질 좋은 합도 있었겠지만 꼭 최상의 결과물을 내야만 하는 압박이 없었기 때문이지 않을까 싶다. 나의 평소 스타일이라면 어려웠을 테지만 최상의 결과물이 완성되지 않는 결과를 불편함으로 인식하는 것이 아닌 적극적인 변화를 수용하는 태도를 보이는 나와 조원을 보며 깜짝 놀랐다.

함께 이야기하며 솔루션 확장 — 리지

파트를 분배해서 자료조사를 하고 또 모아서 서로 대화를 하다 보니 새롭고 참신한 아이디어들이 많이 나왔던 것 같다. 그리고 아웃풋을 내지 않아도 된다는 생각에 현실적인 고민까지 가지 않아서 더 자유롭게 의견을 낼 수 있었던 것 같다. 많은 아이디어들이 나오다 보니 점점 좁혀졌던 우리의 솔루션이 다시 확장되는 경험을 할 수 있었다. 시간적 제약상, 우리 조는 여기까지 한 것에 만족하기로 했지만 며칠 사이에 프로젝트에 정든 나는 실제로 구현하고 싶은 욕심이 조금 생겼다.

서로의 생각을 아낌없이 나누기 — 나슬

조원들과 생각을 자유롭게 나누는 시간을 가지면서 나도 많은 생각을 할 수 있었다. 내가 평소 알고 있던 업사이클링에 관련된 플라스틱방앗간이나 '바라던 바다'라는 예능에서 본 것들을 나누고 다른 조원들의 생각을 들었다. 현실적으로 실행하는 방법이나 구체적인 예시를 생각하지는 않았지만 그래서 더 자유로운 생각을 할 수 있었고 신박하고 흥미로운 아이디어가 나온 것 같다.

함께 이야기하며 함께 성장하기 — 하싼

쓰레기 문제에 대한 아이디어는 대부분 장기 프로젝트에서 적용 가능하거나 실현 가능성이 낮은 것들이었다. 애초 로컬프로젝트의 취지가 짧은 기간 동안 고창의 지역 문제를 이해하고 솔루션 제시를 위한 경험이었고, 우리 팀의 목적도 대단한 솔루션을 가지고 그것을 실행에 옮기기보다는 문제를 분석하고 대략적인 솔루션을 구상 및 기획하는 것이었기에 크게 아쉬움이 남지는 않았다. 또한 개인적으로는 처음 만난 팀원들과 프로젝트 주제에 관해 의견을 나누고 서로의 의견에 대해 피드백할 수 있었다는 점에서 의미가 있었다고 생각한다.

고창 소작답 양도투쟁을 말하다

— **토지팀**, 윌리 카이 이밤 조이

프로젝트 배경이 된 내집마련 이슈와 땅에 집착하는 이유

최근 몇 년간 내 집 마련과 관련한 이슈가 화두다. 적어도 우리나라에서 땅은 소수에게 귀속되어 있는 부동자산이다. 이러한 맥락에서 위의 질문은 단지 땅의 소유권에 대한 의문은 아닐 것이다. 사람들은 땅을 얻기 위해 일생을 바쳐 노동하지만 그래도 나 하나 누울 공간 마련하기 힘든 것이 현실이다.

땅에 대한 사람들의 관점이 변화하기도 했다. 과거 농사를 짓던 시절의 땅은 만인의 목숨이 걸린 생존 수단이었다. 땅에서 수확한 작물은 일용할 식량이자 화폐가 되었고 그렇기에 땅을 소유하고 있지 않은 사람들은 당장 삶을 살아감에 있어서 많은 문제를 겪을 수밖에 없었다. 그러나 근대를 지나 현대 시대에서 땅이 가지는 의미는 조금 다르다. 소유하지 않았다고 한들 생명의 문제와 직결되지 않고 더 이상 작물을 수확하지도 않는다. 오히려 앞서 말했던 것처럼 부동자산으로서 그 역할을 톡톡히 하고 있다. 작물이 아닌 돈을 수확한달까. 다시 말해, 생사를 가르는 중요한 문제는 아니라는 것이다. 땅에 대한 관점이 이렇게 많이 변했지만 그럼에도 변하지 않은 한 가지가 있다.

'우리나라 사람들이 땅에 집착하는 이유'

우리의 프로젝트는 처음 던졌던 질문과 바로 위의 질문, 이렇게 두 가지 질문에서 시작된다. 그리고 이 질문들을 우리가 잠시 머물렀던 고창과 엮어 문제를 발견하고 솔루션을 도출하고자 했다. 그리고 다행히도 고창에는 사람과 땅이 관련된 아주 중요하지만 그 가치가 제대로 발굴되어 알려지지 않은 역사가 존재했다. 이번 장에서는 사람과 땅에 대한 과거, 현재 그리고 미래의 이야기를 풀어보려 한다.

한국인에게 땅이란? — 윌리

솔직히 주제가 정해졌을 때는 바다와 고인들은 눈에 보이는 주제들이라 조금 더 쉽고 재밌을 거라 생각했다. 하지만 그렇다고 아예 흥미가 없었던 것은 아니다. 땅에 대한 이야기를 정치와 경제, 그리고 자연의 관점에서 풀어내야 했던 그 상황 자체가 설레었던 것도 사실이다. 그저 5일 정도의 짧은 프로젝트가 시작된다는 것에 많은 기대가 있었다.

익숙하지 않은 사람들과의 새로운 여정을 시작하며 — 카이

다른 주제들보다 재미있을 것 같았다. 다른 주제보다 더 추상적으로 보이기에 우리의 생각대로 이야기를 풀어낼 수 있을 것 같았기 때문이다. 그리고 토지라는 주제와 함께 들은 이야기도 있어서 우리 주제가 쉽게 풀어나갈 수 있으리라 생각했다. 앞으로 5일간 익숙하지 않은 사람들과의 여정을 상상하며 기대했다.

생소한 주제, 토지 — 조이

토지라…. 레인서울에 와서 하는 첫 프로젝트, 그리고 처음 다뤄보는 주제, 그게 바로 '토지'였다. 평소 관심 없는 주제라 생각도 잘 안 해봤을 뿐더러 어떤 식으로 프로젝트를 진행해야 할지 감도 안 왔다. 그래도 다행히 토지에 대해 잘 아는 조원들 덕분에 프로젝트를 잘 이해하고 같이 진행할 수 있었다.

소작농-청년주거불안정의 연결점 — 이밤

"소작답양도투쟁을 현재 청년의 시선으로 봤을 때 어떤 생각이 드나요?"

박종훈 목사님의 질문이었다. 한 번도 생각해보지 않은 질문이기도 했다. 그래서 바로 대답하지 못했다. 목사님의 이야기가 이어지는 동안에도 그 질문은 머릿속을 떠나지 않았다. 그러다 한 가지 키워드가 떠올랐다. 주거문제. 요즘 관심을 가지고 있는 분야이기도 했다. 주거공간의 불안정성이 청년들에게 주는 영향은 생각보다 클지도 모르겠다고 새삼 느끼는 요즘이었다. 멀게만 느껴졌던 소작농의 역사가 이렇게 나와 직접적으로 연결될 수도 있구나. 나와의 연결점을 찾아내자 고창 땅의 역사가 조금 더 가깝게 느껴졌다. 과거와 현재 그리고 미래를 연결하는 것이 어떻게 가능할지에 대해 마음으로 이해한 순간이었다.

문제정의 "소작답 양도투쟁의 역사를 알리자"

우리는 맨 처음부터 어떤 것에 관심을 가지고 그것에 대해 프로젝트를 진행한 것은 아니었다. 처음에는 우리만의 방식으로 접근하기 위해 회의를 하며 다른 방법을 모색하기도 했지만, 고창 주민의 이야기를 듣고 방향을 결정하자는 결론이 나온 이후 여정의 방향이 지금의 방향으로 서서히 잡히기 시작했던 것 같다.

우리는 고창 주민의 이야기를 듣기 위해서, 고창의 주민이신 책마을해리 촌장님과 시간을 잡아 대화를 나누었다. 대화를 진행하며 현재 고창에 숨겨진 이야기와 그와 관련된 문제 상황과 구체적인 내용을 알 수 있었다. 그리고 촌장님과의 대화 이후 진행된 고창 소작답 양도투쟁 기념식을 통해 목사님과 인터뷰를 하며, 우리가 이곳 고창에서 해결해야 할 문제에 대해 윤곽을 잡을 수 있었다. 고창소작답 양도투쟁은 많은 가치와 여러 가지 교훈을 주지만, 아는 사람이 많지 않을 정도로 묻혀 있었다. 우리는 이런 현재 상황에 문제가 있다고 판단했다. 그래서 우리는 고창의 주민들과 대화를 하며 이 사건의 진가를 알아본 이방인으로서, 이 사건이 묻히지 않고 널리 퍼지는 걸 목표로 프로젝트를 진행하기로 하였다.

로컬프로젝트가 시작된 목요일 저녁, 우리 조는 이대건 촌장님과 직접 대화할 기회가 생겼다. 이틀 뒤인 토요일(9/11)에 소작답 양도투쟁과 관련된 행사가 있다는 소식과 이때 인터뷰 기회가 있기에 잘 활용하라는 조언을 들었다. 또한, 소작답 양도투쟁에 대한 전반적인 이야기를 하시며 당시 고려대 학생들의 도움이 있었다는 점과 삼양사에 대한 이야기하시며 삼양사 홍보부에 이런 역사적인 사실을 긍정적으로 인식시켜서 로컬프로젝트의 솔루션으로 삼으라는 힌트를 주셨다.

대망의 토요일, 오전에 행사가 끝나고 오후에는 이번 행사를 기획한 위원회 소속이신 박종훈 목사님과 인터뷰를 진행했다. 인터뷰를 진행하며 우리는 고창 소작답 양도투쟁에 대한 다각도적인 배경과 가치 등을 들었는데, 삼양사가 친일반민족행위자 명단에 들어간 친일기업가 '김연수'가 창립한 친일기업이란 사실과 이 투쟁이 제대로 전해지지 않는다는 사실이 놀라웠다.

특히 후자의 경우, 당사자인 농민들이 자식에게만 단순한 이야기 정도로만 묘사되어 그 가치가 후손들에게 제대로 전달되지 않고 있다는 점, 현재 많은 고창 땅들이 사연과 가치에 관심 없이 재산으로써만 전달되어가고 있다는 점, 아직까지 관심을 유지하고 있는 농민분들도 기념비나 기념관 같은 직관적인 결과물이 계속 지연되자 점점 더 관심을 잃어가는 점 등 여러 원인이 동시에 맞물려 있었다.

이런 중요한 사건이 그저 서서히 잊히고 있다는 사실을 알게 되며 우리는 이러한 양도투쟁의 이야기와 가치를 세상에 알리는 것이 우리가 해결해야 할 문제라는 걸 알게 되었다.

역사의 자본화, 우리가 풀어야 할 문제 — 윌리

문제정의를 하는 과정에서 꽤나 많은 시간을 할애했다. 애초에 무엇이 문제인지 찾는 과정에서 어려움을 겪었다. 고창에 소작답 양도투쟁 운동이 있다는 것은 알았지만 대체 어느 부분에서 문제가 생기는지 알 수가 없었다. 우리는 바다팀과 고인돌팀과는 다르게 보이지 않는 것을 따라가야 했기에 서로의 용어를 맞춰 정리하는 것부터 시작했다. 덕분에 나는 이후에 프로젝트를 전개함에 있어서 길을 잃지 않을 수 있었다고 생각한다.

다양한 의견과 생각을 들은 후 — 카이

우리는 어떤 것을 문제 삼아 해결할지를 선택하는 과정에서 굉장히 난감했고 힘들었다. 맨 처음 촌장님께서 해주신 이야기에 큰 비중을 두지 않고 우리가 정한 것을 문제 삼아 해결하려고 했기 때문이다. 하지만 그러다보니 우리가 무엇에 집중해야 하는지 헤매기 시작했다. 우리는 헤매기 시작한 시점에서 잠시 멈춰 다른 이들의 이야기를 듣자는 결론을 내렸다. 덕분에 촌장님의 힌트와 목사님과의 인터뷰를 통해 우리가 해결해야 할 문제를 알고 확신을 가지고 나아가며 문제를 해결할 수 있었다.

프로젝트의 방향성 선정에 난항 — 조이

프로젝트 진행 하루만에 결정적인 문제가 생겼다. 무엇이 문제인지, 이 문제를 어떻게 풀어가야할지 정하는 과정에서 우리는 흔들리기 시작했다. 고창을 주제로 삼고 고창의 토지 이야기를 풀어갈까, 토지를 주제로 삼고 한 가지의 예시로 고창에 이야기를 넣을까. 이 두 가지 중 한 개를 고르는 데 시간이 많이 걸렸던 것 같다.

모든 문제는 연결되어 있다 — 이밤

고창 땅의 역사를 단순히 삼양사와 소작농의 갈등이라고만 여겼던 생각은 목사님과의 대화를 통해 사방으로 갈라졌다. 고창의 역사는 생각보다 많은 이야기를 담고 있었고 그 이야기를 이해하지 않고서는 삼양사와 소작농에 대해서도 이해할 수 없었다. 삼양사가 친일과 깊은 연관이 있다는 것, 동학농민운동의 발상지이기에 삼양사를 상대로 이겨낼 수 있었다는 것, 하지만 정작 농민들은 그것의 가치를 제대로 알지도, 알려고 하지도 않는다는 것. 목사님과의 대화를 통해서 가장 크게 느낀 것은, 모든 문제는 서로 연결되어있고 시야를 넓게 보는 것이 정말 중요하다는 점이었다.

아이디에이션

첫째 날, 글의 개요 짜기

촌장님과의 줌으로 주제를 받은 후 존과 날로가 선정한 조원에 따라 조가 이루어졌는데 우리 조의 조원은 카이, 윌리, 이밤, 조이로 총 4명이었다. 공책을 펼치고 촌장님의 말씀을 다시 한 번 떠올려보았다. 촌장님께서 중요하게 언급했던 부분을 중심으로 떠오르는 단어들을 마구잡이로 적어보았다. 자연, 정치, 경제, 역사, 농업 등 다양한 이야기가 나왔다. 카이는 정치와 경제, 윌리는 가상공간, 밤은 자연과 농업, 조이는 역사에 관심을 두고 있었다. 정치와 관련해서는 토지개혁사업에 대해 이야기를 나누었고 그것에서 이어져 나와 농민과 농업에 대해서도 이야기를 나누었다. 가상공간이라는 단어에서 아이디어를 얻어 '메타버스'라는 가상세계를 중심으로 펼쳐질 미래의 새로운 영토에 대해서도 생각해보았고, 촌장님께서 언급하신 '땅의 주인은 누구인가'라는 키워드에서는 인간뿐만이 아닌 자연과도 영토를 잘 나눠 쓸 수 있는 방법에 대해서도 고민하게 되었다.

그렇게 떠오르는 생각들을 말하고 구체화하는 과정을 거친 뒤 글의 개요를 짰다. 당시엔 우리의 최종 목적이 글이라고 생각했기 때문에 모든 과정을 글을 중심으로 생각했다. 어떤 방식으로 글을 쓸지 의논했고, 결론은 농민 분들의 인터뷰를 중심에 두고 우리가 조사한 부분을 추가하는 방식으로 진행하기로 했다.

우리 조의 진행과정을 문서로 정리하는 과정에서 또 다른 문제를 맞닥뜨렸다. '영토'와 '로컬' 중 어느 것에 더 무게를 실을지에 대한 고민이다. '영토'에 집중을 하면 결국엔 고창뿐만이 아닌 모든 지역의 영토에 대해 이야기했고, '로컬'에 집중을 하면 나중엔 영토 자체보다 '고창의 농민과 농업'에 더 집중하게 되었다. 이에 대해 많은 대화가 오갔지만 결국 합의점을 찾지 못한 채 복잡함만을 가지고 진행과정을 발표하게 되었다.

둘째 날, 소셜다이닝

둘째 날에는 전날 촌장님께서 주신 힌트를 먼저 들여다보기로 했다. 우리는 이전에 있었던 촌장님과의 대화에서 '역사의 자본화'와 '감동을 판다'라는 말에 집중해 다시 회의를 시작했다. 그렇게 한참을 고민하다 조이의 아이패드에 적힌 단어 하나가 눈에 들어왔다.

'소셜다이닝 스케치 영상 편집하기'.

우리는 '고창의 역사를 음식에 담아보면 어떨까'라는 생각이 들었다. 어느 정도 방향을 잡은 다음 이 방향이 과연 타당한지에 대한 이야기를 나눴다. 이에 대한 우리의 생각은 다음과 같았다.

1. '소작답 양도투쟁 운동'은 그 자체로 이례적인 사례이기에 충분한 가치를 가진다.
2. 지금의 세대가 미래에 향유할 새로운 형태의 토지에서 이러한 문제를 겪지 않아야 한다.

여기까지 구체화를 한 뒤, 우리는 포스트잇으로 우리의 사업 목표가 무엇이고 어떤 메시지를 담고 싶은지 논의했다. 먼저 우리의 메시지에 대한 이야기다.

고창 땅의 역사

고창이라는 지역은 예로부터 역사적 사건이 몇 있었다. 우리에게 익숙한 역사적 사건이 있다면 바로 동학농민운동일 것이다. 고창은 동학운동의 발상지로 부정부패한 관리를 벌하기 위한 농민들의 분노가 녹아있는 곳이다. 그런 옛 농민들의 정신이 계승이라도 되었을까, 오랜 시간에 지난 후 고창의 농민은 또 다시 부정부패한 거대 기업으로부터 그들의 땅을 쟁취해냈다. 이러한 메시지를 담아야 하는 이유는 위에서도 말했듯이 역사는 분명 조금 다른 형태로 미래에 반복되기 때문이다. 그렇기 때문에 최대한 많은 사람에게 알려 이 같은 상황이 반복되는 것을 막고자 했다. 또한, 고창에서의 투쟁처럼 소작농이 대지주를 상대로 일으킨 투쟁에서 합의를 이끌어낸 경우는 전 세계적으로 드문 사례다.

자연과 인간의 상호작용

우리가 기획한 모델에서 자연, 고창의 청소년, 고창의 농민은 서로 상호작용하는 구조를 지닌다. 먼저 고창의 농민은 직접 재배한 친환경 식재료를 판매하면서 그 수익금을 받아갈 수 있고 고창의 청소년은 고창의 원자재가 음식이 되는 과정, 이 음식에 고창의 이야기가 담겨 판매되는 과정에 체인지메이커로서 참여할 수 있다. 여기서 체인지메이커라 정의한 이유는 땅의 분배에 대한 문제의식을 발견하고 소셜다이닝을 통해 알려 예방하고자 하는 액션이 포함되기 때문이다. 또한 자연은 청소년에게 깨끗한 고장을 제공할 수 있고 농부들의 친환경 농법으로 비교적 자연 착취를 지양한다면 훨씬 오랫동안, 지속 가능한 모습으로 남아 있으며 농민들과 함께할 수 있다.

이 정도 구체화가 진행되었을 때 더 명확하고 간결하게 우리의 프로젝트를 정의해야 하는 필요성을 느꼈다. 이에 우리는 엘리베이터 스피치를 이용해보기로 했다. 엘리베이터 스피치는 만약 엘리베이터에서 나에게 투자해줄 수 있는 사람을 만났을 때 엘리베이터가 올라가는 약 1분의 시간 동안 투자자를 설득하여 간결한 스피치를 말한다. 장점이 있다면 우리가 하고자 하는 무엇인지 정확히 알 수 있고 이 프로젝트를 남에게 설명하는 것을 가정하다 보니 나의 언어로 체화시킬 수 있다는 점이 있다. 그렇게 우리는 각자 약 5분의 시간동안 스피치 가이드를 참고하며 준비시간을 가졌고, 한 명씩 각자의 언어로 우리의 프로젝트를 설명했다.

하루닫기를 마치고 조이의 부모님과 미팅을 가졌다. 앞서 말했듯이 이러한 분야에서 경험이 많은 조이의 아버님 로이에게 소셜다이닝에 대한 아이디어를 얻고 우리가 주의해야 할 점 등을 물어보기 위함이었다. 로이는 음식에 스토리를 담아서 판매했던 사례와 힘들었던 점, 돈과 사회적 가치의 조화, 소작농의 하루를 어떻게 담아내면 좋을지, 그리고 마케팅 방법에 대한 이야기를 해주셨다. 로이와의 인터뷰를 마치고 우리는 우리의 비즈니스 모델을 돌아보며 다음 날 기념식에서 진행될 인터뷰 질문을 정리하는 시간을 가졌다.

셋째 날, 제34주년 심원해리 소작답양도 기념식

대망의 인터뷰 날이 밝았다! 우리 프로젝트에 핵심인 인터뷰를 하는 날이어서 지금까지 보냈던 이틀보다 설레었고 중요하다고 생각했다. 어제는 최대한 많은 질문을 뽑아내 목록별로 정리했다면 오늘은 어제 뽑은 질문을 구체적으로 나누고 틀을 짰다. 중요한 행사인만큼 사전준비도 철저하게 해야 해서 팀원 각각 역할을 맡았다. 윌리는 카메라를 맡아 행사를 사진으로 담았고 조이는 짐벌을 들고 영상으로 남겼다. 이밤은 행사 처음부터 끝까지 글로 기록을 했고 카이는 풀영상 촬영과 행사 전체적인 진행을 도와줬다.

11시가 가까워졌고 사람들은 하나둘씩 들어오기 시작해 50여 분 가까이 참석하셨다. 생각보다 많이 오셨다. 우리는 책마을해리 카페에서 모두 올 때까지 기다리다가 다 오셨을 때쯤 다 같이 '책숲시간의숲'으로 이동했다. 행사 장소이기도 했고 책마을해리 공간 중에 제일 큰 곳이었다. 책숲시간의숲에 다 들어가니 사람이 많다는 걸 또 한 번 느꼈다. 책숲시간의숲 공간도 크고 넓은데 그 공간이 이 많은 사람들로 꽉 찼다니…. 삼양사소작답양도투쟁이 작은 역사인 줄 알았는데 34년이나 지난 지금도 기억해주시는 분들이 많은 걸 보니 꽤나 큰 사건이었다는 게 느껴졌다.

11시, 드디어 행사 시간이 되었다. 책마을해리 이대건 촌장님이 사회를 보셨고 개회말씀, 농민의례로 행사를 시작했다. 평범한 축사, 내빈소개 등 오픈식이 끝났고 11시 30분, '심원해리 소작답양도투쟁 경과 나눔'을 진행했다. 사람들 몇몇이 나와 당시 자신의 이야기를 들려주셨고, 대학생 신분으로 시위에 참여했던 분도 오셔서 소감을 말해주셨다.

행사가 거의 다 끝났을 때 쯤 마지막 차례가 있었는데, 바로 '정미례 여사님과 참가자 합창'이었다. 당시 시위하며 불렀던 노래들을 정미례 여사님이 앞에 나오셔서 부르시고, 사람들이 합창으로 같이 불렀다.

정미례 여사님의 노래로 행사는 마무리되었다. 이제 다 같이 준비된 점심을 먹고 인터뷰만 잘 하면 오늘 할 일은 끝이 나는 거였다. 오전 내내 우리는 서 있으며 사진, 영상 찍고, 의자 정리하랴, 사람들 안내하랴 정신없이 보내 다들 지쳐 있었다. 그래서 점심이라도 먹으며 쉬자는 생각으로 점심을 먹었다. 열심히 다 먹고 치우고 인터뷰 세팅을 하던 중 인터뷰해야 하는 어르신들이 다 집으로 돌아가셨다. 너무 아쉬웠지만 더 아쉬워한다고 달라질 건 없었기에 우린 카페에 모여 인터뷰를 어떻게 해야 할 지에 대해 회의를 했다. 한창 회의를 하던 중 한 목사님을 만났다. 고창소작답양도투쟁기념위원회 박종훈 목사님이었다. 이 분도 소작농 양도투쟁 당시 계셨던 분이라 우린 이 분에게 말씀을 들었다.

박종훈 목사님과의 인터뷰 "인권과 자유에 대한 보편적 가치를 실천한"

박종훈 목사님에게서 자료를 수집하며 찾지 못한 양도투쟁의 배경과 진행 과정을 들을 수 있었다. 설명해주신 배경을 크게 나누자면 '곡창지대인 고창의 발달한 판소리 문화로 인한 비판적 사고와 동학의 수용', '전두환 대통령 집권 말기 단기적인 집회 단속 약화', '민주화 운동을 지지하는 시대적 분위기로 인한 다양한 계층에서의 도움' 총 세 가지가 있다.

하나하나 짚어내자면 먼저 고창은 우리나라의 곡창지대인 호남평야에 속하는 지역으로, 과거부터 많은 생산물을 통해 농민들이 농사 이외의 것들에 관심을 가질 수 있었고 현대 판소리의 형태를 정립한 신재효 같은 인물의 출생지일 정도로 판소리가 크게 발달하여 백성들의 비판적인 의식이 과거부터 쭉 이어져 왔다. 또한, 동학을 일찍이 수용하였고 1차 동학 농민 운동에 포함될 정도로 당시로써 꽤나 개방적이고 진보적인 분위기가 계속 있었다.

다른 배경적인 부분으로는 이 사건이 일어나는 1987년은 당시 대통령이었던 전두환 집권 말기 시기로 단기간 집회에 대한 단속이 약해졌던 기간이었기에 무사히 위원회를 결성하고 투쟁을 할 수 있었다고 언급하셨다. 마지막 배경인 다양한 계층에서의 도움이란, 단순히 농민들만이 자신들의 권리를 위해 들고일어난 것이 아니라 학생운동의 일환으로 참여했던 고려대 학생들과 농민들을 위해 참가한 가톨릭 농민회같이 여러 계층과 집단의 도움으로 성공한 민주화 운동의 사례임과 동시에 당시 시대적 분위기를 보여주는 사례임을 알려준다.

목사님은 인터뷰 중간중간 농민들의 양도투쟁에 대한 인식 부재를 우리에게 언급하셨는데, 지역인인 농민들은 당시에 자신들의 권리를 되찾고 거기서 이 사건에 대한 관심이 식어서 이후 세대에 이 사건에의 정신적·역사적 가치가 알려지지 못하고 심지어 이 사건에 대한 이야기 그 자체마저도 전승되지 못하고 있는 현실과 농민들에 대한 안타까움과 잊혀지고 있는 역사를 알리려는 소망을 내비치셨다.

솔루션

삼양사와의 접점

고창 소작답 양도 투쟁에서 빠질 수 없는 쪽이 바로 당시 대지주 삼양사다. 그들은 오랜 시간 동안 고창의 땅을 가지고 있었고 결국 협상 끝에 농민들에게 땅을 양도해주었다. 여기까지가 우리가 알리고자 했던 고창의 역사다. 그렇다면 삼양사는 당시 협상에 대해 어떻게 생각하고 있을까? 이에 대한 이야기를 우리는 촌장님을 통해 들을 수 있었다. 결론부터 말하자면 삼양사는 당시의 협상을 부정적으로 바라보고 있다. '패배'라는 표현이 적절한 것 같다. 대지주로서 땅을 소작농들에게 양도했으니 좋지 않은 감정이 드는 것도 당연하지 않은가. 하지만 이는 굉장히 근시안적 접근이라는 것이 촌장님의 힌트였다. 요즘 모든 기업들에게 동시에 적용되는 기준이 있다면 바로 '사회적 책임'일 것이다. 더 이상 이윤추구에서 그치는 것이 아니라 그 과정에 있어서 사회에 환원할 수 있는 무언가를 창출해내야 하는 의무가 생긴 것이다. 그것은 자원의 형태일 수도 있고, 가치 또는 메시지의 형태가 될 수도 있다. 이러한 맥락에서 볼 때 우리는 삼양사가 과거 소작답 양토 투쟁 운동을 더 이상 숨길 필요가 없다고 생각했다. 그들이 이 협상을 바라보는 시각을 조금만 바꾼다면 사회적 책임이라는 말을 쓰기 훨씬 이전, 1980년대부터 그 가치를 실현한 기업이 되기 때문이다.

하지만 과거의 모습을 담담하게 받아들이고 고창과의 관계를 긍정적으로 발전시킨다면 삼양사의 사례는 '부정적인 과거를 극복하고 더 나은 가치를 만들어가는 기업'의 이미지도 가질 수 있으리라 생각한다. 정리하자면, 당시의 기억을 담담하게 받아들이면서 사회적기업으로서의 마케팅 자원으로 활용할 수 있다는 것이다.

이러한 맥락에서 우리의 소셜다이닝과 접점을 찾을 수 있었다. 삼양사 홈페이지에 방문하면 어렵지 않게 '사회공헌'이라는 탭을 발견할 수 있다. 우리가 소셜다이닝 사업을 통해 고창의 역사를 널리 알리고자 하는 움직임을 계속해서 이어온다면, 그 시간들이 충분히 축적되었을 때 삼양사에 건의를 해볼 수 있지 않을까 싶은 생각이 들었다. 우리가 고창의 역사를 자본화시켜 비즈니스 모델에 적용한 것처럼 삼양사도 이 같은 사례를 자본화시켜 마케팅에 활용하는 방법을 제안하는 것이다. 이러한 마케팅 솔루션은 그렇지 않아도 사회적 가치를 강조하는 요즘 사회에서 어쩌면 좋은 결과가 나올 수 있지 않을까 생각한다. 이 같은 활동의 목적은 '고창 소작답 양도 투쟁 운동'이라는 역사를 역사적 선례로 남기고 앞으로 우리에게 닥칠 새로운 형태의 '영토'에서 이 같은 일이 반복되지 않아야 한다는 메시지를 전하기 위함이다.

아이러니하게도 삼양사의 홈페이지에서 '메타버스'에 대해 소개하는 글을 찾을 수 있었다. 메타버스란 Meta와 Universe의 합성어로 현실이 아닌 가상의 공간을 의미한다. 현실과는 분명 다르지만, 현실에서 할 수 있는 활동을 똑같이 할 수 있다는 점이 특징인데, 요즘 메타버스에서 인기있는 주제는 단연 '가상 부동산'이다. 어스2라는 프로그램에서 이뤄지는 가상 부동산은 지구를 똑같은 크기로 복사하여 10x10m 단위로 땅을 구매할 수 있다. 해당 프로그램에서 오가는 액수의 크기는 이미 수백억을 넘나들고 있고, 한국인이 113억으로 전세계인들 중 가장 많은 가상 부동산 거래를 하고 있다는 점이다. 이 같은 맥락에서 과거 삼양사의 독점과 같은 일이 벌어지지 않을 거라는 보장이 없다.

그렇다면 메타버스에서 이러한 일이 일어나는 것 역시 문제라고 생각한다. 앞으로를 살아갈 세대는 현실의 세계 못지않게 가상 세계를 향유할 세대다. 이미 가상 현실에서는 자신의 아바타를 꾸미기 위한 시장이 형성되어 있다. 현실에서는 너무 비싸서 사지 못하는 것들을 비교적 저렴한 가격에 구입할 수 있으니 그 인기가 날로 치솟고 있다. 때문에 가상 부동산 문제도 가볍게 볼 문제는 아니라고 생각한다. 그리고 이 같은 메시지를 가장 효과적으로 전달할 수 있는 매개가 이전 시대에 토지 문제를 겪었던 고창의 역사고, 이에 힘을 실어줄 수 있는 것이 삼양사라 생각한다.

소셜다이닝

'우리가 만약 소셜다이닝 활동을 전개했다면?' 하는 상상을 통해 새롭게 꾸며낸 이야기이다.

복분자 수확이 한창이던 무더운 여름날, 목청이 크신 한 어르신께서 지금부터 잠시 새참시간을 가지겠다고 통보하셨다. 우리는 하던 일을 멈추고 옥수수가 담긴 바구니 앞으로 모여 앉았다. 땀을 뻘뻘 흘리며 옥수수를 뜯어 먹던 한 할머님께서 갑자기 내 어깨를 툭툭 건드렸다.

"사진, 저번에 그 사진 보여줘봐."

"사진이요?"

한참 생각하다가 지난번에 보여드린 사진이 떠올라 휴대폰을 꺼내 다시 보여드렸다. 사진 속 카페의 진열대에는 할머님의 웃는 얼굴이 그려진 복분자청이 가득 채워져 있었다. 할머님은 사진을 보더니 이 사진이 맞다며 손녀가 요새 유명한 상품에 할머니의 얼굴이 그려져 있어서 깜짝 놀랐다는 얘기를 해주었다고, 고맙다고 말하며 옥수수를 한 개 더 쥐어 주셨다. 귀찮아만 하시던 보통 때와는 다른 모습에 조금의 놀라움과 뿌듯함이 느껴졌다. 비록 이 일의 가치를 온전히 이해하고 계시는 것 같지는 않았지만, 그녀만의 방식으로 조금씩 마음을 열고 있는 듯했다.

농민분들과의 만남을 뒤로하고 다시 카페로 향했다. 우리가 판매하는 복분자청에는 몇 명의 농민분들의 캐리커처가 그려져 있다. 그리고 고창 소작농양도투쟁과 관련된 여러 이야기가 쓰인 종이가 매달려있다. 고창의 농민이 직접 수확한 복분자로 담근 청에 고창의 농민과 땅에 대한 이야기를 담아 판매하는 것이다. 그러니 우리의 복분자청을 구매하기 위해 찾아오는 사람들은 복분자청의 가치와 동시에 복분자청을 만들어낸 이들의 이야기 속 사회적 가치를 찾아오는 것이기도 하다. 그에 더해서 모든 복분자는 친환경적인 방식으로 재배되고 있기에 자연에게도 더욱 이로운 일이다.

내일은 아이들을 대상으로 하는 쿠킹클래스가 열리는 날이다. 아이들은 고창의 농민들이 친환경적으로 재배한 복분자로 청을 담그면서 단순하게는 재미를 느낄 수 있고, 농민과 자연과 연결되어 볼 수도 있으며 땅에 대한 의미를 다시 한 번 새기고 생각해보는 시간을 가질 수도 있다. 이 활동의 취지는 아이들에게 어려운 역사를 쉽게 알려주기 위한 것이었다. 하지만 최근 들어 고민이 생겼는데, 아이들이 청을 담그는 건 즐거워하지만 그 후 고창의 역사를 들려주는 시간은 지루해하는 것이다. 어떻게 하면 아이들에게 즐겁게 역사를 알려줄 수 있을까. 조금 더 고민을 해봐야 할 것 같다.

카페를 드나들던 손님들이 점점 줄어들고 이제 마감시간이 되었다. 반쯤 얼이 빠져 허공을 바라보는데 카이가 슬며시 제안했다. 우리 복분자청 마실까? 나는 카이 쪽으로 고개를 돌리며 좋다고 말했고 조이와 윌리는 컵과 숟가락을 챙겼다. 카이는 반쯤 남은 복분자청을 꺼내 뚜껑을 열었고 나는 조이를 도와 컵을 마저 옮겼다. 카이는 윌리에게 넘겨받은 숟가락으로 복분자청을 듬뿍 퍼 올려 컵에 옮겨 담았다. 그때 진득한 청이 탁자 위에 한 방울 떨어졌다. 한숨을 쉬며 휴지를 찾는 카이를 바라보던 윌리가 말했다. "우리 잘 되려나보다." 조이는 맞장구를 치며 웃었고 카이는 멋쩍게 웃으며 청을 닦아냈다. 물과 얼음을 동동 띄운 복분자청은 하루의 수고를 모두 잊게 해줄 만큼 시원하고 달달했다. "건배!" 나는 그들을 향해 컵을 들어 올리며 외쳤고 곧 투명한 유리 소리가 카페 안을 가득 채웠다.

잊을 수 없는 첫 프로젝트, 끝! — 윌리

비록 프로젝트 자체는 5일 동안 진행되었고 그 이상 진행하지 않기로 했지만 여전히 많은 아쉬움과 미련이 남는 것이 사실이다. 그래도 끝까지 의미있는 솔루션을 만들어보려 했고 그 과정에서 이탈한 팀원 없이 함께했다는 것도 긍정적인 부분이었던 것 같다. 고창에서의 프로젝트는 끝났지만, 이 과정에서 배운 많은 인사이트를 기억하며 앞으로의 도전에 적용해보고 싶다. 이러한 맥락에서 우리는 뛰어난 발전을 하지는 못 했지만 정말 조금이라도 전진했다고 생각한다. 고창은 우리에게 잊을 수 없는 첫 프로젝트를 안겨주었다.

이번은 솔루션 도출에서 끝났지만⋯ — 카이

5일간의 여정과 이후 추가적으로 만난 시간을 통해 우리는 양도 투쟁과 관련된 이야기를 알리는 솔루션을 도출했다. 5일 정도 되는 짧다면 짧은 시간 동안 어색했던 사람들과 이렇게 당당히 결과를 만들었다는 점에서 매우 의미있고 인상깊은 경험이었다. 이번 프로젝트 과정에서 아직 이러한 일이 익숙하지 않아 일어난 여러 가지 문제점들을 파악하고 다음에는 되풀이되지 않도록 훈련해야겠다.

토지팀 네 명의 성장스토리 — 조이

프로젝트 마지막 날, 지난 5일을 돌아보니 꼭 한 편의 책을 읽은 것만 같았다. 줄거리는 바로 네 명의 주인공의 성장과정. 처음에는 서로 어색했지만, 차츰 대화하며 친해지고, 같은 목적을 가지고 같은 방향으로 함께 달려나가는 이야기다. 프로젝트는 처음에 했던 걱정과는 달리 잘 마무리하게 되었다. 한편으론 되게 막막했던 주제였는데 조원들 덕분에 잘 한 것 같아 정말 고맙다. 이번 프로젝트를 하며 제일 좋았던 건 프로젝트 진행 과정과 결과가 아닌 조원들과 함께 보냈던 시간인 것 같다. 그리고 첫 프로젝트인 만큼 좋은 기억으로 남았으면 하는 바람이 이뤄져 너무 좋았다. 짧은 5일도 이렇게 재밌는데 앞으로의 4년은 얼마나 더 재미있을까, 앞으로의 4년이 너무 기대된다.

무언가 해내고 바꿀 수 있는 — 이밤

솔루션을 떠올리는 과정은 대체적으로 설레었다. 우리가 무언가 해내고 바꿀 수 있을 것 같단 느낌을 계속해서 받았다. 한 가지 고민이 있었다면 서로 대립되는 삼양사와 농민들의 입장을 어떻게 동시에 이해할지에 대한 것이었다. 그리고 그 고민은 말끔히 해결되지 않은 채 아직까지 이어지고 있고 아마 그렇게 딱 잘라 해결될 수 있을 만한 고민이 아닐 거라는 생각이 든다. 비록 솔루션을 실현하지는 못했지만, 그것을 구상하고 구체화하는 과정에서 정말 많은 것들을 배웠다는 확신이 든다.

편집후기

책을 편집하기 위해 처음으로 다른 레이너들의 글을 읽었을 때가 생각난다. 비록 정돈된 언어는 아니었지만, 그 안에는 레이너들 한 명 한 명의 감각, 생각, 행동이 담겨 있었다. 내가 미처 느끼지 못한 시간이 담겨 있었다. 그들의 시간을 읽으며 내가 경험한 시간을 초월하는 것을 느꼈다. 아, 나는 지금까지 책마을해리의 단면에서 걷고 있었구나. 나에게 이 책을 만드는 일은 해리에서 레이너들이 경험한 시간의 단면을 차곡차곡 쌓아 온전한 우리의 시간으로 조립하는 일이었다. 이 책을 읽는 사람들이 그렇게 만들어진 '또,라이즈'의 시간에 빠져들어 자유롭게 헤엄칠 수 있기를 바란다. — 션

레이너들이 쓴 글을 책으로 내는 걸 돕는 출판팀을 뽑는다는 얘기를 들었을 때부터 관심이 갔다. 예전부터 책을 읽는 것을 좋아했고 '언젠가는 책을 써볼 수 있지 않을까?'라는 생각을 가지고는 있었지만, 너무 막연한 이야기였다. 책마을해리에서 저자 계약을 하고 글을 쓰며 내 글이 담길 책의 모습이 너무 궁금했다. 물론 온전한 나만의 글이 담긴 책은 아니지만 앞으로 나와 4년을 함께할 사람들이 쓴 이야기가 담긴 책을 출판하는 것에 조금이라도 도움이 될 수 있어 기쁘고 완성되어 나올 이 책이 무척이나 기대된다. — 나슬

정말 좋은 기회일 거란 생각이 들었다. 출판 일을 하시는 부모님과 같은 집에 살면서 보고 듣고 도운 것이 많지만 직접 출판의 전 과정을 책임져본 적은 없었다. 출판팀에 들고 난 후 회의가 길어지거나 할 일이 차곡차곡 쌓일 때면 솔직히 힘들기도 했다. 여러 명의 글을 모아 매끄럽게 만드는 것 또한 생각보다 쉽지 않은 일이었다. 하지만 열다섯 명이 다 함께 글을 써내고 그렇게 모인 글을 보니 생각보다 다양하고 재미있는 이야기들이 쌓인 것 같아 뿌듯했다. 이 글들이 정말 책으로 나와 내 눈앞에 펼쳐질 날이 기대된다. 완성된 책을 들고 엄지손가락으로 책의 앞표지부터 마지막장까지 쭈우욱 훑는 상상을 해본다. — 이밤

처음 출판팀을 시작한 이유는 두 가지였다. 하나는 모든 레이너들의 글을 읽어볼 수 있다는 것이었고, 두 번째는 이전부터 하고 있는 독서 관련 프로젝트에 도움이 될 것이라는 생각에서였다. 글을 쓰고, 편집하는 기간 동안 모종의 이유로 독서 관련 프로젝트는 그만두게 되었지만, 글을 마무리하며 돌아보니 모든 레이너들의 글을 읽을 수 있었던 것만으로 보상은 충분하다는 생각이다. 출판팀으로 참여하면서 얻게 된 또 하나의 보상은 '레이너들을 위해 쏟은 시간 그 자체'이다. 본문에서도 이야기하지만, 『어린왕자』에 나오는 여우는 "네 장미를 소중하게 만드는 것은 바로 네가 장미를 위해 쏟은 시간이야"라고 말한다. 나에게는 이 일이 이들에게 시간을 쏟을 수 있도록 만들어졌던 것 같다. 지나친 의미부여일 수 있겠지만, 이것은 앞으로 함께할 오랜 시간 동안 내가 갖고자 하는 다짐이기도 하다. — 하싼

함께 쓴 이들

하싼

무엇이 옳은 것인지 알고, 옳다고 생각하는 대로 살 수 있는 사람이 되는 것이 꿈이다. 그렇지만 내 삶이 단지 의미 있는 것으로만 남기보다 세상을 바꾸는 데 영향을 줄 수 있는 삶이 되기를 바란다. 이를 위해 스타트업에 도전하고 있으며, 장기적으로는 세상에 영향을 줄 수 있는 위대한 기업가가 되는 것이 목표이고, 단기적으로는 10년 안에 기업가치 1조의 회사를 설립하는 것이 목표이다. 초중고를 대안학교에서 졸업했고, 고등학생 시절 비즈니스와 스타트업에 관심을 가지게 되었다. 학교를 졸업한 후에는 스타트업의 꿈을 가지고 창업 관련 프로그램에 참여하며 스타트업 필드를 전전하였다. 그러던 중 아산나눔재단의 글로벌 팀 창업 프로그램 아산상회에 참여하게 되었고, 이곳에서 MTA를 알게 되어 입학하게 되었다.

나슬

자기다운 걸음으로 걷고 싶은 청소년에게 쉼을 알게 해주는 '꽃다운 친구들'이라는 청소년 갭이어 프로그램을 알게 되어 열일곱 살 때 1년간 하고 싶은 걸 하며 방학을 누렸다. 사람마다 세상의 길을 걷는 속도가 다르고 다른 사람들이 일반적으로 가는 길을 가야 할 필요도 없다는 것을 깨닫게 되는 시간이었다. 그저 일반 고등학교를 진학해 대학교에 가는 것만이 길이 아니며 무궁무진한 길을 찾아가면 된다는 것을 배웠다. 부모님의 아낌없는 지원과 신뢰로 학교 밖 청소년으로 자신이 하고 싶은 걸 다 하고 행복하고도 아픈 그러나 후회 없는 시간을 보냈다. 그 과정을 거치며 MTA 레인서울에 들어오게 되었다. LEINN을 통해 조금 더 단단하고 나의 길을 주체적으로 이끌어 갈 수 있는 사람이 되고자 한다.

지나

2002년 3월 부산 출생. 포스트잇, 유성매직, 노트북, 열정, 퍼실리테이션, 회의, 나의 진짜 동료를 사랑하는 사람. 그리고 재미있고, 조금 더 논리적인 사람이 되기 위해 노력 중. 매일을 분 단위로 열심히 살아가는 아빠와, 단 한순간의 열정도 놓을 수 없는 엄마 아래에서 자랐다. 초등학교, 중학교를 경남에서 보내고, 고등학교 때부터는 더 나은 경험을 위해 부모와 몸은 떨어졌지만 따뜻한 열정러인 외숙모와 유쾌한 외삼촌과 함께 살며 더 밝은 사람으로 살아가는 중이다.

과거에는 굉장히 이성적이고 논리적인 사람이었으며, 매번 새롭고 다양한 분야를 경험하고 다 잘하고 싶어했다. 그것만이 나의 차별점이라 생각해, 매 순간 온몸을 불태우던 사람이었다. 이렇게 나만 생각하는 사람인 줄 알았으나, 나를 돌보지 않아 상처와 흉터가 가득한 삶을 보내었다.

다행히도, 이우고등학교에 입학하고 나서는 열정적이고 도전하기 위해 노력하는 선생님과 보듬어 주고 함께하는 친구들 속에서 진정한 배움과 나를 만났고, 신기한 동네인 용인 수지 동천동 마을 사람들에게서 다양한 삶의 태도를 경험했다. 이 속에서, 가장 존경하는 최송일 선생님을 우연히 뵙게 되어 퍼실리테이션과 비폭력대화를 배우며, '사회혁신'과 '좋은 대화'를 삶의 모토로 삼게 된 인생의 전환점을 가지게 되었다.

꿈에 다가가기 위한 걸음으로 마을배움공동체 '공공'에서 마을청년교사를 했고, 가끔은 강연이나 워크숍 운영을 맡기도 했다. 전진하기 위한 다음 목표점을 찾아가던 중, 내 마음을 떨리게 한 스페인 몬드라곤대학을 발견하게 되어, 현재 레인서울의 2기로서 생활 중이다. 나의 마음을 두드리는 그 모든 것에 관심이 있어, 나의 앞을 쉽게 예측할 수는 없지만 열정을 다해 즐겁게 삶을 살아가고자 한다. 또 타인을 사랑하고, 사회를 따뜻하게 하는 미온수가 되기 위해 차가웠던 냉수에 뜨거운 온수를 더 해가고 있는 사람이 되고자 한다.

윌리

지금까지의 나의 인생은 우연의 연속이었다. 우연히 교육을 공부하게 되면서 앞으로를 살아갈 후대에게 적합한 교육방식에 대한 고민을 2년간 이어왔다. 그러다 우연히 레인을 알게 되었고 절대 레인이 정답이라 생각하지는 않지만 내가 경험하고 본 교육 중에서 가장 이상에 가깝다고 생각해 들어오게 되었다. 무엇보다 기업과 학교를 결합한 형태라는 점에서 이론적인 공부만 하지 않겠다는 생각에 지원하게 되었다.

이런 나도 대입에 대한 불안감이 있었다. 나는 한국의 대입 경쟁에 뛰어들 생각이 없었다. 그렇기 때문에 그 불안감을 잊기 위해 다른 방면으로 남들보다 더 바쁘게, 더 치열하게 노력했다. 내가 필요로 하는 것들을 학습하기 시작했고 학습이 끝난 뒤에는 나의 것으로 체화하는 과정도 잊지 않았다. 이러한 시간의 축적이 나를 레인으로 이끌지 않았나 생각한다.

나를 죽지 않게 하는 모든 것은 나를 강하게 한다고 생각한다. 때문에 설령 나를 힘들게 하는 무엇이 있더라도 되도록이면 모든 것에서 배울 점과 인사이트를 찾아내려 노력하는 편이다. 교육에 많은 관심이 있고 교육만이 모든 문제를 해결할 수 있는 힘을 가지고 있다고 생각한다. 교육자와 기업가가 결합된 에듀프러너를 이상적인 모델로 생각하고 10년 안에 에듀프러너로서 영향력 있는 교육사업을 펼치는 것이 꿈이다.

이밤

화장실에서 손을 씻다 문득 나는 동물을 위해 태어났다고 생각한 날을 기억한다. 인간으로서, 수많은 인간을 대신해 동물들의 고통을 책임져야겠다는, 어쩌면 건방질지도 모르는 생각을 처음으로 했던 날. 그날의 기억은 꽤나 자주, 예고는 없이 나를 찾아온다. 사람이 태어나는 데 이유 따위 없다고 믿는 나지만 그럼에도, 이미 세상에 놓인 이상 내 삶의 방향을 동물을 향해 놓아야겠다고 다짐한 순간이었다. 그렇게 나는 동물들과 끊임없는 인연을, 또 악연을 만들며 여러 길을 거쳤다.

일반 초·중학교를 나와 고등학교 2학년 때 자퇴한 후, '로드스꼴라'라는 대안학교에 입학했다. 그곳에서 동물뿐만이 아닌 다른 많은 존재들이 소리 없이 고통받고 있다는 사실을 배웠고, 그것은 바로 나의 이야기이기도 하다는 사실을 알게 되었다. 그렇게 나의 눈과 귀는 소수자들을 보고 듣는 눈과 귀로 변해갔고, 소리 없는, 쉽게 이해받지 못하는 그들을 위해 더욱 예민하고 요상해지기도 했다.

여전히 동물을 먹고, 마시고, 입고, 바르며 그들에게 고통을 주고 있지만 이제는 내가 할 수 있는 한 고통을 줄이며 살아보기로 했다. 그리고 이것이 내가 여기, 레인에 와 있는 이유이기도 하다. 세상의 고통은, 적어도 내가 살아 있는 동안에는 사라질 수 없다. 내가 바라는 것은 고통을, 특히 동물들의 고통을 가능한 줄이는 것이다. 이런 나와 같은 마음을 가진 이들과 연대하고 더 나아가서 함께 사업을 하며 더욱 많은 이들을 불러 모으고자 레인에 입학했다.

제나

본명은 임희진, 별명은 제나입니다. 저를 소개할 때면 그림과 디자인, 이 두 가지를 빼놓을 수 없었습니다. 지금까지 사랑하고 쭉 달려온 길이었으니까요.

제가 이 길을 갈 수 있었던 건, 열일곱 살에 입학한 거꾸로캠퍼스라는 대안학교 덕분이었습니다. 학교는 저의 좁은 시야를 넓혀주었고, 다양한 친구들과 팀 프로젝트를 진행하며 값진 경험을 주었습니다. 그리고 제가 배우고 싶었던 분야의 수업을 들으며 디자이너라는 구체적인 꿈을 찾을 수 있었습니다.

처음엔 이 꿈을 이루기 위해 일반 대학교의 디자인과를 가려고 했습니다. 하지만 시험 준비를 하면서 틀 안을 맴도는 특별함이 없는 생각을 하는 사람이 되어가고 있었습니다. 이 시기에 디자인에 대한 열정이 식어갔고 나에게 맞는 다른 길이 있지 않을까? 하는 막연한 생각이 들었습니다. 그리고 힘들었지만 즐겁고 자유로웠던 대안학교 시절을 회상하게 되었고, 선배의 추천으로 레인서울을 알게 되었습니다.

수많은 경험들을 쌓으며 이전과는 다른 모습으로 살아가기 위해, 새로운 길을 찾기 위해 레인서울 2기로 함께하게 되었습니다. 초창기 레이너로서 앞으로 항상 도전하고, 열심히 해내며 저 자신을 찾아가고 싶습니다.

제이

나를 둘러싼 모든 것들에 관심이 많고, 새로운 경험과 배움을 찾아 떠나는 것을 즐깁니다. 모교인 이우학교에서 6년 동안 더불어 사는 삶에 대해 배웠고, 동시에 나 자신에 대한 끊임없는 질문과 실험을 해왔습니다. 그렇게 알게 된 '나'가 진정으로 가슴 뛰는 일을 하기 위해 MTA LEINN Seoul에 입학했고, 지금까지 배운 것을 적용함과 동시에 또 새롭게 배울 준비를 하고 있습니다. 내게 주어진 모든 기회들에 감사하는 마음을 잊지 않으려 하며, 장차 내가 받고 누린 모든 걸 나눌 수 있는 큰 사람이 되는 것이 내가 열심히 살아가는 이유입니다.

다니엘

2003년 11월에 태어났다. 나는 '세상을 품은 아이들'이라는 비영리단체에서 MTA를 처음 알게 되었다. 하고 싶은 것을 하고 도전하는 MTA 프로그램 자체가 너무 나와 잘 맞았다. 나 스스로 무언가에 얽매이지 않고 해방되어 있는 삶을 추구한다. 구속되어있지 않은 자유로운 삶, 내가 추구하는 삶을 위해 계속 도전할 것이고 포기하지 않을 것이다.

그러기 위해 레인서울에 들어왔다.

카이

저는 대부분의 사람들이 거쳐온 공립 초·중·고등학교의 무난한 길을 걸어왔습니다. 그런 중에 한국 교육의 장단점을 생각하고 나의 미래를 위해 가던 걸음을 멈춰 섰습니다. 스스로에게 여러 가지 질문을 던지며 지금까지와는 다른 선택지들을 찾게 되고 앞으로 나아갈 길을 고민했습니다. 고민 끝에 저는 지금까지와는 다른 길인 레인서울을 선택했습니다. 미래를 살아갈 능력을 갖추기 위해 살아 있는 배움과 훈련의 장이라고 생각했기 때문입니다.

현재는 이전과 다른 새로운 길을, 나와는 낯선 방식으로 살아온 이들과 함께하고 있습니다. 이곳에서 나만의 정체성을 깨닫고 삶의 방향을 찾아 그에 맞는 전문성을 갖추어 미래에 경제적으로 안정된 삶과 의미있는 삶을 살고자 합니다. 또한, 우리가 살아가는 사회를 둘러보며 더 나은 세상을 만들어가기 위해 시행착오를 거치며 사회에 긍정적인 영향력을 주고자 합니다.

루시아

사람을 살리며 사는 것이 꿈인 평범한 02년생 여자이다. 건축으로 사람을 살리고 싶어서 2년 동안 건축학과를 준비하다가 지금 당장 하고 싶은 것이 건축이 아님을 깨닫고 다양한 경험을 즐기기 위해 레인서울 2기에 들어왔다. 현재는 전 세계 요보호아동들을 위한 사회적기업을 설립하는 것을 목표로 갖고 있지만 주목적인 '사람을 살리는 일'이라면 무엇이든지 할 의향이 있기 때문에 꼭 '요보호아동'에만 시선을 두지 않으려 하므로 목표는 또 바뀔 수 있다.

원래는 뭐든지 잘하려고 노력하는 완벽주의자였지만 살면서 완벽하게 살기보다 완성하며 사는 것이 중요한 것을 깨닫고 결과에 집중하기보다 과정을 중요시하고 과정 자체를 즐기며 살기로 결심했다. 이 책에 실린 '루시아'의 글도 적당히 신경 쓰고 많이 즐기며 쓴 글이다.

지금 이 글을 읽고 있는 사람들도 앞으로 읽을 이 책의 글을 당신만의 방법으로 즐기며 읽어주기를 바란다.

조이

흔히 말하는 평범하지 않은 삶, 그런 삶을 살아왔습니다.

태어났을 때부터 초등학교 2학년까지 홈스쿨링을 했고, 초등학교 3학년, 학교라는 걸 처음 가보게 됩니다. 처음 접하는 무언가를 두려워하지 않고 좋아하는 편이라 잘 적응하고 재밌게 다녔습니다. 중학교 1학년, 앞으로 내 삶의 방향성에 대해 생각한 뒤 중학교 입학을 안 하기로 결정했습니다. 그리곤 그해 8월, 검정고시를 봐 중학교 학력을 취득한 뒤 과테말라로 어학연수를 가게 됩니다. 과테말라에서 새로운 사람들을 만나고 또 배우며 성장했습니다. 즐거웠던 외국생활을 끝내고 한국에 돌아와 '나'를 위한 삶을 시작합니다. 내가 좋아하는 것, 잘하는 건 무엇일까를 생각하다 최대한 많은 것을 경험해보자 해서 배울 수 있는 모든 것을 배우기 시작합니다. 오케스트라, 플룻 앙상블, 기타 앙상블, 합창단 등 공동체 생활을 하며 배웠고, 자수, 뜨개질, 바느질, 그림, 공예, 가죽공예, 도예, 제과제빵 등 손으로 할 수 있는 것도 많이 익혔습니다. 그 외 스킨스쿠버 자격증, 특허 출원 및 특허권

취득, 사업아이디어 공모전, 영화 공모전, 음악 경연 대회 등 여러 가지 대회에 나가 많은 경험을 쌓았습니다. 또한 알바, 백화점 팝업스토어 매장 총 책임자 활동 경험을 통해 고객과 소통하며 마케터의 시선을 길러낼 수 있었습니다. 고등학교 2학년, 고등학교졸업 검정고시를 통과 후 새로운 경험과 도전을 하기 위해 MTA 레인서울 2기로 들어와 팀프러너가 되기 위한 도전을 하고 있습니다.

션

나에게는 종종 결심의 시기가 온다. 주로 연초에 찾아오는 이 시기에는 '이번에는 꼭 해낼 거야'라는 근거 없는 자신감이 내 안에 충만해지고 먼지 쌓인 기억 속에서 과거의 내가 실패했던 계획, 하려고 마음만 먹고 실행하지 못한 계획들을 꺼내오게 된다. 대부분의 시도는 오래 불타지 못하고 꺼지는 작은 불씨 같지만 결과와 관계없이 이 시기는 내 안의 불씨, 열망을 확인하고 빠르게 도전하여 숨을 불어넣는 소중한 시간이다.

책마을해리에서 지내면서 나는 결심의 시기에 살았다. 매일 저녁 나의 하루를 되돌아보며 마음 깊은 곳에 쌓여있던 내 불씨들을 글로 복사하고 내 열망을 들여다보았다. 그 기록이 쌓여있는 이 책은 곧 나에 대한 소개이자 나 자체다.

리지

남서정(1999년 4월생). 호주라는 새로운 세상에 살아볼 기회가 생겨 용기 내어 도전을 택했다. 낯선 환경에서 만나는 새로운 자극 중에 원래부터 관심을 가지던 교육이 가장 눈길을 사로잡았다. 나는 자연스럽게 한국교육과 호주교육을 비교하며 꿈을 구체화했다.

호주에서 고등학교를 졸업한 후, 대학을 진학해야 한다는 생각과 '교육'을 고집하느라 대입과 씨름했다. 때론 좌절과 실패를 겪기도 하며 어떤 사람들은 낭비라고도 볼 수 있는, 하지만 스스로는 많은 경험과 깨달음을 얻었다고 생각하는 시간을 보냈다. 그러던 중 2020년 9월, University College London에 BA Education Studies로 입학하였다. 대학에 진학하면 나의 꿈과 더 가까워질 줄 알았다. 하지만 대학에서 마주한 현실은 나를 비웃는 듯이 꿈과 더 멀어지게 만들었다. 게다가 코로나19 이라는 예상치 못한 변수와 지나치게 현실적인 주변 사람들은 꿈에 대한 나의 신념을 흔들리게 했다. 여러 가지 생각들이 복잡하게 얽히며 많이 절망하고 무너졌지만, 결국 그 위기를 기회로 바꾸어 2021년 9월, UCL을 휴학하기로 결정하고, MTA LEINN Seoul에 2기로 오게 되었다. 흔들렸던 '교육'에 대한 나의 꿈을 아직은 포기할 수 없었기 때문이다. 혼란스러운 나의 머릿속을 정리하려는 가벼운 마음으로 지원해본 MTA 레인서울 입학 과정에서 내가 생각만 하던 것들을 실제로 할 수 있다는 가능성과 소통과 협동력을 배울 수 있겠다는 가능성을 보았기 때문이다.

인생이라는 긴 여정을 타인과 나를 비교하고 주변에 휩쓸리며 살아가느라 나에게 소홀하기보다, 조금은 느려도 내가 어떤 사람이고, 어떤 생각을 하며, 어떤 신념이나 가치관을 가지고 있고, 어떤 것에 관심이 있고, 또 앞으로 어떻게 살아갈지 곰곰이 고민하며 살아가는 것이 나의 신념이다, 하고 말하고 싶다. 당장 눈앞에 있는 것에 휘둘리지 않으려고 노력하고, 멀리 그리고 넓게, 주위도 천천히 꼼꼼히 둘러보며 나를 돌아봐야 할 것 같다면 잠시 멈추는 것도 마다하지 않는 여유로운 마음을 가지고 걸어가려 한다. 때로는 되돌아가 다른 길로도 가 보는 도전을 두려워하지 않으며, 조금 돌아가는 것 같더라도 다양한 경험을 풍부하게 쌓으면서 천천히 조금씩 앞으로 걸어가고 있다.

MTA 레인서울 2기는 전라북도 고창군 해리면에 있는 '책마을해리'에서 다채로운 배경을 가진 열세 명에서 2주 동안 동고동락하며 우리만의 그림을 그리기 시작했다. 이 책은 그러한 우리의 시작을 우리만의 언어와 우리만의 색깔로 담은 기록이다. 22년 인생에서 처음 써낸 책이라 많이 서툴고 글이 어색하겠지만 그런대로 그런 매력으로 봐줬으면 한다.

존

광고와 IT 회사에서 마케터로 일하다가 함께 살아가는 사회를 만들고자 MTA 팀코치로 살고 있습니다. 평범한 사람들이 팀을 이루었을 때 놀라운 일을 해낼 수 있다는 신념을 가지고 모두를 위한 팀기업가정신 교육을 하고 있습니다. 스타트업 씬에서 이야기하는 기술과 성과 중심의 창업 교육보다는, 삶을 살아가는 데 있어서 필요한 자세와 태도를 기르고 함께 다 같이 잘 살 수 있는 지속가능한 비즈니스를 만드는 일을 하고 있습니다.

#팀프러너
팀으로 비즈니스를 함께 만들어가면서, 때로는 팀을 리딩하고, 때로는 팀에서 팔로워 역할을 수행하며, 필요할 때는 팀을 코칭하기도 하는 사람입니다.

#예수님처럼
삶을 살아가면서 중요한 순간마다 언제나 예수님이라면 어떻게 하셨을까를 생각하면서 살아가는 것이 삶의 모토입니다.

#삶을위한비즈니스
돈만 벌기 위한 비즈니스를 하기보다는 내가 행복하고 다른 사람을 살릴 수 있는 더 많은 사람들의 더 많은 사람들을 위한 삶을 위한 비즈니스를 만들어가고 싶습니다.

날로

날로 사랑, 허사랑. 살며 사랑하며, 더불어 지어져가는 공동체를 짓는 창조꾼.

밥 짓는 것만 빼고 짓는 것이라면 뭐든 다 좋아한다. 집을 짓는 건축학도 시절과 말과 글을 짓는 언어학도 시절을 신나게 보내기도 했지만, 공동체를 짓겠다는 삶의 방향은 '다음 세대'로부터 시작되었다. 불어권 아프리카 국가 중 하나인 부르키나파소를 시작으로 북한접경지역 쪽 중국, 필리핀 아이따부족, 케냐 마사이부족, 레바논으로 넘어온 시리아 난민촌 등에 살고 있는 아이들을 만나면서, 무엇보다 한국의 주일학교 아이들을 매주 만나면서, 다음 세대가 살아갈 이 시대가 진정 필요로 하는 것에 관한 고민이 시작되었다.

지금은 그 고민의 연속선 상에서 다음 세대가 공동체와 더불어, 살며 사랑할 수 있는 토대를 가꾸는 중이다. MTA 팀코치로 있으면서 말이다.

남은 생은 그저 이 땅에서 이름대로 살다 가는 것 이상의 소원이 없다고 한다. 조금 더 구체적으로는, 이 창조꾼을 만난 사람들이 이 만남으로 인해 사랑과 안정감을 경험했다고, 존재 자체로 가치 있다는 것을 믿게 되어 가장 나답게 살게 되었다고, 혼란 속에서 질서를 창조할 용기가 생겼다고 고백하길 원한다.